अधूरे मनुष्य

(कहानी-संग्रह)

अधूरे मनुष्य

डी. जयकान्तन

रूपान्तर

डॉ. के.ए. जमुना

वाणी प्रकाशन ग्रुप

भारतीय ज्ञानपीठ

वाणी प्रकाशन : भारतीय ज्ञानपीठ की पुस्तकों के एकमात्र प्रकाशक एवं वितरक

Email : sales@vaniprakashan.in

सजिल्द चौथा संस्करण : 2023

लोकोदय ग्रन्थमाला : ग्रन्थांक 475

प्रकाशक
वाणी प्रकाशन ग्रुप
4695, 21-ए, दरियागंज, नयी दिल्ली-110 002
फ़ोन : 011-23273167, 23275710
ईमेल : sales@vaniprakashan.in

ISBN : 978-93-5775-803-1

अधूरे मनुष्य
(कहानी-संग्रह)
डी. जयकान्तन
रूपान्तर : डॉ. के.ए. जमुना

Adhoore Manushya
(Tamil Short-Stories)
by D. Jayakantan
Trans. by Dr. K.A. Jamuna

आवरण-चित्र : राजेश जेटली

मुद्रक : आर. टेक ऑफ़सेट प्रिंटर्स, दिल्ली-110 032

Price : INR. 450

भूमिका

तमिल कहानी की परम्परा अत्यन्त प्राचीन है परन्तु आधुनिक तमिल कहानी इसी शती की देन है। पिछले कुछ वर्षों में ही यह विकसित होते-होते उन्नति के चरम शिखर पर पहुँच गयी है। आज कहानी गद्य की सर्वाधिक विकसित विधा है। गद्य की अन्य विधाओं के समान आधुनिक तमिल कहानी भी पश्चिम की देन है।

व. वे.सु. अय्यर आधुनिक तमिल कहानी के जनक कहे जाते हैं। यद्यपि उनके पूर्व 18वीं शती में वीरमामुनिवर ने 'परमार्थ गुरु कदै', 19वीं शती में श्रीलंका के शन्दियाको चन्दिरवर्णम् पिल्लै ने 'कथा-चिन्तामणि', वीरासामी चेट्टियार ने 'विनोद-रस-मंजरी', तिरुमणम् सेल्व केशवराय मुदलियार ने 'अभिनव कदै' नाम से अनेक रस कथा-संग्रह प्रस्तुत किये परन्तु उनकी कहानियों में वर्तमान कहानियों के तत्त्व नहीं पाये जाते हैं। व.वे.सु. अय्यर के समकालीन माधवय्या ने भी कुछ कहानियाँ लिखीं किन्तु उन्हें इस क्षेत्र में विशेष सफलता नहीं मिली। इस प्रकार व.वे.सु. अय्यर ही तमिल के प्रथम सफल कहानीकार सिद्ध होते हैं। व.वे.सु. अय्यर की कहानियों के संग्रह का शीर्षक है : 'मंगैयरकरशियिन् कादल'। ये महाकाव्यों के समान अपनी कहानियों में भी वीरता, प्रेम, करुणा आदि के आदर्शों को लेकर चले हैं। इनकी कहानियों के नायक-नायिका प्रायः आदर्श चरित्र हैं। इस संग्रह की एक कहानी 'अरशमरित्तन् कदै' में लेखक की यथार्थवादी विचारधारा के दर्शन होते हैं। सुब्रह्मण्य भारती तमिल के प्रसिद्ध कवि ही नहीं, एक सफल कहानीकार भी थे। इनकी प्रसिद्ध कहानियाँ हैं : 'तिण्डिम शास्त्री', 'स्वर्णकुमारी' आदि। इनके उपरान्त एस.वी.वी., कल्कि जैसे कथाकारों ने कुछ यथार्थवादी कहानियों की रचना की। इन कहानीकारों ने कहानी को मनोविनोद और प्रचार का भी साधन बनाया।

सन् 1935 के आसपास तमिल कहानी की धारा में एक नवीन मोड़ आया। धीरे-धीरे तमिल कहानी विकसित होने लगी और अन्ततः उन्नति के चरम शिखर

पर पहुँच गयी। कहानी को विकास की अन्तिम सीढ़ी पर पहुँचाने का श्रेय पुदुमैप्पित्तन्, बी.एस. रामैया, नारण दुरैकण्णन्, कु.प. राजगोपालन, न. पिच्चमूर्ति आदि को है। यद्यपि इन सभी कहानीकारों ने अपनी कहानियों में तत्कालीन सामाजिक समस्याओं और तत्कालीन समाज के नर-नारियों का चित्रण यथार्थवादी दृष्टि से किया है परन्तु इस क्षेत्र में जितनी सफलता पुदुमैप्पित्तन् को मिली उतनी अन्य कहानीकारों को नहीं। पुदुमैप्पित्तन् की कहानियों में विचारों की गम्भीरता और अनुपम प्रभावशालिता है। उनमें प्राचीन और नवीन विचारधाराओं का अद्भुत सामंजस्य दीख पड़ता है। एक ओर वे प्राचीन परम्पराओं का समर्थन करते हैं तो दूसरी ओर उन्हें समूल नष्ट करने के लिए प्रयत्नशील दीख पड़ते हैं। 'शाप विमोचनम्' में उन्होंने राम को पक्षपाती ठहराया है। एक ओर तो राम पति गौतम के शाप से शिलाखंड के रूप में परिणत अहल्या का शापमोचन करते हैं और दूसरी ओर रावण के गृह से लौटी हुई सीता को अपनाने के लिए तैयार नहीं होते। लेखक को राम का यह भेदभाव अखरता है। पुदुमैप्पित्तन् ने अपनी कहानियों में प्रायः जीवन के अन्धकारमय पक्ष का चित्रण किया है। विभिन्न कहानियों में हास्य और व्यंग्य का पुट भी है जिसके कारण वे सजीव बन पड़ी हैं। 'कडवुळुम् कन्दसामी पिल्लैयुम्' (ईश्वर और कन्दसामी पिल्लै) नामक कहानी में इन्होंने सामाजिक जीवन के विभिन्न पहलुओं पर प्रकाश डालते हुए अपनी पैनी दृष्टि का परिचय दिया है। चरित्र-सृष्टि की दृष्टि से इसे उनकी श्रेष्ठ कहानियों में परिगणित किया जाता है। 'वळि' कहानी में इन्होंने सामाजिक बन्धनों के विरुद्ध आवाज उठायी है। 'पोन्नकरम्' में समाज-सुधार की भावनाओं क प्रचार है। 'कलनुम् किळवियुम्' दार्शनिक विचारप्रधान कहानी है। कयिट्ररवु, चेल्लम्माळ्, निनैवुपादै आदि कहानियाँ चेतनाप्रवाह शैली में रचित हैं। इन श्रेष्ठ कहानियों की रचना कर पुदुमैप्पित्तन् ने तमिल साहित्य-जगत् में 'चिरुकदै मन्नन्' (कहानी सम्राट) की उपाधि पा ली।

बी.एस. रामैया ने अपनी कहानियों में तत्कालीन समाज का सजीव चित्र अंकित किया है। इनकी कहानियों के पात्र आदर्शवादी हैं। इनकी प्रसिद्ध कहानियाँ हैं : तळुम्बु, वीरासामी, कौशिक, अडिच्चारैच्चोल्लि अळु आदि। कुंकुमप्पोट्टु कुमारसामी नामक पात्र को लेकर लिखी गयी इनकी कहानियाँ अत्यन्त रोचक हैं। इन्होंने बालकों के लिए भी कुछ कहानियाँ लिखी हैं। कु.प. राजगोपालन की कहानियों के विषय हैं—प्रेम, पारिवारिक जीवन, ऐतिहासिक घटनाएँ आदि। इन्होंने प्रायः प्रेम एवं पारिवारिक जीवन के क्षेत्र में मिलनेवाले दुखों का चित्रण ही अपनी विभिन्न कहानियों में किया है। इनकी कहानियों में कल्पना और मनोवैज्ञानिकता की प्रमुखता है। इनकी श्रेष्ठ कहानियाँ हैं : पण्णैचेंकान्, पुरियुम् कदै, काणामले कादल, पुनर्जन्मम्, कनकाम्बरम्, तिरै आदि। ये कहानियाँ अत्यन्त सरस, सरल शैली में

रचित हैं। इन्होंने कहानियों के स्वरूप को लेकर अनेक नवीन प्रयोग किये हैं। इनकी 'विडियुमा' कहानी में सस्पेंस की स्थिति अत्यन्त सुन्दर ढंग से व्यक्त की गयी है। इसे विद्वानों ने तमिल की सर्वश्रेष्ठ कहानी माना है।

राजाजी, कल्कि, अण्णादुरै, करुणानिधि, शुद्धानन्द भारती आदि की अनेक कहानियाँ राजनीति से सम्बद्ध हैं। इन कहानीकारों ने अपनी कहानियों के माध्यम से राजनीतिक विचारों को व्यक्त करने के साथ-साथ समाज-सुधार की भावना का प्रचार भी किया है। इनकी कहानियों के विषय हैं : बाल-विवाह, छुआछूत, भारतीय विधवा आदि। इस वर्ग की कहानियों में प्रमुख हैं : 'राजाजी की पट्टासु', 'अरियाक्कुषन्दै'; 'अणादुरै की कुट्रवाली यार', 'पेरन् बेंगलूरिल्'; 'जीवा की कोलु बोम्मै'; 'कल्कि की विधमन्दिरम्' आदि। धर्म के क्षेत्र में फैले हुए भ्रष्टाचार का वर्णन शुद्धानन्द भारती की 'कपट संन्यासी', अणादुरै की 'जपमालै' अदि कहानियों में है। स्पष्ट है कि इस समय के कथाकार समाज में फैले हुए भ्रष्टाचार के प्रति सजग थे। सामाजिक जीवन का यथार्थवादी चित्रण ही इस काल के अधिकांश कहानीकारों का लक्ष्य था। रा. कृष्णमूर्ति 'कल्कि' को उपन्यास-रचना के क्षेत्र में जितनी सफलता मिली उतनी ही सफलत कहानी-रचना के क्षेत्र में भी प्राप्त हुई। 'आनन्द विकटन' और 'कल्कि' जैसी प्रसिद्ध पत्रिकओं के सम्पादक के रूप में उन्होंने अनेक कहानियों की रचना की। उनकी प्रसिद्ध कहानियाँ हैं : 'कादराक्कल्लन', 'मयिलविळि मान', 'ओट्रै रोजा' आदि। समाज का यथार्थ चित्रण करनेवालों में पुदुमैप्पित्तन् को सर्वाधिक सफलता मिली।

व.रा. तमिल के प्रसिद्ध कहानीकारें में से हैं। इनकी कहानियों में अनेक नये विचारों की अभिव्यक्ति मिलती है। 'कलैमगल' पत्रिका के सम्पादक के रूप में कि.व. जगन्नाथन ने अनेक सुन्दर कहानियों की रचना की। इनकी प्रसिद्ध कहानियाँ हैं : 'पवळ मल्लिकै', 'कलैञ्ञन त्यागम', 'अणैन्द विळक्कु' आदि। बी.एस. रामय्या ने मणिक्कोडि पत्रिका और दिनमणि के साप्ताहिक संस्करण के लिए अनेक सुन्दर कहानियों की रचना की। सोमु ने प्रायः सामाजिक विषयों को लेकर कहानियों की रचना की है। इनकी अनेक कहानियाँ तमिलनाडु सरकार द्वारा पुरस्कृत हैं। 'कल्लरै मोहिनी', 'केळाद गानम' आदि इनके प्रसिद्ध कहानी-संग्रह हैं।

तमिल कहानी के विकास के द्वितीय चरण की कहानियों में समाज-सुधार की भावना का स्वर क्षीण हो गया। स्वतन्त्रता-प्राप्ति का संकेत मिल जाने के कारण लेखकों क ध्यान देश की आर्थिक स्थिति की ओर गया। इस काल के कहानीकारों में सर्वप्रमुख हैं विन्दन्। विन्दन् उपनाम से प्रसिद्ध श्री गोविन्दन् ने अपनी कहानियों में हस्य-व्यंग्य मिश्रित शैली में तत्कालीन समाज में निर्धनों की दयनीय दशा का सजीव चित्र प्रस्तुत किया है। इनकी प्रसिद्ध कहानियाँ हैं : 'अपीसाप्पियासम्',

'मवराचर्गळ्', 'सन्दोष मुडिवु', 'चेन्तमिष नाट्टिले' आदि। 'मुल्लैक्कोडियाळ्' शीर्षक संग्रह की सभी कहानियाँ अत्यन्त सुन्दर एवं प्रभावशाली हैं। विन्दन्, जीवा, अण्णादुरै आदि कहानीकारों ने अपनी कुछ कहानियों में विशिष्ट व्यक्तियों की मानसिक व्याधियों का विश्लेषण किया है। इन मनोव्याधियों का मूल हैं सामाजिक परम्पराएँ, सामाजिक वातावरण तथा व्यक्ति की उत्कट अभिलाषाएँ। जीवा की 'वेदान्त केसरी', 'प्रतिवादी भयंकरम्;' विन्दन् की 'पोन्नैया'; अण्णादुरै की 'उण्णाव्रतम्', 'ओरु दण्डनै' नामक कहानियों में मनोव्याधिग्रस्त मनुष्यों का चित्रण ही है। 'वेदान्त केसरी' में एक ऐसे ज्ञानी का चित्रण है जो अचानक एक दिन अपने निकटतम शिष्य की पत्नी को देखकर कामातुर हो उठता है। 'प्रतिवदी भयंकरम्' का नायक एक ओर मंच पर खड़ा होकर साम्यवाद का प्रचार करता है और दूसरी ओर लॉटरी की टिकटें बेचकर अपार धनराशि एकत्रित करता है। 'पोन्नैया' में ऐसे व्यक्ति का चित्रण है जो समाज को सदा यही उपदेश देता है कि मानव मानव समान हैं, उनमें कहीं कोई भेद नहीं है परन्तु बाढ़ से पीड़ित एक नापित के बहुत गिड़गिड़ाने पर भी उसे अपने घर के बरामदे में बैठने की अनुमति नहीं दे पाता है। 'उण्णाव्रतम् ओरु दण्डनै' का कुप्पुशास्त्री राज्य-सरकार के किसी बिल के विरोध में अनशन करने का निश्चय करता है। वह अपने पड़ोसी सनातन शर्मा को भी अनशन करने के लिए बाध्य करता है। थोड़ी देर बाद भूख सहन न होने पर कुप्पुशास्त्री भर पेट भोजन कर खर्राटे भरने लगता है।

तमिल कहानी के क्षेत्र में अखिलन का आविर्भाव ऐसे समय में हुआ जबकि तमिल जनता की साहित्यिक रुचि पूर्णतया जाग्रत् हो चुकी थी। जनता में ऐसी रचनाओं की माँग बहुत बढ़ गयी थी जिनमें समाज की समस्याओं, विचारधाराओं का यथार्थ दिग्दर्शन था। अखिलन ने जनता की इसी माँग की पूर्ति के लिए सरल, मधुर शैली में, समााजिक विचारधाराओं के सम्बद्ध अनेक कहानियाँ लिखीं। इनकी अनेक कहानियों में नर-नारी के पारस्परिक सम्बन्ध का विवेचन है। अखिलन ने प्रेम-भावनाप्रधान अनेक कहानियों की रचना की है परन्तु इन्हें मात्र प्रेम-कहानियों का रचयिता मान लेना भूल होगी। इनकी कोयिल विळक्कु, मनिदरकल्, पूच्चाण्डि, एरिमलै आदि कहानियाँ प्रेम-भावनाप्रधान नहीं हैं। प्रेम-भावनाप्रधान कहानियाँ लिखने में अरु रामनाथन, तिल्लै विल्लालन, टी.के. श्रीनिवासन, प. कण्णन, राधामणालन आदि को विशेष सफलता मिली है। डॉ. त्रिपुरसुन्दरी 'लक्ष्मी' की कहानियों में नारी हृदय का सजीव चित्रण है। इनकी प्रसिद्ध कहानियाँ हैं : 'विचित्र पेण्गळ्', 'मुदल् बहुप्पु टिकेट' आदि।

टी. जानकीरामन भी तमिल के प्रसिद्ध कहानीकारों में से हैं। इनकी कहानियों में तंजाऊर जिले का, वहाँ के निवासियों के जीवन का सजीव चित्रण है। इनकी

भाषा में तंजाऊर जिले की भाषा का पुट है। जानकीरामन की कहानियों में सामान्य पात्र भी हैं और आदर्श पात्र भी। इन्होंने अपनी कहानियों में व्यक्ति का अध्ययन समाज के सन्दर्भ में न कर स्वतन्त्र सत्ता के रूप में किया है। इनकी प्रसिद्ध कहानियाँ हैं : 'शिलिप्पु', 'सत्तियमा', 'नडैशण्णा' आदि। 'शिवप्पु रिक्शा', 'कोट्टु मेलम', 'शक्ति वैद्यम' इनके प्रसिद्ध कहानी-संग्रह हैं। इनके 'शक्ति वैद्यम' कहानी-संग्रह को सन् 1979 में साहित्य अकादमी का पुरस्कार प्राप्त हुआ था।

ल. स. रामामृतम की कहानियों में मानव-मन की गतिविधियों का विश्लेषण है। इनसे पूर्व 'मौनी' ने भी इस प्रकार की कहानियाँ लिखीं परन्तु उन्हें इस क्षेत्र में विशेष सफलता नहीं मिली। रामामृतम अपनी कहानियों के माध्यम से जनता के मन में सांसारिक जीवन के प्रति वितृष्णा और दैव विश्वास की भावना जगाने में विशेष सफल हुए हैं। 'पार्कडल्' इनकी प्रसिद्ध कहानियों में से है।

तमिल प्रान्त के साथ-साथ श्रीलंका में भी तमिल कहानी द्रुतगति से विकसित हुई। सी. वैत्तिलिंगम, सम्बन्दन, इलंगैयरकोन आदि कथाकारों ने अनेक सुन्दर कहानियों की रचना की। इनकी कहानियाँ प्रतिपाद्य विषय और प्रतिपादन शैली की दृष्टि से बहुत कुछ व.वे.सु. अय्यर, कु.पा. राजगोपालन आदि की कहानियों के समान हैं। नये ढंग से कहानियाँ लिखनेवालों में सर्वप्रसिद्ध हैं इलंगैयरकोन। इनका प्रसिद्ध कहानी-संग्रह है : 'वेळ्ळि पादचरम्'।

सन् 1950 ई. के आसपास तमिल कहानी की धारा में एक और मोड़ आया। सन् 1947 ई. में देश स्वतन्त्र हुआ। देश की उन्नति के लिए विभिन्न योजनाएँ बनायी गयीं। भारतीय जनता, जो अब तक प्रायः सभी क्षेत्रों में पिछड़ रही थी, अपनी शक्ति का संचयन कर आगे बढ़ने के लिए प्रयत्नशील थी। राजनीतिक दलों और विभिन्न धार्मिक सम्प्रदायों के संघर्ष प्रबल हो गये थे। इन सबका प्रभाव तत्कालीन लेखकों पर भी पड़ा। इस समय की कहानियों में परिवार-नियोजन, नारी-शिक्षा, शिक्षित कन्या का नौकरी करना, नारी का सामूहिक कृत्यों में भाग लेना आदि का विरोध किया गया है। विभिन्न कहानीकारों ने इन बातों को लेकर समाज पर कटु व्यंग्य किये हैं। कुछ कहानीकारों ने समाज-सुधार की इन भावनाओं का समर्थन भी किया है। इस समय के प्रसिद्ध कथाकार हैं : सुन्दर रामस्वामी, जयकान्तन, ना. पार्थसारथि, जे.एम. हुसैन, कोवी मणिशेखरन, टी.सेल्वराज, वैयवन, कर्णनन, राजम कृष्णन, आर.चूड़ामणि, एस.लक्ष्मी सुब्रह्मण्यम आदि। इस काल के श्रीलंका के तमिल कहानीकारों में प्रसिद्ध हैं : व.अ. राजरत्तिनम, से. गणेसलिंगन, एस.पोन्नुदुरै आदि। इनमें से अधिकांश कहानीकारों पर मार्क्सवाद का स्पष्ट प्रभाव है। इन कहानीकारों ने मनुष्य और समाज के पारस्परिक सम्बन्धों की व्याख्या अपने-अपने ढंग से की है, परन्तु सभी ने तत्कालीन समाज और उस समाज

में उत्पन्न व्यक्ति का यथार्थ चित्रण किया है।

तमिल प्रान्त और श्रीलंका के कहानीकारों की कहानियों ने सिंगापुर की तमिल जनता की साहित्यिक रुचि जाग्रत् की। तमिल मुरशु, तमिल नेशन्, तिरुमुकम् आदि पत्रिकाओं ने उनकी इस रुचि का परिष्कार किया। सिंगापुर के प्रसिद्ध तमिल कहानीकार हैं : —मा. रामैया, पेरि. मुत्तैया, मा.शे. मायदेवन् आदि।

प्राचीन कहानीकारों ने मनुष्य को समाज का अभिन्न अंग माना। समाज के परिवर्तन का प्रभाव व्यक्ति के जीवन पर प्रदर्शित किया। आज का कहानीकार मनुष्य को स्वतन्त्र सत्ता मानकर चलता है, वह उसे समाज का अभिन्न अंग मानने के लिए तैयार नहीं। युग की इन बदलती विचारधाराओं को लेकर चलनेवाले अकेले तमिल कहानीकार हैं—एस. पोन्नुदुरै। मरु, ईश, तेऱ्, वेली, मुळ् आदि कहानियों में सामाजिक परिवर्तन, सामाजिक विचारधारा की पृष्ठभूमि में व्यक्ति का अध्ययन किया गया है। कहानी-जगत में तमिल के 'मेपासां' रूप में विख्यात एवं 'चिरुकदै मन्नन' (कहानी-सम्राट) की उपाधि से विभूषित डी. जयकान्तन ने लगभग 150 कहानियों की रचना की है। इनके प्रसिद्ध कहानी-संग्रह हैं : 'उदयम', 'ओरु पिडि चोरु', 'इनिप्पुम् करिप्पुम्', 'देवन वरुवारा', 'युगसन्धि', 'उण्मै चुडुम', 'चक्रम् निर्पदिल्लै' आदि। जयकान्तन ने अपनी कहानियों में प्राय: समाज के पीड़ित, दलित एवं निर्धन वर्ग का चित्रण किया है। समाज के द्वारा तिरस्कृत एवं उपेक्षित पात्र उनकी सहानुभूति के पात्र बने हैं। इन्होंने विभिन्न सामाजिक समस्याओं को नये दृष्टिकोण से देखा और प्रस्तुत किया है। इनकी सभी कहानियाँ हमारे मन-मस्तिष्क को झकझोरती हैं। गोवी मणिशेखरन मूलत: ऐतिहासिक कहानीकार हैं। इन्होंने साठ से अधिक ऐतिहासिक कहानियों की रचना की है। चरित्र कदै कळंजियम, काळैयार कोयिल रथम्, उयिरुम् ओलियुम्, बादुशाविन पादुकै, कण्णे-कनिये-कर्कण्डे आदि ऐतिहासिक-सामाजिक कहानियों के इनके संग्रह अत्यन्त रोचक एवं सरस हैं।

पूर्वकथित कहानियों के साथ-साथ तमिल में समय-समय पर तत्त्वप्रधान ऐतिहासिक, मनोविश्लेषण प्रधान, हास्य-व्यंग्य प्रधान, जासूसी तथा बालकोचित कहानियाँ भी लिखी गयीं। तत्त्वप्रधान कहानी लिखनेवालों में प्रसिद्ध हैं : कु.पा. राजगोपालन, महुदूम, जीवा, सुब्रह्मण्य भरती, रा. श्री देशिकन, राजाजी आदि। पुदुमैप्पित्तन, कु.पा. राजगोपालन, करुणानिधि, कोवी मणिशेखरन आदि ने कुछ ऐतिहासिक कहानियाँ लिखी हैं। अरु रामनाथन, सोमु, वेम्पु, ल.श. रामामृतम आदि को मनोविश्लेषणात्मक अैर नाडोडी, व.रा., एस.वी.वी., सुकि सुब्रमण्यम् आदि को हास्य-व्यंग्य प्रधान कहानी लिखने में विशेष सफलता मिली। आर.एस. मणि, वाशवन., जेगशिर्पियन आदि कहानीकारों में प्रभावशाली जासूसी कहानियाँ लिखी हैं। तूरन्, बी.एस. रामैया, मु. वरद राजन, राजम कृष्णन, कि.वा. जगन्नाथन आदि

कहानीकारों ने बालकोचित अनेक सुन्दर कहानियों की सर्जना की है।

उक्त विवेचन से स्पष्ट है कि तमिल का कहानी-साहित्य अत्यन्त समृद्ध है। तमिल कहानी की सुदीर्घ परम्परा पर दृष्टिपात करने से स्पष्ट हो जाता है कि तमिल में विषय और शैली की दृष्टि से अनेक प्रकार की कहानियाँ रची गयी हैं। किसी काल विशेष में किसी विशेष प्रकार की कहानी लिखने की परम्परा नहीं रही। प्रायः सभी कालों में सभी प्रकार की कहानियाँ रची गयी हैं। आज तमिल कहानी अत्यन्त द्रुतगति से विकसित हो रही है। तमिल के दैनिक, साप्ताहिक, पाक्षिक, मासिक पत्र-पत्रिकाओं में प्रतिवर्ष लगभग पाँच हजार कहानियाँ प्रकाशित होती हैं। आधुनिक तमिल कहानीकारों में प्रसिद्ध हैं : कृष्णन नम्बि, राजनारायणन, तामरै मणाळन, राजेन्द्रकुमार, इनियवन, पूवै एस. आरुमुखम, सुजाता, आदवन, वण्णनिलवन, वैयवन, क. समुद्रम, अलकापुरी अलकप्पन, पूमणि, जोतिरलता गिरिजा, वासन्ती, शिवशंकरी, श्रीलंका के के.वी. नटराजन, चेम्बियन सेल्वन आदि।

स्वाधीनोत्तर काल के प्रमुख कथाकार तथा साहित्य-जगत् में आज तमिल के 'मोपासां' कहे जानेवाले श्री डी. जयकान्तन का जन्म 2 मई, 1934 को तमिलनाडु स्थित कडलूर में हुआ था। आरम्भ से ही इन्होंने लेखन को अपना प्रमुख व्यवसाय बना लिया था और साहित्य-सेवा को अपना मूलधर्म मान लिया था। जयकान्तन ने कहानीकार के रूप में अपनी साहित्य-यात्रा प्रारम्भ की और बाद में उपन्यास-क्षेत्र में पदार्पण किया।

अव तक जयकान्तन ने लगभग 150 कहानियों की रचना की है। इनकी कहानियों के प्रमुख-संग्रह हैं : उदयम, ओरु पिडि चोरु, इनिप्पुम् करुप्पुम्, देवन वरुवारा, मालै मयक्कम, चुमैतांगि, युगसन्धि, उण्मै चुडुम, पुदिय वार्पुकल्, सुयदरिशनम्, इरंद कालगळ्, गुरुपीडम, जयकान्तन शिरुकदैगळ् और चक्रम निर्पदिल्लै। कै विलंगु, यारुक्काह अषुदान, ब्रह्मोपदेशम, आडुम नार्कालिगळ् आडुकिन्रन, लयम, करुणैयिनाल अल्ल, कोकिला एन्न शेय्दु विट्टाळ् रिषिमूलम, सिनिमावुक्कु पोन शित्तालु इनके लघु उपन्यास हैं। इनके प्रमुख उपन्यासों के नाम हैं : वाष्क्कै अषैक्किरदु, उन्नैप्पोल ओरुवन, पारीसुक्कु पो, चिल नेरंगल्लि चिल मनिदरगल, ओरु नडिहै नाडहम पार्किक्कराल, ओरु मनिदन, ओरु वीडु ओरु उलगम, जय जय शंकर, मनोवेलि मनिदरगल, एन्दैयुम् तायुम्, महायज्ञम् (जयजय शंकर, भाग दो, तीन, चार)। इन्हें सन् 1972 में अपने उपन्यास 'चिल नेरंगल्लि चिल मनिदरगल' पर साहित्य अकादमी का पुरस्कार प्राप्त हो चुका है। जयकान्तन कहानीकार एवं उपन्यासकार होने के साथ-साथ एक सफल निबन्धकार भी हैं।

इन्होंने साहित्यिक, सामाजिक और राजनीतिक विषयों पर उच्चकोटि के निबन्धों की सर्जना करने के साथ-साथ जनसामान्य की रुचि का ध्यान रखते हुए साधारण विषयों पर कुछ सरस एवं रोचक निबन्ध लिखे हैं। इनके प्रमुख निबन्ध-संग्रहों के नाम इस प्रकार हैं : मुन्नोट्टम, अवरगळ् उळ्ळे इरुक्किरारगळ्, निनैत्तऊप्पाक्किरेन, सुतन्दिर चिन्दनै, ओरु प्रजयिन कुरल आदि। 'भारती पाडल' शीर्षक कृति में संगृहीत निबन्धों में आधुनिक काल के प्रसिद्ध तमिल कवि सुब्रह्मण्य भारती की कुछ प्रमुख कविताओं का विवेचन है। 'ओरु इलक्कियवादियिन् अरसियळ अनुभवंगल' कृति के विभिन्न निबन्धों में लेखक ने सन् 1946 से सन् 1974 के बीच तमिलनाडु में राजनीतिक क्षेत्र में घटित महत्त्वपूर्ण घटनाओं का विवरण प्रस्तुत किया है। जयकान्तन ने कुछ सुन्दर कविताओं की भी रचना की है और कुछ भेंट-वार्त्ताएँ भी प्रस्तुत की हैं। इन्हें चल-चित्र जगत् का भी अच्छा अनुभव है। इन्होंने अपने उपन्यास 'उन्नैप्पोल ओरुवन' को आधार बनाकर इसी नाम से एक चलचित्र तैयार किया था। विभिन्न पत्र-पत्रिकाओं में चलचित्र सम्बन्धी इनकी समीक्षाएँ छपती रही हैं। इन्होंने कुछ समय के लिए 'ज्ञानरथम' नामक पत्रिका का सम्पादन भी किया। जयकान्तन ने यद्यपि कविता, कहानी, उपन्यास, निबन्ध आदि विभिन्न क्षेत्रों में अपनी लेखनी चलायी किन्तु कथाकार के रूप में उन्हें जितनी ख्याति प्राप्त हुई उतनी दूसरे रूपों में नहीं। इनकी कहानियों से प्रभावित तमिल जनता ने इन्हें 'चिरुकदै मन्नन' (कहानी-सम्राट्) की उपाधि से विभूषित किया।

साहित्य-जगत् में प्रवेश करते ही तमिल पाठकों ने इनका हार्दिक स्वागत किया। इसका प्रमुख कारण यह है कि इन्होंने अपनी कहानियों में जनसाधारण की भावनाओं, उनके लक्ष्यों का सजीव चित्रण किया है। 'पुदिय वार्प्पुकळ्' शीर्षक कहानी-संग्रह की भूमिका में वे लिखते हैं : 'मैं जैसा देखता हूँ उसे उसी रूप में अपने दृष्टिकोण से पाठकों को दिखाने का प्रयास ही हैं मेरी ये कहानियाँ।' उनका यह कथन उनकी सभी कहानियों पर समान रूप से लागू होता है। यद्यपि जयकान्तन ने सभी वर्ग के लोगें को अपनी कहानियों का पात्र बनाया है किन्तु समाज के निम्न वर्ग, पीड़ित एवं दलित वर्ग ने उन्हें अधिक आकृष्ट किया। आरु पिडि चोरु, पू वांगलिया पू, वेलै कोडुत्तवन, टिरेटिल, पोरुक्कि, पोर्वे अदि कहानियों में तमिलनाडु के पीड़ित, दलित, शोषित निर्धन वर्ग, मजदूर वर्ग के जीवन और उनकी समस्याओं का सजीव अंकन है। समाज द्वारा तिरस्कृत, अपमानित एवं उपेक्षित लेगों को उन्होंने सहानुभूति की दृष्टि से देखा और उनके जीवन का चित्रण अपनी कहानियों में किया। टूटी-फूटी झोंपड़ियों में, प्लेटफार्म पर जीवन बिताते हुए, मुट्ठी-भर अन्न के लिए झोंपड़ियों में तड़प-तड़पकर प्राण देनेवाले निर्धन लोगों के दुख-दर्द के जितनी सजीवता से जयकान्तन ने प्रस्तुत किया है, वैसा दूसरे किसी तमिल

कहानीकार ने नहीं किया।

जयकान्तन की सभी कहानियों में निराश्रित लोगों की करुण चीत्कार और निर्धन लोगों के एकाकीपन का चित्रण है। उदाहरण के लिए 'ओरु पिडि चोरु', 'देवन वरुवारा', 'ओवर टाइम्', 'दाम्पत्यम्' आदि कहानियों को लिया जा सकता है। 'ओवर टाइम्' एलुमलै नामक निर्धन कम्पोजिटर की करुण कहानी है जो बेटी के विवाह के लिए धन जुटाने की चिन्ता से पीड़ित होकर रात-दिन काम करते हुए श्वास रोग का शिकार बन जाता है और अन्त में एक दिन प्रेस में ही दम तोड़ देता है। 'दाम्पत्यम्' में कहानीकार ने यह दिखाया है कि विधिवत् विवाहित निर्धन दम्पती को समाज दाम्पत-सुख का अनुभव नहीं करने देता। कुली का काम करनेवाले मरुदमुत्तु और रंजितम विवाह करके सुगहागरात मनाने किसी बगीचे में पहुँचते हैं। रात में बगीचे में गश्त लगाता हुआ पुलिसवाला उन्हें प्रेमी-प्रेमिका समझकर खुलेआम अश्लील व्यवहार करने के अपराध में पकड़कर थाने ले जाता है।

पू उदिरुम, नन्दवनलत्तिल ओरु अण्डि, अेरु वीडु पूट्टि किडक्किरदु आदि कहानियों में लेखक का मानव-प्रेम अभिव्यक्त हुआ है। 'इरुळैत्तेडि' में उन नारियों के प्रति सहानुभूति व्यक्त की गयी है जो धन पाने के लिए अपना शरीर बेचती हैं। इन कहानियों के पात्र अपनी भावनाओं को अभिव्यक्त करने में असमर्थ हैं और चाहते हुए भी उसके लिए उपयुक्त अवसर नहीं पाते हैं। लेखक ने उन्हें सामान्य मानव के स्तर तक उठाया है। समाज के निम्न स्तर के इन पात्रों के विषय में कोई प्रश्न न उठाकर उनके जीवन का सूक्ष्म अध्ययन कर उसका चित्रण अपनी कहानियों में किया है और यह बताना चाहा है कि यही आज का जीवन है।

'एत्तनै कोणम एतनै पार्वै' (अपना-अपना दृष्टिकोण) कहानी में ब्रह्मचारी मुरली समाज द्वारा तिरस्कृत प्रमीला नामक युवती से विवाह का निर्णय लेता है। उसकी दृष्टि में वह सर्वथा निर्दोष और निष्कलंक है। मुरली के परिवार के सभी सदस्य इस विवाह का विरोध करते हैं क्योंकि उनका दृष्टिकोण मुरली के दृष्टिकोण से भिन्न है। मुरली की माँ के कहने पर प्रमीला मुरली से विवाह का विचार छोड़ देती है किन्तु उसके प्रति उसकी श्रद्धा नहीं मिटती। प्रमीला की दृष्टि में उसे एक सचेतन प्राणी समझकर उससे विवाह करने के लिए तैयार होनेवाले मुरली की मानवीय भावनाएँ अत्यन्त महत्त्वपूर्ण हैं।

जयकान्तन के मानव-प्रेम का दूसरा पहलू है मानवेतर प्राणियों में मानवीय भावनाओं की खोज। केवलम् ओरु नाय्, निक्की, अग्रहारत्तु, पूनै आदि कहानियाँ इसका उदाहरण हैं। इन सभी कहानियों में लेखक ने मानव-जीवन की समस्याओं को जानवरों के माध्यम से समझाने का प्रयास किया है। 'निक्की' कहानी में ऐसे

लोगों के प्रति पाठकों का ध्यान आकृष्ट किया गया है जो कि कुत्तों से भी बदतर जिन्दगी बिताते हैं। इन कहानियों में लेखक का मानव-प्रेम विकसित होकर प्राणिमात्र के प्रति प्रेम में बदल गया है।

जयकान्तन ने विभिन्न सामाजिक समस्याओं को नये दृष्टिकोण से देखा और प्रस्तुत किया है। 'युगसन्धि', 'ओरु पहल नेर पैसेंजर वण्डियिल्' (दिन की एक पैसेंजर गाड़ी में) आदि कहानियाँ एवं 'ब्रह्मोदेशम' जैसी उपन्यासिका लेखक की सूक्ष्म दृष्टि का परिचय देती है। 'युगसन्धि' की गीता बाल विधवा है। आज के समाज में भी विधवा-विवाह का विरोध किया जाता है किन्तु जयकान्तन ने उसी का समर्थन करते हुए इस कहानी की रचना की है। गीता के परिवार के सभी लोग उसके पुनर्विवाह का विरोध करते हैं किन्तु उसकी दादी, जो कि स्वयं एक बाल विधवा थी, उसका पक्ष लेती है। गीता का पत्र पढ़कर स्तम्भित-से खड़े अपने पुत्र से वह कहती है : 'हाँ, बेटा, मैं पागल हूँ—मेरा पागलपन नया नहीं, बहुत पुराना है...मेरा यह पागलपन कभी नहीं मिट सकता। मैं चाहती हूँ कि मेरा पागलपन मेरे साथ ही मिटे। उसका पागलपन इतनी जल्दी, एकाएक दूर हो गया, इसके लिए कोई क्या कर सकता है?' 'युगसन्धि' की गौरी दादी प्राचीन युग की प्रतिनिधि मात्र नहीं, तेजी से सामने आते हुए नये युग को प्रेमपूर्वक अपनाने की क्षमता रखनेवाली एक क्रान्तिकारी वृद्धा है। समाज में गौरी दादियों की संख्या बढ़ जाए तो पुरातन जीर्ण-शीर्ण परम्पराएँ छिन्न-भिन्न हो जाएँगी।

'दिन की एक पैसेंजर गाड़ी में' करुणा से ओत-प्रोत कहानी है। इसे वर्षों से समाज में दृढ़ता से जमे हुए वर्गभेद के वृक्ष को हिलाने का एक क्रान्तिकारी प्रयास कहा जा सकता है। यहाँ निम्न वर्ग का व्यक्ति उच्च वर्ग के व्यक्ति के विरुद्ध खड़ा होकर क्रान्ति नहीं करता। उच्च वर्ग का व्यक्ति ही समझ-बूझकर जातिवाद को मिटाने का प्रयासस करता है। रेल में यात्रा करते समय एक ब्राह्मण युवती निम्नवर्ग में जन्मे अनाथ और वयोवृद्ध अम्मासी के हाथ अपनी बच्ची को सौंपकर मर जाती है। अम्मासी उसका विधिवत् क्रियाकर्म करता है और साथ ही उसकी बच्ची के पालन-पोषण का दायित्व अपने ऊपर ले लेता है। यहाँ पैसेंजर गाड़ी बदलते युग का प्रतीक है। अम्मासी और बच्ची को शिथिल होती जातीयता की भावना का प्रतीक माना जा सकता है।

'चीट्टाटट्म' (ताश का खेल) में लेखक ने बताया है कि संसार के सभी स्त्री-पुरुष ताश के पत्ते हैं। सभी का महत्त्व (मूल्य) अलग-अलग हैं। खेलनेवाला मनुष्य नहीं, ईश्वर है। वह गलत खेल खेल रहा है, ऐसा कहने का अधिकार हमें नहीं है।

'अग्निप्रवेशम्' जयकान्तन की बाद की कहानियों में अत्यधिक प्रभावशाली है।

इसकी नायिका गंगा किसी निर्धन परिवार की एक अबोध कन्या है। वह कॉलेज की छात्रा है। कॉलेज से लौटते हुए एक दिन एक अमीर युवक उससे बलात्कार कर बैठता है। गंगा की माँ पहले तो बेटी को डाँटती-फटकारती है, बाद में उसे उसके अपराधों के लिए क्षमा कर देती है। कारण, जयकान्तन ऐसी युवतियों को अपवाद की गुफा में नहीं धकेलना चाहते। वे उनके प्रति सहानुभूति रखते हैं अतः उन्हें सामान्य युवतियों के समान जीने की प्रेरणा देते हैं।

'एडल्ट्स ओनली' में रामस्वामी नामक एक ऐसे पुरुष की कथा है जो अपने पुत्र सोमु के रहते अपनी दूसरी पत्नी मंगलम के पास जाते भी लजाता है और इस प्रकार उसे सहज दाम्पत्य सुख से वंचित रखता है। एक दिन मालकिन द्वारा उकसाये जाने पर वह पुत्र को सिनेमा देखने भेजकर पत्नी के साथ सम्भोग करने का निश्चय करता है। सोमु बीच में घर लौटता है किन्तु घर का दरवाजा बन्द देखकर चुपचाप वापस चला जाता है। शाम को सोमु के घर आने पर रामस्वामी उससे सिनेमा के बारे में पूछता है। सोमु कहता है कि वह पिक्चर एडल्ट्स ओनली थी, अतः वह अपने दोस्त के घर चला गया था। रामस्वामी मन-ही-मन यह सोचने लगता है कि इन पिक्चरों में ऐसा क्या दिखाया जाता है जिसे लोग शहरी जीवन में नहीं देख सकते!

'कर्पु निलै, उडन कट्टै, उण्मै चुडुम' (सत्य झुलसाता है), 'अन्तरंगम पुनिदमानदु' (अन्तःकरण पवित्र होता है), 'इरुळैत्तेडि' आदि कहानियों में जयकान्तन ने यह प्रतिपादित किया है कि सामाजिक बन्धन के ढीले पड़ जाने पर नैतिकता का बन्धन भी ढीला पड़ जाता है।

'मौनम ओरु भाषै' (मौन एक भाषा है) और 'किषक्कुम मेर्कुम' (पूरब और पश्चिम) कथानक की दृष्टि से एक-दूसरे से जुड़ी हुई कहानियाँ हैं। इनमें अलमु आच्चि नामक एक ऐसी नारी की कथा कही गयी है जिसे प्रौढ़ावस्था में पोते-पोतियों, नाती-नातिनों के रहते गर्भ-धारण करने के कारण परिवार के सभी सदस्यों द्वारा अपमानित होना पड़ता है। वह कनेर की जड़ पीसकर, उसे खाकर आत्महत्या करना चाहती है। पिता सिंगारम के कहने पर विदेश से डॉक्टरी की शिक्षा प्राप्त कर स्वदेश लौटा उनका बेटा रवि उन्हें अपने घर ले जाता है। अलमु आच्चि मन-ही-मन घबराती है कि अब उसे अपनी अँग्रेज़ बहू के हाथों अपमानित होना पड़ेगा, किन्तु रवि की पत्नी सेलिना क्रास अपनी सास का प्रसन्नतापूर्वक विधिवत् स्वागत करती है। एक भारतीय बहू की तरह सुसज्जित होकर उसे दण्डवत् प्रणाम कर सदा सुहागिन होने और पुत्रवती होने का आशीर्वाद प्राप्त करती है। परस्पर एक-दूसरे की भाषा न जानने पर भी दोनों एक-दूसरे की भावनाओं को समझ लेती हैं। इसी से 'पूरब और पश्चिम' कहानी के अन्त में लेखक कहता है : 'चाहे पूरब हो चाहे

पश्चिम, स्त्रीत्व एवं मातृत्व इन भेदों से परे हैं।'

जयकान्तन की आरम्भिक कहानियों में जहाँ मार्क्सवाद का प्रभाव है वहाँ परवर्ती कहानियों में फ्रायडवाद का प्रभाव दृष्टिगत होता है। यहाँ लेखक ने वक्र प्रकृति के मनुष्यों को अपनी कहानियों का पात्र बनाया है। 'अन्द कोलैगळ्' का डॉ. राघवन, 'सुय रूपम' की वण्णमा, 'रिषिमूलम' उपन्यासिका का नायक राजा रामन सामान्य मानव नहीं। 'आडुम नार्कालिगळ् आडुकिन्रन' उपन्यासिका के प्रायः सभी पात्र मनोरोगी हैं। 'अधूरे मनुष्य' के नायक-नायिका कण्णन और राजम परस्परम एक-दूसरे को मनोव्याधि-ग्रस्त प्रतीत होते हैं। यहाँ लेखक ने यह प्रतिपादित किया है कि आज के समाज के प्रायः सभी व्यक्ति अपूर्ण है किन्तु हर व्यक्ति दूसरे को अपूर्ण सिद्ध करने का प्रयास करता है।

कुछ पुरातनपन्थी जयकान्तन के विचारों को अत्यन्त पैना मानते हैं, साथ ही उनकी रचना-क्षमता और कला-निपुणता की प्रशंसा करते हैं। यद्यपि जयकान्तन कहते हैं कि उन्होंने अपनी कहानियों में शिल्प की दृष्टि से कोई नवीन प्रयोग नहीं किये तथापि उनकी कहानियों में अभिव्यंजना एवं शिल्प की नवीनता दृष्टिगत होती है।

विभिन्न कहानियों के शीर्षक ही हमें कुछ सोचने के लिए विवश कर देते हैं। कहानियों का शीर्षक देने के लिए साहित्यिक शब्दों, जैसे—वाय् चोर्कळ्, उरंगुवदु पोलुम्, कर्पु निलै आदि; विदेशी भाषा के शब्दों, जैसे—ट्रेडिल, ओवर टाइम, अडल्ट्स ओन्ली आदि; और सामान्य बोलचाल के शब्दों, जैसे—'नी इन्ना सार चोल्लेर', 'लव पण्णुंगो सार', 'इदेन्न सार पेरिय विषयम' आदि का प्रयोग किया गया है।

कहानियों में कहीं लेखक ने अन्य पुरुष की शैली का प्रयोग किया है तो कहीं कहानी का मूल पात्र आत्मकथ्य के रूप में पूरी कहानी कह देता है। पात्रों का परिचय देने का, थोड़ा-थोड़ा करके उनके क्रिया-कलाप को स्पष्ट करने का लेखक का अपना ढंग है। लगता है, जैसे वे अलग-अलग कोणों से किसी का चित्र ले रहे हों!

कहानी में मूल घटना की नियोजना में जयकान्तन की अभूतपूर्व सफलता मिली है। 'उण्मै चुडुम्' में परमेश्वरन अपने पास आयी गुमनाम चिट्ठी दिखाकर पत्नी के मुख से सत्य उगलवाना चाहता है। वह सच बात कह देती है। उसके मुँह से निकली सच बात सुनकर परमेश्वरन चौंक उठता है। इस विषय में झूठ बोलकर अपने को धोखा देनेवाली अपनी श्रद्धा और आदर के पात्र अपने गुरु और पत्नी के मामा के प्रति उसके मन में अपार क्रोध उत्पन्न होता है। सत्य की आग में झुलसते अपने पति की रक्षा उसकी पत्नी करती है। पत्नी के शब्दों को सुनकर कि 'मैंने आज

ही जाना कि सत्य झुलसाता ही नहीं, व्यक्ति को जलाकर राख कर देता है', परमेश्वरन को अपनी भूल ज्ञात हो जाती है। परमेश्वरन में पत्नी द्वारा ज्ञान जगाया जाना—यही इस कहानी की मूल घटना है।

जयकान्तन समाज के प्रत्येक वर्ग के व्यक्ति की परिस्थितियों और उसकी समस्याओं से परिचित थे। उन्होंने समाज के प्राय: सभी वर्ग के व्यक्तियों को अपनी कहनियों का पात्र बनाया है। उनकी कहानियों में सर्वत्र पात्रानुकूल भाषा का प्रयोग दृष्टिगत होता है। प्राय: सभी कहानियों की भाषा में प्रवाहमयता, सजीवता, चित्रात्मकता आदि गुणों का समावेश है।

अपनी कहानियों के विषय में जयकान्तन का कथन है : 'मेरी कहानियाँ खाली समय बिताने अथवा यों ही समय नष्ट करने का एक साधन नहीं हैं।' उनका यह कथन अक्षरश: सत्य है। जयकान्तन की कहानियाँ हमारा मनोविनोद ही नहीं करतीं, हमारे हृदय में उथल-पुथल मचाती हैं; हमारी बुद्धि को, भावनाओं को झकझोरती हैं; हमें रुक-रुककर कुछ सोचने के लिए विवश करती हैं।

—के. ए. जमुना

अनुक्रम

परिशिष्ट

ताश का खेल

अरगनी पर टँगी वायल साड़ी को झाड़कर पहनने के बद जानकी दीवार पर लटके आईने के सामने जा खड़ी हुई। उसने अपने सँवरे हुए बालों को हाथों से तनिक ठीक किया। माथे पर लगी कुंकुम की बिन्दी पसीने से कुछ फैल गयी थी। उँगली पर धोती का किनारा लपेटकर उसने बिन्दी को चारों तरफ से ठीक किया। बिन्दी का आकार कुछ छोटा हो गया। उसे मन-ही-मन इस बात का सन्तोष था कि छोटे आकार की बिन्दी भी उसके माथे पर अच्छी लग रही है। इसके बाद उसने चूड़ियों के डिब्बे में मोड़कर रखा दो रुपये का नोट निकाला और उसे धोती के पल्ले में बाँध लिया। पीछे मुड़ते ही उसे अपना डेढ़ साल का लड़का रवि दिखाई दिया। अपने अति नाजुक पैरों को घसीटते हुए किसी तरह वह उसके पास पहुँच गया और उसने उछलकर अपने दोनों हाथ उसकी ओर फैला दिये।

उसने बच्चे को खिड़की के पास बैठा दिया और उसे धोकर अरगनी पर सुखायी गयी कमीज पहनायी। उसके बालों को हाथों से सुलझाया और थोड़ा-सा तेल लगाकर उन पर कंघी फेरी। मुख पर पाउडर लगाया। गालों को चूमकर उस पर काला टीका लगाकर नजर उतारी। बच्चे को गोद में उठाकर जब उसने घर में पड़े पुराने टाइम-पीस की तरफ देखा तब दो बज रहे थे।

सरस्वती अम्माल ने उससे पूछा, ''इस कड़कती धूप में बच्चे को लेकर सिनेमा जा रही है?''

प्रश्न सुनकर कहीं उसे गुस्सा न आ जाए, इस डर से वह मुस्कराने लगी। ''हाँ, जा रही हूँ, इससे क्या!''

''तू खुशी से जा! मैंने सोचा, धूप है इसलिए कह रही थी। तू व्यर्थ ही गुस्सा हो रही है कि मैं सास की जगह खड़ी होकर तुझे डाँट रही हूँ...''

''आप सास की पदवी सँभाले रहिए...कौन मना करता है? पहले अपने लड़के को पति की तरह रहना तो सिखा दीजिए।''

जानकी के मुख से हमेशा इसी तरह के कटु शब्द निकलते थे। सरस्वती अम्माल यह सोचकर चुप रह जाती थी कि उसका इस तरह बोलना उचित ही तो

है।

"मैं क्या करूँ? मैं अपने को कोस सकती हूँ...अपने दुर्भाग्य पर रो सकती हूँ," कहकर सरस्वती अम्माल सिर पीटने लगी।

सरस्वती अम्माल ने एक बार पूछा था, 'उसमें क्या कमी है? तूने उसके साथ जीवन बिताते हुए एक पुत्र को भी पा लिया है। अब तू उसकी उपेक्षा क्यों करती है?' इसके बाद उसकी क्या दुर्दशा हुई, इसे वही जानती है। हे ईश्वर! शब्द क्या थे, विष-बुझे बाण थे।

"वह आपका पुत्र है इसलिए आपका दुखी होना उचित है। आपने उसका विवाह करके एक लड़की की जिन्दगी को बिगाड़ने का पाप अपने सिर पर ले लिया है। इसके लिए आप जी भरकर रोइए! आ बेटा, हम चलते हैं!" कहकर जानकी ने बच्चे को उठाया और चल पड़ी।

सरस्वती अम्मल ने कुछ कहना चाहा, 'कुछ भी हो, पति से एक बार...' परन्तु वह कुछ कह न सकी। शायद जानकी को भी इस बात का ध्यान आ गया था। वह मन-ही-मन बड़बड़ायी, "बड़ा आया महापुरुष कहीं का!" और चुपचाप गली की ओर बढ़ गयी।

सरस्वती अम्माल द्वार पर खड़ी हुई उसे जाते हुए देख रही थी।

मई की कड़कती धूप में, आग के समान धधकती हुई तारकोल की सड़क पर, बच्चे को गोद में लिये हुए वह नंगे पाँव जा रही है। क्या उसमें सिनेमा देखने की इच्छा इतनी बलवती है?

कभी-कभी उस पर इस तरह का पागलपन सवार हो जाता था। उसकी दशा किसी अंगहीन, अभावग्रस्त या बीमार व्यक्ति के समान हो जाया करती थी। अपने मनोभावों को किसी-न-किसी रूप में व्यक्त करके ही वह शान्त होती थी। जानकी के जीवन में एक बहुत बड़ा अभाव था।

वह अभाव क्या था?

जानकी के दृष्टि से ओझल होने तक सरस्वती अम्माल द्वार पर खड़ी रही। एक दीर्घ नि:श्वास लेकर जैसे ही वह कमरे में प्रविष्ट हुई, उसकी दृष्टि दीवार पर टँगी जानकी और अपने पुत्र शिवसामी की विवाह के समय ली गयी तस्वीर पर पड़ी।

शिवसामी उसका अपना लड़का था परन्तु विवाह के समय ली गयी उसकी उस तस्वीर को देख वह विशेष प्रसन्न नहीं हुई।

सौन्दर्य की प्रतिमा जानकी की बगल में खड़ा नाटे कद का, ऊँचाई में कठिनाई से ही जानकी के कन्धे तक पहुँचनेवाला, आँखें जैसे बाहर को निकली हुईं, दाँत मुँह से बाहर झाँकते हुए, पागलों के समान मुस्कराता हुआ वह व्यक्ति कितना कुरूप था!

बेचारी जानकी!

विवाह से पहले उसने कैसे-कैसे सपने सँजोये होंगे! भीतर ही भीतर बनकर नष्ट हुए कितने मनोराज्यों के खँडहरों का भार ढोती हुई वह उसकी बगल में खड़ी हुई होगी?

'मैं पापिन हूँ। महापापिन हूँ! मैंने अपने बेटे के लिए इस सुन्दर बच्ची के जीवन को नष्ट कर दिया,' यह सोचकर सरस्वती अम्माल ने आँचल से अपने आँसू पोंछ लिये।

शिवसामी की पत्नी को देखकर नगर के सभी लोग चकित थे। नगर के छोटे-छोटे बच्चे भी शिवसामी को मात्र उसका नाम लेकर नहीं पुकारते थे। वह उसे मूर्ख शिवसामी, पागल शिवसामी, काना शिवसामी, जापानी शिवसामी आदि नामों से पुकारते थे। इसे सुनकर सरस्वती अम्माल का मातृ-हृदय पीड़ा से छटपटा उठता था।

इतने कुरूप शिवसामी का अत्यन्त सुन्दर किन्तु निर्धन कन्या जानकी से विवाह कराकर सरस्वती अम्माल पहले तो बहुत खुश हुई कि उसने नगर के सभी लोगों से बदला ले लिया है परन्तु बहुत शीघ्र ही वह जान गयी कि उससे भयंकर भूल हो गयी है। अब वह अपने अपराध के विषय में निरन्तर सोचती हुई आँसू बहाने लगी।

•

शिवसामी कुरूप और मूर्ख ही नहीं अपितु अत्यन्त क्रोधी और उद्दण्ड स्वभाव का है—अपने अनुभव के बल पर इस बात को अच्छी तरह जान लेने के बाद जानकी को अपना जीवन नरकवत् लगने लगा। उसने कई बार आत्महत्या करने का विचार भी किया। ऐसे अवसरों पर सरस्वती अम्माल के प्रेम और सहानुभूतिपूर्ण शब्दों ने ही उसे जीवित रहने की प्रेरणा दी थी।

उसके गर्भ से उत्पन्न रवि ने भी उसे निरन्तर जीवित रहने की प्रेरणा दी। पुत्र के जन्म के बाद जानकी के स्वभाव में अहंकार और जिद्दीपन का समावेश हो गया। उसे लगता था कि उसने अपने सूने जीवन के अन्धकार को दूर करने के लिए स्वयं ही एक दीपक को खोज लिया है।

उसके जीवन में जो अभाव थे, जिनका उसने मन-ही-मन अनुभव किया था और जिसे दूसरे व्यक्ति भी अनुभव द्वारा ही जान सकते थे, बदला लेने के लिए उसने सबकी उपेक्षा करना आरम्भ किया, पति की भी। उसने इसकी ओर कभी ध्यान नहीं दिया था। अतः इसके उपेक्षापूर्ण व्यवहार का परिचय उसे कहाँ मिल सकता था? वह तो सोचता था कि कभी-कभी पत्नी पर अधिकार जमाना ही पुरुष का लक्षण है। ऐसे अवसरों पर जानकी बिना थके हुए उस पर कटु शब्दों की वर्षा

करती थी। शिवसामी उसके अन्तर्मन से निकलते हुए उन शब्दों को सुना-अनसुना कर देता था। उसे बराबर यही लगता था कि वह उसका विरोध कर रही है अतः वह क्रोध में आकर उसे पीटने लगता।

और तब जानकी सरस्वती अम्माल को देखकर चिल्ला उठती थी, ''यही सब-कुछ देखने के लिए ही तो आपने अपने प्यारे बेटे का ब्याह रचाया था... देखिए...जी भरकर देखिए...।''

सरस्वती अम्माल मन-ही-मन कह उठती थी, 'इसका कहना ठीक है...इसका कहना ठीक है।' इनकी लड़ाई के खत्म हो जाने तक वह घर के किसी कोने में जा बैठती थी।

घर में लड़ाई-झगड़े की यह नौबत कभी-कभार ही आती थी। प्रायः शिवसामी पागलों के समान बकता रहता था और घर के लोग उसकी ओर कोई ध्यान नहीं देते थे।

शिवसामी के दफ्तर से लौटते ही उसके घर के बरामदे में ताश खेलनेवालों की मण्डली जम जाती थी। शिवसामी के सभी मित्र दूसरी गलियों में रहते थे। उनमें एक था रामभद्रन। वह शिवसामी के दफ्तर में काम करता था। उसका घर ताँबरम में था। वह जब भी आता था, बेसुध होकर ताश खेलता था। आखिरी इलेक्ट्रिक ट्रेन के छूटने में केवल दस मिनट बाकी हैं—इस तरह की सूचना पाकर ही वह उठता था और ताश के खेल की सभा समाप्त होती थी।

आठ बजते ही जानकी बिना किसी की प्रतीक्षा किये खाना खाकर बच्चे को अपने से चिपटाकर सो जाती थी। सरस्वती अम्माल अपने बेटे की प्रतीक्षा में, देहरी पर सिर रखकर अर्द्धनिन्द्रा में पड़ी रहती थी। 'शिवसामी, पौने ग्यारह बज गये।' माँ के इन शब्दों को सुनकर ही वह उठकर आता था। अपने दोस्तों को विदा कर जब वह खाना खाने बैठता था, तब भी इस प्रकार बड़बड़ाता रहता था, ''माँ! मैंने तुरुप से उसके पान के नहले को काटकर बड़ी गलती की। परन्तु मैं क्या करता? मेरे पास पान को छोड़ बाकी रंग के ही पत्ते थे। हुकुम के छोटे पत्ते थे अतः हुकुम की बारी आने पर भी 'सर' मुझे नहीं मिलता। तुरुप भी एक था—नहीं काटता तो क्या करता? मुझे कहाँ पता था कि वह गुलाम फेंकेगा? इसी से मैं बाजी हार गया।

''अम्मा!...फोटो को इतने ध्यान से क्यों देख रही हो? क्या तुम सोच रही हो कि तुम्हारा बेटा फिर एक बार बारात सजाकर जाएगा? मैं भी यही चाहता हूँ...खैर, इस समय कॉफी ला दोगी? चार कप कॉफी चाहिए!'' शब्दों को सुनते ही सरस्वती अम्माल ने पीछे मुड़कर देखा। बरामदे में ताश-मण्डली जमी हुई थी।

उसने पुत्र की विनोदपूर्ण बातों की ओर कोई ध्यान नहीं दिया। वह एकाएक बोल उठी, ''ओहो! तो आज शनिवार है? अभी कॉफी लाती हूँ। दूधवाला अभी

तक नहीं आया...बस, आता ही होगा,'' ऐसा कहकर मुँह बनाते हुए सरस्वती अम्माल रसोईघर की ओर चल पड़ी।

''जानकी कहाँ है?''

''सिनेमा देखने गयी है।''

''किससे पूछकर गयी है?''

''किससे पूछकर जाती? मुझसे पूछकर गयी है।''

''देख रहा हूँ कि उसकी उद्‌दण्डता दिन-पर-दिन बढ़ती जा रही है। इतनी कड़कती धूप में उस लूले लड़के को लेकर गयी है। हूँ...। आने दे उसे...'' शिवसामी गुर्राने लगा।

''क्यों भई! इसमें गलती क्या है? घर में तो हवा भी नहीं है। इस घोर दुपहरी में घर में पड़े सड़ने से अच्छा यही है कि तू बाहर घूम आ, यह कहकर मैंने ही उसे बाहर भेजा है।''

''अच्छा-अच्छा...वह कहीं जाकर मरे, मुझे क्या?'' कहकर शिवसामी ताश की गड्डी और दो चटाइयाँ लेकर बरामदे की ओर चला गया।

बरामदे की ओर से एक आवाज आयी, ''क्यों रे, रामभद्रन को क्या हुआ? वह आज यहाँ क्यों नहीं आया?''

''खेलने के लिए हम चार लोग काफी हैं। जो यहाँ नहीं है, उसकी चिन्ता क्यों करें? तू पत्ते बाँट।''

शिवसामी ने ताश के पत्ते बाँट दिये और खेल शुरू हो गया।

'क्या सिनेमा में ही जोड़ी ठीक बैठती है? वे दोनों कितने खुशी से नाचते-गाते जा रहे थे...क्या यह सब सिनेमा में ही सम्भव है?' बच्चे को गोद में लिये चलती जानकी का स्पर्श करती हुई एक रेशमी साड़ी आगे बढ़ गयी। जानकी ने सिर उठाकर देखा।

सामने एक युवा जोड़ा दिखाई पड़ा। लोगों की उस भीड़ में भी सूटधारी वह युवक अपनी बाँहों से युवती की कमर को घेरे हुए चल रहा था। युवती रेशमी साड़ी पहने अपने गालों से उसकी भुजाओं का—चमकीले रेशमी बुश-शर्ट का स्पर्श करती हुई आगे बढ़ रही थी।

'वह कितनी सुखी है!...सिनेमा की नायिका की तरह...जीवन में भी बहुत-से लोग सुखी होते हैं। मैं ही दुर्भाग्यशालिनी हूँ...मुझे जीवन ने इस बात पर विश्वास करने का अवसर भी नहीं दिया कि संसार में बहुत-से लोग सुखी जीवन बिताते हैं,' सोचकर उसका मन रो उठा। सिनेमा-हॉल में बैठे हुए उन प्रेमपूर्ण दृश्यों को

देखकर, जिनको देख सभी लोग प्रसन्न हो रहे थे और आगे की सीटों पर बैठे हुए लोग सीटी बजा-बजाकर अपनी प्रसन्नता व्यक्त कर रहे थे, जानकी का हृदय ईर्ष्या, दु:ख और शोक की भावना से भर उठा। एकाध बार दु:ख के सीमातीत हो जाने पर वह रो पड़ी। हाँ...यही तो उसके जीवन का बहुत बड़ा अभाव था। दूसरों को देख ईर्ष्या करने, स्वयं दु:खी होने या आँसू बहाने से उसे एक अजीब तरह का सुख मिलता था। इसी से उस पर सिनेमा देखने का भूत सवार हो गया था।

थियेटर से बाहर निकलकर वह सामने के होटल की ओर चल पड़ी।

होटल के भीतर जाकर वह एक कोने की मेज के पास जाकर बैठ गयी और उसने मिठाई का ऑर्डर दिया।

उसने थोड़ा-थोड़ा करके बच्चे को पूरी इमरती खिलायी। जब वह कॉफी को ठण्डा कर रही थी तब उसे लगा कि कोई बहुत देर से उसकी तरफ एकटक देख रहा है। उसने मन-हीं-मन सोचा, 'कहीं वे तो नहीं आये?' दृष्टि उठाते ही उसे सामने रामभद्रन बैठा दिखाई दिया।

'इसकी सूरत तो जानी-पहचानी लगती है,' यह सोच उसने उसे गौर से देखा। कुछ देर बाद उसे याद आया कि वह उसके पति के साथ ताश खेलने के लिए आनेवालों में से है।

रामभद्रन उसे देख मुस्कराया।

जानकी भी मुस्करा दी।

उसने आज पहली बार रामभद्रन को गौर से देखा था। वह कितना सुन्दर है, सभ्य है! जानकी के सौन्दर्य और बुद्धिमानी की प्रशंसा रामभद्रन बहुत दिनों से करता आ रहा था।

हाथ धोने के लिए उठते ही वह उसकी मेज के पास आ गया और अत्यन्त परिचित व्यक्ति के समान पूछने लगा, "क्या सिनेमा देखने जा रही हो?"

"नहीं...देखकर लौट रही हूँ।"

"क्यों भई!...सिनेमा देखा?" इस तरह बच्चे को सम्बोधित करते हुए उसने बच्चे को मेज पर खड़ा किया। बच्चे के दोनों पैर मुड़ गये।

"यह खड़ा क्यों नहीं होता?"

"पता नहीं क्यों...डेढ़ साल का हो गया है...अब भी खड़ा नहीं हो पाता है। उसे दवाई, टॉनिक आदि बराबर दे रहे हैं...शरीर में शायद किसी चीज की कमी है। इसके पिता तो इसे 'लूला' कहकर ही पुकरते हैं।"

"आप घबराइए नहीं, छह महीने में ही यह चलने लगेगा। इसका शरीर कमजोर है। वह मूर्ख इसे लूला कहता है? भैया, अब यदि तेरे पिता तुझे लूला कहें तो तू कहना कि मैं तेरी तरह लूला नहीं हूँ। क्यों, ठीक है न?" बच्चे को इस तरह

समझाकर रामभद्रन जानकी की ओर देखकर हँसने लगा।

जानकी के हृदय में कोई बात चुभ-सी गयी परन्तु हँसकर उसे टाल दिया।

बैरे ने बिल लाकर मेज पर रख दिया। जानकी ने उसे उठाने के लिए हाथ बढ़ाया, तभी 'मैं पैसे दिये देता हूँ' कहकर रामभद्रन ने भी बिल की ओर हाथ बढ़ा दिया। अचानक ही दोनों के हाथ एक-दूसरे से टकरा गये। बड़ी तेजी से दोनों ने अपने हाथों को पीछे कर लिया। इस बीच मेज पर पड़ा बिल उड़कर नीचे गिर पड़ा। रामभद्रन ने उसे उठा लिया।

क्षणभर के लिए जानकी का मुख लज्जा से लाल हो गया। इतनी जल्दी वे दोनों एक-दूसरे के इतने निकट कैसे आ गये, इस बत पर चकित होते हुए और उसकी ओर देख मुस्कराते हुए उसने बच्चे को गोदी में उठा लिया।

होटल से बाहर आने तक उसके मुख की लालिमा मिटी नहीं। पीछे से रामभद्रन की आवाज सुनाई दी, "आप चिन्ता क्यों करती हैं? आप प्रतिदिन समुद्र के किनारे जाकर कमर तक गहरे रेत के गड्ढे में बच्चे को सिर्फ एक घण्टे के लिए खड़ा करके देखिए...एक महीने में ही वह चलने लगेगा।"

"ऐसी बात है?"

"हाँ! आप चाहें तो ऐसा करके देखिए। क्या आप इस समय घर जा रही हैं? अभी जाकर...क्यों बेटा, समुद्र के किनारे चलेगा?" बच्चे को पुचकारते हुए रामभद्रन ने जानकी की ओर देखा।

पहले उसने सोचा कि उसे मना कर दूँ, लेकिन उसकी बतों में, उसकी आवाज में, उसकी मुस्कान में एक आकर्षण था—सुख देने की शक्ति थी।

"बेटा आओ, समुद्र-तट पर चलें," कहकर वह उसके साथ चल दी।

छह बज चुके थे। अभी धूप कम नहीं हुई थी। एक नौका की छाँह में कमर तक गहरे रेत के गड्ढे में रवि को खड़ा करके जानकी और रामभद्रन एक-दूसरे के सामने मौन बैठे हुए थे।

जानकी को रह-रहकर रोना आ रहा था। पर-पुरुष के सामने वह रो भी नहीं सकती थी। रामभद्रन भी कुछ सोचता हुआ शून्य दृष्टि से आकाश की ओर देख रहा था। वह बीच-बीच में लम्बी साँसें छोड़ रहा था तथा माथा खुजला रहा था।

"अरे हाँ! आज तो शनिवार है। आपकी दफ्तर से सीधे घर जाने की इच्छा नहीं हुई?" जानकी ने पूछा।

"दो दिन से परेशान हूँ...न तो घर गया और न ही दफ्तर..."

"हाय!...ऐसा क्यों? क्या पत्नी घर में नहीं है?" कहकर जानकी हँस पड़ी।

"कहीं जाकर मर जाती तो चैन से रहता...वह दुष्टा जीवित रहकर मेरी जान खा रही है।"

"उसे गाली क्यों दे रहे हैं?...उसे एक दिन हमारे घर लेकर आइए न!"

"हे ईश्वर! तू मेरी परीक्षा क्यों ले रहा है?" कहकर उसने अपना सिर पीट लिया।

"क्या हम आपकी पत्नी के दर्शन नहीं कर सकते? क्या आपको डर है कि हम उसे आपकी ताश की बाजियों के बारे में बता देंगे? आप मत घबराइए। हम उसे कुछ भी नहीं बताएँगे..." कहकर जानकी हँस पड़ी।

"यदि आप उसे अवश्य देखना चाहती हैं तो एक काम कीजिए...अपने पति शिवसामी को साड़ी पहनाकर देख लीजिए...साक्षात मेरी श्रीमतीजी का रूप दिखाई देगा। हाय रे मेरे दुर्भाग्य! हाय रे मेरे दुर्भाग्य!"

जानकी एक क्षण जड़वत् खड़ी रही।

"आपने उससे शादी क्यों की?"

"यह सब नियति का खेल है। उसके पिता ने ही मुझे पढ़ाया-लिखाया था। उसके पास अपार सम्पत्ति थी...यह लड़की उसकी एकमात्र उत्तराधिकारिणी थी..."

"कोई बात नहीं...आपको किसी तरह का सन्तोष तो है!" वह और भी कुछ कहना चाहती थी परन्तु दाँतों से जीभ दबाकर चुप हो गयी।

"कहिए! जो कुछ कहना चाहती हैं, कहिए। मैं बुरा नहीं मानूँगा।"

"नहीं, कुछ नहीं।"

"आप अवश्य ही अपनी बात छिपा रही हैं। आप जो चाहें, कह सकती हैं। आप शायद कहना चाहती हैं कि हम दोनों की स्थिति बिलकुल एक-सी है। जब मैं पहली बार आपके घर आया था तब आपको देखते ही मेरा मन रो उठा था। मुझे लगा कि आपकी स्थिति मेरे समान ही है। यही तो शायद आप भी कहना चाहती थीं?"

"हाँ...नहीं...मेरी स्थिति तो आपसे भी बदतर है। आप पुरुष हैं और मैं स्त्री!...आपने तो उपकार का बदला चुकाने के लिए, भविष्य में मिलनेवाले धन का ध्यान करके यह काम किया...परन्तु मुझे क्या मिला? मैं इस तरह का कष्ट क्यों झेल रही हूँ?" जानकी की जबान लड़खड़ा रही थी। उसका एक शब्द स्पष्ट सुनाई पड़ता था तो दूसरा भावों के भार से दब जाता था।

इसके बाद दोनों रेत पर रेखाएँ खींचते हुए मौन बैठे रहे।

दोनों मन-ही-मन अपने-अपने जीवन-चित्र में अपने पास खड़ी आकृति को मिटाकर उसके स्थान पर सामने बैठी आकृति को फिट करके देख रहे थे...

जानकी ने पिक्चर में नायक-नायिका की जो जोड़ी देखी थी, उससे कहीं अधिक सुन्दर और भव्य जोड़ी उसे दिखाई दी।

रामभद्रन ने उससे पूछा, "आपकी आयु क्या है?"

"चौबीस साल...आपकी?"

"सत्ताईस साल," कहकर रामभद्रन ने गहरी साँस ली।

जानकी भीतर-ही-भीतर गहरी साँसें ले रही थी। दोनों बहुत देर तक मौन बैठे हुए रेत में लकीरें खींचते हुए जैसे मन में चल रही भावनाओं के संघर्ष को व्यक्त कर रहे थे।

सहसा जानकी खिलखिलाकर हँस पड़ी। क्षणभर के लिए रामभद्रन भय से काँप उठा। हँसते हुए जानकी बोली, "देखिए...हमारा जीवन कितने अनोखे ढंग से बदल गया है!...आप जो ताश का खेल खेलते हैं...बिलकुल उसी खेल की तरह!"

"वह कैसे?"

"यदि आपके पास वे सभी पत्ते हों जिनकी आपको जरूरत है और मेरे पास वे सभी पत्ते हों जिनकी मुझे जरूरत है, तो खेल कैसे चलेगा?"

"जानकी!...तुम कितने सुन्दर ढंग से बातें कर रही हो।..."

'यदि वे ऐसा कहते तो?' यह सोच जानकी मन-ही-मन प्रसन्न हुई।

"जानकी...!" पुकारते हुए वह उसके पास आ गया। आँखों से आँसू बहाते हुए भर्राये स्वर में वह बोला, "हम दोनों भी ताश के पत्ते हैं! खेलनेवाले शिवसामी और लक्ष्मी हैं। परस्पर एक-दूसरे से ताश के पत्तों को बदल लेना ही तो खेल है। जानकी! तू बुद्धिमती है। मेरे शब्दों का अर्थ समझ रही है न?"

जानकी के नेत्र मुँद-से गये थे। वह उस काल्पनिक सुख में मग्न हो अपने को लगभग भुला चुकी थी। तभी उसके बेटे रवि ने रामभद्रन का कोट पकड़कर तोतली वाणी में कहा, "अप्पा!"

जानकी ने आँखें खोलकर बच्चे को, अपने-आपको और चारों तरफ के वातावरण को ध्यान से देखा।

"वह तेरे अप्पा नहीं हैं बेटे, मामाजी हैं। अप्पा घर में तेरा इन्तजार करते होंगे। आ, घर चलें," कहकर उसने रेत के गड्ढे में खड़े अपने बच्चे को उठाकर छाती से लगा लिया। "आपकी बात मुझे बिलकुल ठीक लग रही है। यदि मैं एक महीने तक बच्चे को रेत के गड्ढे में खड़ा करूँगी तो तो यह अवश्य ही चलने लगेगा। कल से मैं उन्हें भी यहाँ ले आऊँगी। आजकल वह ताश के पीछे पागल हो रहे हैं," कहकर जानकी उठ खड़ी हुई।

रामभद्रन की समझ में कुछ नहीं आया। वह चुपचाप उसके पीछे चलने लगा।

सहसा उसने उसके पास आकर धीरे से पूछा, ''क्या आप मुझसे नाराज हैं?''

''आपसे नाराज होने का मुझे अधिकार कहाँ है? अरे हाँ, मैंने आपको ताश के खेल के बारे में पूरी बात नहीं बतायी। आपने कहा था कि खेलनेवाले मेरे पति और आपकी पत्नी हैं। वस्तुत: आपकी यह बात गलत है। वे भी हमारी तरह ताश के पत्ते हैं। हाँ...आप कह सकते हैं कि उनका कोई 'प्वाइण्ट' नहीं है। खेलनेवाला मनुष्य नहीं, ईश्वर है। वह गलत खेल रहा है, ऐसा कहने का हमें अधिकार कहाँ है?''

रामभद्रन ने चकित होकर पूछा, ''जानकी, आप क्या कह रही हैं?''

''कल इतवार है न? आप लक्ष्मी को लेकर आइए। हम खूब बातें करेंगे। उसे भी मैं बोलना सिखा दूँगी। बेटे! मामाजी को नमस्ते कर। अच्छा, हम चलते हैं,'' कहते हुए जानकी तेजी से घर की ओर बढ़ गयी।

दिन और रात को मिलानेवाली मदमाती शाम समाप्त हो चुकी थी। समुद्र के किनारे जलती हुई बत्तियों की तेज रोशनी रात्रि के आगमन की स्पष्ट सूचना दे रही थी।

चारों ओर प्रकाश फैला हुआ था। क्या यह प्रकाश बाहर ही फैला हुआ था?

अग्नि-प्रवेश

दोपहर से ही रुक-रुककर बारिश हो रही थी...।

शाम के समय लड़कियों के कॉलेज के सामनेवाले उस बस-स्टैण्ड पर इन्द्रधनुषी रंगों के कपड़े पहने छात्राएँ बस का इन्तजार कर रही थीं। कुछ अमीर घरानों की लड़कियाँ उस भीड़ के पास अपनी कार रोककर अपनी प्रिय सखियों को अपने साथ ले जा रही थीं। हर रोज कॉलेज की बस में जानेवाली छात्राओं को लेकर भूरे रंग की कॉलेज-वैन जा चुकी थी। आधे घण्टे तक वहाँ हॉर्न के बजने की, जाड़े में ठिठुरती लड़कियों की बातचीत और हँसी की आवाजों के साथ पानी बरसने की तेज आवाज गूँजती रही। इस शोरगुल के कुछ कम हो जाने पर साढ़े पाँच बजे के लगभग बस-स्टैण्ड के पासवाले पेड़ के नीचे, बारिश से बचने के लिए बनायी गयी दस-बारह छतरियों के नीचे कोई पन्द्रह-बीस लड़कियाँ खड़ी दिखीं।

शहर के बीचोबीच होने पर भी प्रायः सुनसान पड़े रहनेवाले उस रास्ते पर घने पेड़ों के बीच कुछ बँगले ही दिखाई देते थे। वहाँ बारिश से बचकर खड़े होने के लिए कोई जगह नहीं थी। किताबों को आँचल से ढँककर उन्हें अपनी छाती से सटाये, बारिश में साड़ी भीग न जाए, इस डर से साड़ियों को ऊपर कर उन्हें घुटनों से दबाये ये छात्राएँ बहुत देर तक अपनी-अपनी बसों का इन्तजार करती खड़ी रहीं।

सड़क के दूसरे छोर से खड़-खड़ करती आती हुई बस की आवाज सुनाई दी। एकाएक बहुत-सी लड़कियाँ एक साथ चिल्ला उठीं, "हेय्...बस इज कमिंग।"

सड़क पर जमा पानी को सब तरफ उछालती हुई वह 'बदतमीज बस' आकर खड़ी हुई।

"बाई...बाई!"

"सी यू...!"

"चीरियो...!"

इसके साथ ही कण्डक्टर की सीटी की आवाज सुनाई दी। वहाँ खड़ी आधी

भीड़ को निगलकर जोर से डकार लेती हुई-सी वह बस आगे चल दी।

अब बस-स्टैण्ड पर केवल दस-बारह छात्राएँ रह गयी थीं। बारिश का मौसम होने के कारण दिन जल्दी ही ढलने लगा था।

तभी कहीं से सड़क के बीचोबीच खड़े एक साँड को हटाने के लिए बार-बार घण्टी बजाते हुए, तेजी से रिक्शा चलाते हुए बरसाती पहने एक रिक्शेवाला वहाँ आ पहुँचा। धीमी आवाज में बजती घण्टी सुनने के बाद भी साँड को चुपचाप खड़ा देख रिक्शेवाला बस-स्टैण्ड पर खड़ी लड़कियों की परवाह न करते हुए उसे गन्दी-गन्दी गालियाँ सुनाता हुआ आगे बढ़ गया। उसके बहुत दूर चले जाने के बाद वे लड़कियाँ उसकी गालियों को याद कर देर तक हँसती रहीं।

इसके बाद थोड़ी देर तक वहाँ कोई रोचक घटना नहीं घटी। वहाँ फैली खामोशी उन लड़कियों के मन में खीज और ऊब पैदा कर रही थी। काफी देर तक पानी में खड़े रहने के कारण उनके पैरों में दर्द होने लगा था।

दूर-दूर तक बस का कोई नामोनिशान नहीं था।

वह लावारिस साँड अब भी सड़क के बीचोबीच खड़ा था। उस बूढ़े साँड का एक सींग उसके माथे पर लटक रहा था। वर्षा की बूँदें उसकी पीठ पर मोती की तरह ढुलककर उसके भूरे पेट के दोनों ओर काली-सी रेखाएँ खींचती हुई बह रही थीं। बीच-बीच में उसके शरीर का कोई हिस्सा, खासकर दायीं जाँघ का ऊपरी हिस्सा सर्दी के कारण काँप उठता था।

उस बूढ़े साँड की हरकतों में कोई कितनी देर तक दिलचस्पी ले सकता था? उस भीड़ से बिलकुल अलग दिखलाई देनेवाली उस छोटी लड़की ने एक लम्बी साँस ली और सिर उठाकर सड़क की ओर देखने लगी।

सड़क के दूसरे छोर से खड़-खड़ करती आती बस की आवाज सुनाई दी।

बस के खड़े होने के लिए जगह देता हुआ-सा वह साँड वहाँ से हिला और धीरे-धीरे चलकर लड़कियों की भीड़ के पास पहुँच गया। ऐसा लगा मानो वह बस-स्टॉप पर खड़ी लड़कियों से अपने खड़े होने के लिए थोड़ी-सी जगह माँग रहा हो।

भीड़ में खड़ी उम्र में सबसे बड़ी लड़की बच्चे की तरह फुदकती हुई बोली, "हेय...इट इज माई बस!"

"बाई...बाई!"

"टा-टा!"

भीड़ को लादे हुए बस आगे बढ़ गयी। अब बस-स्टैण्ड पर सिर्फ दो छात्राएँ

रह गयी थीं—एक वह छोटी लड़की और दूसरी एक बड़ी लड़की, जो कॉलेज जानेवाली इस पीढ़ी की अन्य छात्राओं की तरह दिखाई दे रही थी। उसके पास छाता था जिसके नीचे वह छोटी लड़की सिकुड़कर खड़ी हुई थी। छोटी लड़की देखने में कॉलेज की छात्रा नहीं लग रही थी। उसे बड़ी आसानी से हाई स्कूल की छात्रा कहा जा सकता था। उसकी वेशभूषा आदि को देखकर कोई भी बता सकता था कि वह गरीब परिवार की है। उसने हरे रंग के लहँगे के ऊपर उससे बिलकुल मेल न खाती हुई, माँ की साड़ी को फाड़कर बनायी गयी लाल-से रंग की ओढ़नी ओढ़ी हुई थी। ओढ़नी धुल-धुलकर इतना बदरंग हो गयी थी कि उसका रंग पहचानना मुश्किल हो गया था। गले में काले मोतियों की माला थी जिसे टिच बटन से बन्द किया गया था। कानों में चिड़ी-आकार के 'टॉप्स' थे। मैल और तेल जमा हो जाए, इसके लिए ही मानो उसमें तीन नग जड़े गये थे। उनमें से एक नग गायब था। उसकी चमकती हुई और गोल-गोल घूमती हुई आँखों से बच्चों का-सा भोलापन टपक रहा था। उन्हें देखकर मन में यही विचार आता था कि इस भोली-सी सूरत को गहनों की जरूरत नहीं है।

उसे देखने पर किसी को भी एक साधारण जगह पर खिले किन्तु संसार की बहुमूल्य-से-बहुमूल्य वस्तु को भी प्राप्त न हो सकनेवाली सहज सुन्दरता से युक्त एक ताजे फूल की ही याद आ सकती थी। बारिश में भीगते और पानी में खड़े ठिठुरते हुए उसके संगमरमर की तरह सफेद पाँव नीले हो गये थे। बारिश में भीगने के कारण चोली और ओढ़नी शरीर से चिपक गयी थीं। सर्दी से ठिठुरती हुई, देवी की प्रतिमा-सी खड़ी उस लड़की को देखकर किसी के मन में भी उसे उठाकर ले जाने की इच्छा हो सकती थी।

छोटी लड़की ने सिर उठाकर छाता ताने खड़ी बड़ी लड़की से कहा, "बस नहीं आ रही...कितने बजे हैं?"

बड़ी लड़की ने अपनी कलाई पर बँधी घड़ी की ओर देखकर ऊबते हुए कहा, "छह बज रहे हैं।"...कुछ देर बाद, "वह देखो, एक बस आ रही है। मेरी बस हुई तो मैं चली जाऊँगी," ऐसा कहकर उसने अपना छाता बन्द कर लिया।

इस पर बड़ी लड़की से समझौता-सा करती हुई छोटी लड़की बोली, "अच्छी बात है। बारिश रुक गयी है। जल्दी ही मेरी बस भी आ जाएगी। पौने छह बजे बस अड्डे से एक बस चलती है। सामने से आती हुई यह बस मेरी हुई तो मैं भी चली जाऊँगी।"

बड़ी लड़की को लगा कि उसकी वाणी में बच्चों की तुतलाहट की-सी मधुरता है। उसे वह स्वयं एक बच्ची की तरह दिखलाई दी। उसने प्यार में आकर उसके गालों पर एक चिकोटी काटते हुए कहा, "अच्छी बच्ची की तरह सँभलकर

घर पहुँच जाना!'' कहकर उसने अपनी उँगली चूम लीं।

बस करीब आने लगी। एक के पीछे एक करके दो बसें एक साथ आ पहुँचीं। बड़ी लड़की पहली बस पर सवार हो गयी।

''बाई...बाई!''

''थैंक यू! मेरी बस भी आ गयी है,'' कहकर छोटी लड़की ने बड़ी लड़की को विदा किया और पीछेवाली बस के पास जा पहुँची। बस का नम्बर देखते ही वह निराश हो गयी। लड़की के चेहरे को देखकर ड्राइवर जान गया कि वह किसी दूसरी बस का इन्तजार कर रही है। बस-स्टैण्ड पर दूसरा कोई आदमी नहीं था, इसी से वह बस को रोके बिना आगे बढ़ गया।

उस चौड़ी सुनसान सड़क पर वह बिलकुल अकेली रह गयी थी। वह बूढ़ा साँड ही उसका साथ दे रहा था। दूर कॉलेज के अहाते में कभी-कभार कोई चलता-फिरता दिखाई दे जाता था। सहसा चारों ओर अँधेरा छा गया मानो किसी ने पर्दा गिरा दिया हो। उसके साथ ही तेज हवा का एक झोंका आया और पेड़ों की लटकती डालियों से टप-टप पानी की बूँदें गिरने लगीं। छोटी लड़की पेड़ से सटकर खड़ी हो गयी। थोड़ी देर में ही फिर से जोर की बारिश होने लगी। वह सड़क पार करके कॉलेज के भीतर भाग जाने के विचार से दायें-बायें देखने लगी। इतने में ही एक बड़ी-सी कार तेजी से आकर उससे बिलकुल सटकर खड़ी हो गयी। एकाएक रुक जाने के कारण वह कार अभी भी आगे-पीछे झूल रही थी।

लड़की ने चकित होकर उस सुन्दर कार और ड्राइवर की सीट पर बैठे व्यक्ति पर नजर दौड़ायी।

कार चलानेवाले युवक ने आकर्षक ढंग से मुस्कराते हुए बायीं ओर झुककर पिछला दरवाजा खोल दिया।

''प्लीज गेट इन...आइ कैन ड्रॉप यू एट युवर प्लेस,'' कहते हुए वह युवक उस लड़की को उसी तरह चकित-सा देख रहा था, जिस तरह वह लड़की आँखें फाड़कर चकित-सी उसकी कार को देख रही थी।

युवक को देखते ही लड़की का चेहरा शर्म से लाल हो गया। वह बोली, ''नो...थैंक्स! कुछ देर बाद...बारिश रुकते ही मैं बस में घर चली जाऊँगी।''

''ओ! इट इज ऑल राइट...गेट इन!'' कहकर वह लड़की को कार में सवार होने के लिए विवश करने लगा। मूसलाधार वर्षा में सहमी-सिकुड़ी खड़ी उस लड़की का हाथ पकड़कर उसे बिठाने की ही कसर रह गयी थी।

लड़की ने एक बार पीछे मुड़कर देखा। बारिश से बचने के लिए पेड़ के नीचे जिस जगह वह खड़ी थी, वह उस बूढ़े साँड ने हथिया ली थी।

कार का दरवाजा अब भी खुला था। खुले दरवाजे से बारिश की बूँदें कार के

भीतर पड़ने लगीं। यह देख लड़की दरवाजा बन्द करने लगी। तभी युवक ने उतावले होकर अपने हाथ से उसका हाथ पकड़कर धीरे से दबा दिया। लड़की ने घबराकर अपना हाथ पीछे खींच लिया और उस युवक को गौर से देखने लगी। 'इसकी हँसी कितनी मोहक है!' वह अब भी कार से उतरकर उसकी बगल में खड़ा होकर बारिश में भीग रहा था।

"...ग...ग...गेट इन।"

लड़की उसके आग्रह को न टाल सकी। उसके कार पर सवार होते ही युवक ने उसके हाथ को कसकर पकड़ते हुए दरवाजा बन्द कर लिया। पानी की लहरों पर तैरती हुई-सी वह कार चल पड़ी।

कार के भीतर बैठी लड़की की नजरें चारों ओर घूम गयीं। भीतर फैली नीली रोशनी स्वप्न की तरह मोहक लग रही थी। इतनी देर तक बारिश में भीगने और ठिठुरने के बाद भीतर की गर्मी उसे बहुत अच्छी लग रही थी। उसे कार जमीन पर दौड़ती-सी नहीं, जमीन से एक फुट की ऊँचाई पर तैरती-सी लगी।

सहसा उसके मन में यह विचार आया—'इस कार की सीट कितनी चौड़ी है! इस पर एक आदमी आराम से सो सकता है।' उसे सीट के एक कोने में किताबों को सीने में चिपटाये सिकुड़कर बैठे रहना निपट गँवारपन लगा। उसने किताबों को और अपने छोटे से टिफिन-बॉक्स को सीट पर रख दिया और अन्दर की तरफ कुछ सरककर आराम से बैठ गयी।

'यह कार बिलकुल घर-जैसी है। जिसके पास ऐसी कार हो उसे घर की क्या जरूरत है? इसका भी...हाय! यह मैंने क्या कह दिया...इनका भी अपना एक घर होगा न?...जिसके पास ऐसी शानदार कार हो उसका घर कितना बड़ा होगा! कितना शानदार होगा! बिलकुल राजमहल की तरह होगा...वहाँ न जाने कौन-कौन से लोग होंगे...मैं तो इनके बारे में कुछ नहीं जानती...अरे! बीच में यह क्या है? दोनों सीटों के बीच के इस पाट को खींचते ही मेज बन जाती है। इसके ऊपर किताबें रखकर पढ़ा जा सकता है, कुछ लिखना चाहो तो लिखा जा सकता है। इस पर सिर टिकाकर दो आदमी इसके दोनों तरफ आराम से लेट सकते हैं। यह छोटी-सी बत्ती कितनी सुन्दर है...कमल की कली की तरह। नहीं, कुमुदिनी की कली की तरह! इसे जलाकर देखूँ?...न...न...ये नाराज हो जाएँगे।'

कार चलाते हुए सामनेवाले छोटे आईने में उसे देखकर मुस्कराते हुए वह युवक बोला, "वह देखो, बत्ती के नीचे ही उसका स्विच है।"

उसने स्विच दबाया और बत्ती की सुन्दरता को देखने लगी। एकाएक उसके मन में यह विचार आया कि बिजली को बरबाद नहीं करना चाहिए। उसने झटपट बत्ती बुझा दी।

उसने अपने-आपको एक नजर देखा और माथे से बहते पानी को दोनों हाथों से पोंछ लिया।

लड़की खींझते हुए अपने-आपसे कहने लगी, 'मैंने आज यह बदरंग-सी ओढ़नी क्यों ओढ़ ली?' जैसे ही वह ओढ़नी के एक छोर को निचोड़ने लगी तभी युवक ने बायें हाथ से स्टियरिंग के पासवाले डिब्बे की तरह का एक दराज खोला। दराज के खुलने की आवाज सुनकर लड़की ने सिर उठाकर देखा। वह सोचने लगी, 'अरे, इस दराज के अन्दर तो एक लाल बत्ती जल रही है!' तभी युवक ने एक छोटा-सा रूईदार तौलिया निकालकर उसकी ओर बढ़ाया।

'धन्यवाद' कहकर उसने नेपकिन हाथ में लिया और उससे अपना माथा और दोनों हाथ पोंछने लगी। 'हाय! यह कितना खुशबूदार है!' यह कहकर उसने अपना चेहरा उसमें गड़ा दिया।

एक मोड़ पर कार के मुड़ते ही 'हाय माँ!' कहती हुई वह एक ओर झुक गयी। सीट पर रखी किताबें और गोलाकार स्टेनलेस स्टील का उसका छोटा-सा टिफिन-बॉक्स दूसरी तरफ लुढ़क गया था।

युवक ने 'सॉरी' कहकर मुस्कराते हुए उसकी ओर देखा और कार की गति धीमी कर दी। इस तरह घबराकर चीख उठने के कारण लड़की तनिक झेंपी। उसने मुस्कराते हुए किताबों को समेटा और सीट पर सीधी होकर बैठ गयी।

कार की खिड़कियों से बाहर का कुछ भी नहीं दिखाई दे रहा था। निरन्तर बारिश की बौछार पड़ने से खिड़कियों का शीशा धुँधला हो गया था। उसने अपने आँचल से एक शीशा पोंछा और बाहर की तरफ देखने लगी।

सड़क के दोनों तरफ बत्तियाँ जल रही थीं। जगमगाती हुई दुकानों की बत्तियों का प्रतिबिम्ब सड़क पर फैले पानी पर पड़कर आँखों में चकाचौंध पैदा कर रहा था। वह मन-ही-मन सोचने लगी कि धरती के नीचे स्थित जिस पाताललोक की चर्चा लोग किया करते हैं, वह मायालोक यही तो है...!'

उसने सोचा, यह कार इस गली में क्यों जा रही है? वह धीरे-से बुदबुदायी, "देखिए! हमारा घर वहाँ पर है।"

युवक ने फुसफुसाते स्वर में उत्तर दिया, "होगा, मना किसने किया है!" और उसकी तरफ देखकर हँस पड़ा।

'हाय! मैं किसी मुसीबत में फँस गयी हूँ,' यह सोच वह अपने हाथ मलने लगी किन्तु युवक जब उसकी ओर देखता, तो वह उसका मन रखने के लिए मुस्करा देती थी।

कार चलती चली जा रही थी। भीड़-भाड़वाले शहर के मुख्य बाजार, बड़ी-बड़ी इमारतोंवाली चौड़ी-चौड़ी सड़कों, सुन्दर बँगलों और बगीचों के पास से होकर

जानेवाले रास्तों को पार कर कार मुख्य मार्ग पर जा रही थी। ऐसी बारिश में इस तरह कार में सफर करना उसके लिए बिलकुल नया अनुभव था। मन में एक ओर कौतूहल था तो दूसरी ओर एक अज्ञात भय से वह भीतर ही भीतर काँप रही थी।

बच्चों की तरह बार-बार 'मुझे घर जाना है' कहकर उस युवक को तंग करते हुए भी वह डर रही थी। अचानक उसे उस लड़की की याद आयी जो उसे बस-स्टैण्ड पर अकेला छोड़कर चली गयी थी और जिसने जाते-जाते उसके गालों पर चिकोटी काटते हुए कहा था, 'अच्छे बच्चों की तरह ठीक-ठीक घर पहुँच जाना।'

वह सोचने लगी, "अब मैं अच्छी कहाँ रह गयी हूँ? इस तरह एक अनजाने आदमी के साथ अकेले कार में सफर करना क्या गलत नहीं है?...देखने में तो ये भले लगते हैं...किन्तु फिर भी मुझे इस तरह नहीं आना चाहिए था...अब मैं क्या करूँ?...हाय, मुझे रोना आ रहा है...नहीं-नहीं! मुझे रोना नहीं चाहिए...मुझे रोता देख यदि इन्होंने नाराज होकर 'अरी पगली, यहीं उतर जा' कहकर मुझे यहीं उतार दिया तो?...फिर मैं घर कैसे जाऊँगी...मैं तो रास्ता भी नहीं जानती...कल ज्यूलॉजी का रिकॉर्ड सबमिट करना है...और भी बहुत-से काम हैं...।'

वह सूनी आँखों से सामनेवाले शीशे पर पड़े अपनी तरह तड़पते हुए वाइपर को देखने लगी। अचानक उसमें थोड़ी हिम्मत आ गयी और वह अनजाने ही पूछ बैठी, "इस समय हम कहाँ जा रहे हैं?"

लड़की ने आवेश में आकर जो सवाल पूछा था, उसका सहज ढंग से उत्तर देते हुए युवक बोला, "कहीं नहीं...यूँ ही सैर कर रहे हैं...।"

"देर हो गयी है न...घर में माँ परेशान हो रही होगी...।"

"अच्छा...अच्छा...अभी लौट चलते हैं।"

कार वापस मुड़ गयी। 'हाइवे' से कुछ हटकर रेतीले मैदान में बहुत दूर जाकर, लगभग उसके बीचोबीच पहुँचकर कार रुक गयी। दूर-दूर तक अँधेरा और वर्षा का ही राज्य था। उस सुनसान जगह पर मेढकों के जोर-जोर से टर्राने की आवाज आ रही थी। बारिश और हवा का जोर पहले से ज्यादा हो गया था। कार के भीतर भी वे दोनों एक-दूसरे को नहीं देख पा रहे थे।

सहसा कार के रुक जाने पर उसने घबराकर पूछा, "कार क्यों रुक गयी?...क्या यह खराब हो गयी है?"

उसने कुछ जवाब नहीं दिया और ठहाका मारकर हँसने लगा। लड़की को देखने के लिए उसने रेडियो का स्विच दबाया। रेडियो पर हलका-सा प्रकाश फैला, फिर संगीत की ध्वनि सुनाई दी। उस धीमी रोशनी में वह अपनी भौंहें सिकोड़कर प्रश्न-भरी निगाहों से उसे देख रही थी और वह मुस्कराता हुआ उसकी तरफ देख रहा था मानो किसी चीज की याचना कर रहा हो।

उस समय रेडियो से ट्रम्पेट का तीखा और लहराता हुआ स्वर सुनाई दिया। उसके बाद नाड़ी की धड़कन की तरह दबा-दबा-सा काँपता-थरथराता हुआ काँगो ड्रम का ताल सुनाई देने लगा।

वह उँगलियाँ बजा-बजाकर ताल देने लगा। सिर झटका-झटकाकर संगीत का आनन्द लेते हुए वह लड़की की तरफ मुड़ा और उसने अँग्रेजी में पूछा, "क्यों, अच्छा लग रहा है न?"

वह धीरे-से मुस्करायी और जवाब में सिर हिला दिया।

उसने रेडियो के पासवाला दराज खोला। दो कैडबरीज चॉकलेट निकाली। उसमें से एक लड़की के हाथ पर रख दी। चॉकलेट के ऊपरवाले कागज को थोड़ा-सा फाड़कर उसे धीरे-धीरे चबाते हुए, पैर पर पैर डाले आराम से बैठकर रेडियो पर बजते हुए संगीत की लय के अनुसार कार की सीट थपथपाकर हाथों से ताल देते हुए उस युवक को वह लड़की गौर से देखने लगी।

वह वास्तव में सुन्दर था। भूरे रंग के कपड़े पहने हुए हट्टे-कट्टे उस युवक का चेहरा धीमी रोशनी में चमक रहा था। उसे देखकर लड़की को विषैले साँप की गम्भीर सुन्दरता का ही ध्यान आया। पीछे से उसकी बायीं आँख का एक छोर चमकता हुआ दिखलाई दे रहा था। उसके छोटे कटे हुए बाल, जो आँधी में भी नहीं बिखर सकते थे और कान के नीचे तक फैले साइड बर्न्स उस धीमी रोशनी में चमक रहे थे। एक तरफ से झाँककर उसके चेहरे की ओर देखते ही अचानक उसके मन में यह विचार आया, 'इसके सुन्दर चेहरे पर एक छोटी-सी मूँछ होती तो कितना अच्छा होता! हाय, इसकी घनी काली भौंहें कितनी डरावनी हैं!' सीट पर फैले उसके बायें हाथ की कलाई पर सोने की मोटी चेन से बँधी घड़ी में सात बज रहे थे। उसकी लम्बी-लम्बी उँगलियाँ संगीत की ध्वनि के साथ-साथ ताल दे रही थीं। उसकी बाँहों में उगे घने काले बाल ठण्डी हवा के चलने से जैसे खड़े-से हो गये थे।

मजे से चॉकलेट खाने-खाते, उस युवक को खुशी से निहार रही वह लड़की एकाएक चीख उठी, "हाय राम, सात बज गये!"

उसकी आवाज सुनकर युवक ने भी एक बार अपनी कलाई की घड़ी पर दृष्टि डाली। कार के अगले दरवाजे को तनिक खोलने पर उसे बादल की गर्जना सुनाई दी और वर्षा की तीव्रता का एहसास हुआ।

लड़की ने घबराते हुए उससे पूछा, "कहाँ... ?" कार का दरवाजा बन्द कर बाहर खड़े होने पर उसके कानों में धीमे स्वर में लड़की का वह प्रश्न गूँजने लगा, "कहाँ जा रहे हैं?"

क्षणभर में ही बारिश में पूरी तरह से भीगे उस युवक ने अँग्रेजी में उत्तर दिया,

"कहीं नहीं जा रहे...मैं वहीं आ रहा हूँ," और गाड़ी का पिछला दरवाजा खोलकर अन्दर आ गया।

सीट पर लड़की के पास बैठने के बाद उसने सीट पर पड़े उसी नैपकिन से अपने चेहरे और गर्दन को पोंछा जो कि उसने कुछ देर पहले मुँह-हाथ पोंछने के लिए लड़की को दिया था। फिर चॉकलेट पर लिपटे कागज को मसलकर बाहर फेंक दिया। वह अब भी उस चॉकलेट को बड़ा रस लेकर थोड़ा-थोड़ा करके खा रही थी। उसने अपनी कमीज की जेब से एक छोटी-सी डिबिया निकाली। उसमें टॉफी की तरह की कोई चीज भरी हुई थी। उसने उनमें से एक अपने मुँह में डालकर दूसरी उस लड़की की ओर बढ़ा दी।

"यह क्या है?"

"च्युइंगम!"

"छिः-छिः, मुझे नहीं चाहिए...।"

"ट्राइ...यू विल लाइक इट...।"

जो कुछ वह दे रहा था, उसे लेने-से इन्कार करने की उसकी इच्छा नहीं थी, अतः उसने हाथ में ले रखी चॉकलेट खाकर उसकी ओर अपना हाथ बढ़ा दिया। 'नो' कहकर उसने च्युइंगम को लड़की के हाथ में देने से इनकार कर दिया। फिर च्युइंगम को उसके मुँह के पास ले जाकर वह मानो उसे उसके होंठों पर घिसने लगा।

लड़की के शरीर में जैसे बिजली-सी दौड़ने लगी। उसने तनिक पीछे हटकर 'थैंक यू!' कहकर युवक के हाथ से च्युइंगम ले लिया।

वह बराबर लड़की की आँखों में आँखें डाले उसे घूरता रहा। शर्म के कारण लड़की सिर उठाकर उसकी ओर देख न सकी। वह सिर झुकाये बैठी रही। उस स्थिति में भी वह जान गयी कि युवक धीरे-धीरे उसकी ओर सरकता आ रहा है।

शीशे की तरफ मुँह करके वह बाहर देखने लगी। उस अँधेरे में पवन वर्षा के साथ बलात्कार की क्रीड़ा कर रहा था। वह अब दरवाजे से सटकर बैठ गयी। युवक बहुत गम्भीर होकर छाती पर हाथ बाँधे तनिक सरककर बैठ गया और उसके मन की थाह लेने का प्रयास करने लगा।

युवक ने अँग्रेजी में उससे पूछा, "हाउ डू यू लाइक दिस कार—क्या यह कार तुम्हें पसन्द है?"

मन्द स्वर में कहे गये उसके ये शब्द कानों से होकर लड़की के हृदय तक पहुँच गये और वह विचलित हो उठी। अपनी मनःस्थिति को छिपाते हुए वह बोली, "ओह! इट इज नाइस।"

युवक ने सिर झुकाये हुए लम्बी साँसें लेते हुए बड़ी गम्भीरता से अँग्रेजी में

कहा, "क्या तू जानती है कि यह कार पिछले दो वर्षों से प्रतिदिन तेरा पीछा करती आ रही है?" ऐसा कहकर उसने सिर उठाकर लड़की की ओर देखा।

वह क्षणभर के लिए अपनी सुख-बुध खो बैठी। उसे लगा कि युवक ने मानो उसके सिर पर मुकुट पहना दिया हो।

"रियली?"

"रियली!"

युवक की गर्म साँसें धीरे-धीरे लड़की के कण्ठ का स्पर्श करने लगीं। उसके फुसफुसाते स्वर को सुनकर लड़की काँप उठी।

"डू यू लाइक मी—क्या मैं तुम्हें पसन्द हूँ?"

"म्म्..." सरकने के लिए बिलकुल जगह न होने के कारण लड़की को सिमटते-सिकुड़ते देख वह तनिक हटकर बैठ गया।

बाहर वर्षा हो रही थी। रेडियो से नये-नये रागों में बजते 'ट्रम्पेट' की ध्वनि सुनाई दी।

उस परिस्थिति में उस अनुभव को लेकर वह क्या सोच रही है, यही जानने के लिए युवक ने उससे पूछा, "सब-कुछ अच्छा लग रहा है न?"

"अच्छा लग रहा है...किन्तु डर भी लग रहा है...।"

"डर? किसलिए...किसलिए डर रही हो?" कहकर उसने लड़की के कन्धों को पकड़कर हिलाया मानो वह उसे सान्त्वना दे रहा हो।

उस समय लड़की को लगा मानो उसका शील और नारीत्व बिखर गया हो। वह घबरा उठी और बोली, "मुझे डर लग रहा है। मुझे यह सब कुछ नया लग रहा है।"

वह मन-ही-मन फुसफुसाया, 'इस तरह सफाई देने की आवश्यकता कहाँ है?' और इस बार पीछे न हटने का निश्चय कर दोबारा लड़की के पास सरक गया। "मे आइ किस यू?"

लड़की की समझ में नहीं आया कि वह क्या जवाब दे। उसकी जबान सूखने लगी। सर्दी के उस मौसम में भी उसके चेहरे पर पसीना आ गया। शरीर काँपने लगा।

अचानक उसे लगा कि उसकी कनपटियों, गालों और होठों को किसी ने गरम-गरम सलाखों से दाग दिया हो। युवक की भुजाओं में पड़ी छटपटाती हुई वह करुण स्वर में चीत्कार करती रही, "प्लीज! प्लीज!"

और वह उन्मत्त-सा होकर उसे अपनी भुजाओं में कसकर बार-बार...।

लड़की का चीत्कार का स्वर धीमा होते-होते पूरी तरह लुप्त हो गया। उसने युवक की गर्दन को दोनों हाथों से कसकर पकड़ लिया मानो उससे बदला ले रही हो!

बाहर...

आकाश फटकर अलग हो गया था! बिजलियाँ इधर-उधर बिखर गयी थीं! मेघ गरज-गरजकर फट रहे थे! कहीं बिजली अवश्य गिरी होगी...!

''मुझे घर जाना है। हाय, मेरी माँ मुझे ढूँढ़ती होगी...।''

कार का पिछला दरवाजा खोलकर वह नीचे उतरा। उस मैदान में एकत्रित कीचड़ में जूते समेत उसके पैर धँसने लगे। पैर ऊँचा करने पर 'क्लक्' की आवाज हुई और बहुत सारा कीचड़ उसकी कार पर लग गया। कार का दरवाजा खुला होने के कारण दो-चार छींटे लड़की पर भी पड़े।

न जाने शारीरिक अथवा मानसिक पीड़ा से छटपटाती हुई वह लड़की अपनी आँखों में उमड़ते आँसुओं को रोक न पाने के कारण अनजाने ही चुपचाप रोती जा रही थी।

कार का अगला दरवाजा खोलकर वह ड्राइवर की सीट पर बैठ गया और कीचड़-लगे अपने जूतों को उतार फेंका। रेडियो के पासवाले डिब्बे की तरह का दराज खोलकर उसमें से एक सिगरेट निकालकर सुलगायी। च्युंइगम खाते हुए वह कश भरता और धुआँ छोड़ता रहा।

लड़की के मन में विचार आया कि उसे झटपट उसी क्षण अपने घर पहुँच जाना चाहिए। माँ की छाती से लिपटकर चीख-चीखकर रोते हुए अपने पर हुए अत्याचार के दुःख से मुक्त होने और सान्त्वना पाने का यत्न करना चाहिए। भावावेश की उस स्थिति में उसका तन-मन काँपने लगा।

युवक आराम से बैठा सिगरेट पी रहा था। इसे देख लड़की क्रोध से जल उठी। कार में बैठे-बैठे उसे लगा मानो वह किसी चट्टान से बनी गुफा में कैद हो गयी है। एक क्षण उसके मन में भय की भावना जागती थी तो दूसरे क्षण घृणा की। सिगरेट के धुएँ के कारण उसका जी मिचलाने लगा। उसे अपना पूरा सिर लिचपिच-लिचपिच लगा मानो मैदान में फैले सारे कीचड़ को किसी ने उस पर पोत दिया हो। रेडियो से आती ट्रम्पेट की तीखी आवाज सियार के चीत्कर के समान मानो उसके शरीर को चीरने लगी।

वह अनजाने ही क्रोध से चीख उठी और गिड़गिड़ाते स्वर में बोली, ''आप मुझे मेरे घर पहुँचाएँगे या नहीं?''

उसने झट से रेडियो बन्द कर दिया।

युवक ने क्रोधित होकर उसे सावधान करते हुए कहा, ''डोंट शाउट लाइक दैट...चिल्लाओ मत!''

उसके सामने दोनों हाथ जोड़कर अत्यन्त दीन होकर रोते-कलपते वह बोली, ''मेरी माँ मुझे ढूँढ़ती होगी...आप मुझे मेरे घर पहुँचा देंगे तो आपका भला होगा।''

ऊपर से वह मिन्नतें कर रही थी किन्तु भीतर-ही-भीतर अपने को कोस रही थी, 'मेरी अक्ल पर पत्थर पड़ गये थे। मुझे इस तरह नहीं आना चाहिए था। हाय राम! मेरे साथ यह क्या हो गया!' उसे अपने पर बड़ा क्रोध आया। दाँत पीसते हुए वह सोचने लगी कि किसी पत्थर पर अपना सिर पटक दे। उस क्षण उसकी हालत देखकर युवक घबरा गया।

गिड़गिड़ाते स्वर में वह बोला, "प्लीज...डोंट क्रियेट सीन्स" और झल्लाकर अपनी कार दूसरी दिशा में मोड़ दी।

उस अँधेरी सड़क पर आँखों को चुँधियानेवाला प्रकाश बिखेरती हुई और गरजती हुई वह कार तेजी से चली जा रही थी।

'छि:, किस मुसीबत में फँस गया! इसे यह सब पसन्द नहीं था तो इसने पहले क्यों नहीं बताया? इस सुहावनी शाम का सारा मजा किरकिरा कर दिया। बेचारी! यह कॉलेज में पढ़कर क्या करेगी। यह तो अब भी रोती जा रही है।' युवक ने लड़की की ओर मुँह फेरते हुए उससे माफी माँगी, "आई एम सॉरी...यदि मैंने तुम्हारी भावनाओं को चोट पहुँचायी हो तो कृपा करके मुझे माफ कर दो।" लड़की को उसके घर के पास उतारने के लिए, इस घटना को पूरी तरह भुलाकर चैन पाने के विचार से वह अपनी कार को बड़ी तेजी से दौड़ाने लगा।

अब भी वर्षा हो रही थी।

सर्वथा सुनसान ट्रंक रोड को पार कर, सुन्दर बँगलों और बगीचोंवाली अनेक सड़कों से होती हुई, बड़ी-बड़ी इमारतोंवाली चौड़ी-चौड़ी सड़कों को पार करती हुई शहर के भीड़-भरे बाजार के बीच दौड़ती हुई वह कार अब एक गली में मुड़कर लड़की के घर की तरफ बढ़ रही थी।

जैसे-जैसे लड़की का घर पास आता गया, युवक यह सोचकर कार को धीरे, और धीरे चलाने लगा कि लड़की स्वयं उसासे कहेगी, "यहाँ गाड़ी रोकिए, मैं उतर जाती हूँ।' जल्दी ही वह जान गया कि लड़की बहुत नादान है, अत: एक स्थान पर गाड़ी रोककर बोला, "मेरा तुम्हारे घर तक जाना ठीक नहीं होगा। तुम यहीं उतरकर चली जाओ...अच्छा!" लड़की की दशा देख उसे उस पर तरस आया और साथ ही दु:ख भी हुआ। जाने उसके मन में अपराध का भाव जागा अथवा उसने अपने-आपको किसी ऋण के बोझ से दबा हुआ अनुभव किया, उसकी आँखों में आँसू छलक आये। वह कार से उतरा। ड्राइवर की तरह पीछे का दरवाजा खोलकर बारिश में भीगते हुए उसके उतरने का इन्तजार करता रहा। लगभग भावना-शून्य होकर झटपट अपनी किताबें समेटकर नीचे गिरे गोलाकार टिफन-बॉक्स को उठाकर लड़की नीचे उतरी। युवक की ओर देखने की हिम्मत न होने के कारण वह सिर झुकाये खड़ी रही।

बारिश के कारण और रात हो जाने से उस छोटी गली में चहल-पहल बिलकुल नहीं थी। दूर जलती हुई सड़क की बत्ती के धीमे प्रकाश में युवक अपने पास खड़ी उस छोटी-सी गुड़िया को देखकर अपने को कोसने लगा। वह मन-ही-मन सोचने लगा कि जरूरत से ज्यादा आजादी मिलने के कारण मैं कितना नीचे गिर गया!

वह अपने-आपसे कहने लगा, 'हाँ, मैं गुलाम हूँ...अपनी भावनाओं का गुलाम!' उसने बहुम धीमे से उससे कहा, "आई एम सॉरी..." मानो उसे कोई रहस्य की बात बता रहा हो।

लड़की ने सिर उठाकर उसकी ओर देखा...हाय! उसकी दृष्टि? उससे कुछ पूछने के लिए युवक के होठ फड़कने लगे। किन्तु, "क्या?" इस एक शब्द के अतिरिक्त उसके मुँह से और कुछ न निकला। उसका गला रुँध गया, स्वर भर्रा गया।

"कुछ नहीं," कहकर वह आगे बढ़ गया।

कार तेजी से उसके आगे निकल गयी। कार के पिछले हिस्से में जलती लाल बत्ती धीरे-धीरे दूर होती हुई अँधेरे में लुप्त हो गयी।

बैठक में लटकती लालटेन हवा में बुझ गयी थी। रसोईघर में काम करती माँ बैठक में अँधेरा देखकर उठी। बुझी हुई लालटेन दोबारा जलाकर टाँगते समय अचानक उसकी दृष्टि घड़ी पर पड़ी। साढ़े सात बज गये हैं, यह जानते ही उसके मन में न जाने कैसे-कैसे विचार उठने लगे। जब उसने पीछे मुड़कर देखा, उस समय बेटी सीढ़ियाँ चढ़ रही थी।

बारिश में भीगकर लौटी अपनी बेटी के बिखरे हुए बाल और अस्त-व्यस्त कपड़ों को देखकर माँ का कलेजा धक्-से रह गया। उसने पूछा, "क्यों री, तूने यह भूतनी का-सा वेश क्यों बना रखा है?"

वह इतने धीमे चलकर बैठक में आयी मानो कोई मूर्ति चल रही हो। लालटेन के पास पहुँचकर वह मूर्ति की तरह ही स्थिर खड़ी हो गयी। उसकी आँखों से आँसू बहने लगा। "अम्मा!" पुकारकर वह अपनी माँ से लिपट गयी और उसके कन्धों पर अपना सिर रखकर फूट-फूटकर रोने लगी।

माँ मन-ही-मन समझ गयी कि कुछ अनचाहा हो गया है, किन्तु यह न जान पायी कि क्या हुआ है।

माँ ने पूछा, "क्यों री, क्या हुआ? इतनी देर क्यों हो गयी? रो मत, बता, क्या हुआ?" अपने से लिपटकर रोती हुई, किसी कीड़े की तरह छटपटाती हुई बेटी के दुःख का कारण न जानते हुए भी माँ इतना अवश्य समझ गयी कि वह पीड़ा से छटपटा रही है। बेटी के दुःख से दुःखी माँ का दिल भर आया, वह भी रोने

लगी। आँचल से आँखें पोंछते हुए, प्यार से बेटी की पीठ पर हाथ फेरते हुए वह बोली, "क्यों री, क्यों इस तरह रो रही है? बता न मुझे।"

माँ से आँखें चार करने की हिम्मत न होने के कारण उसके कन्धे पर सिर टिकाये हुए अपना मुँह उसके कानों के पास ले जाकर वह धीमे स्वर में कुछ कहने लगी। रोना बन्द होने के कारण उसकी आवाज कुछ साफ हो गयी थी। बात शुरू करते ही माँ ने झटककर उसे अपने से अलग किया और इस तरह घृणा की दृष्टि से देखने लगी मानो वह कोई अभिशप्त नीच कन्या हो।

उस नादान लड़की ने अपनी बात इस तरह शुरू की, "जोर की बारिश हो रही थी! दूर-दूर तक बस का कोई निशान नहीं...इसी से मैं उस कार में चढ़ गयी...जंगल जैसी कोई जगह थी...वहाँ एक भी आदमी नहीं था...चारों तरफ अँधेरा-ही-अँधेरा। मैं बारिश में भीगती हुई भी दौड़कर घर आ जाती किन्तु मुझे वहाँ से घर का रास्ता मालूम न था...मैं क्या कर सकती थी...फिर...फिर...हाय अम्मा!...उसने मुझे..."

उसकी बात पूरी भी न हो पायी थी कि माँ की आँखों से आग बरसने लगी। उसने उसके कानों पर, गालों पर, माथे पर और न जाने कहाँ-कहाँ जोर का तमाचा मारा। लड़की बैठक के एक कोने में जा गिरी। हाथ में पकड़ी किताबें इधर-उधर बिखर गयीं। टिफिन-बॉक्स नीचे गिरकर टन-टन करता हुआ दूर लुढ़क गया।

माँ ने इस तरह चीखने के लिए अपना मुँह खोला, 'अली कलमुँही! तूने मेरा सत्यानाश कर दिया...' किन्तु उसका मुँह खुला का खुला रह गया। उसमें से एक भी शब्द नहीं निकला।

उस मकान में चार परिवार रहते थे। माँ के चीखने की आवाज सुन पिछले हिस्से में रहनेवाले कुछ लोग भागे-भागे आये।

मकान के पिछले हिस्से में रहनेवाली ताई अपने गीले हाथों को आँचल से पोंछती हुई और तनिक व्यंग्य से यह पूछती हुई, 'क्यों, क्या बात हो गयी?' सीधे बैठक में ही पहुँच गयी।

माँ ने बहुत दुःखी होने का अभिनय करते हुए कहा, "कुछ नहीं हुआ। इतनी तेज बारिश में भला ऐसी कौन-सी आफत आ गयी थी? बुरी तरह भीगकर लौटी है। हम लोग पेट काटकर पैसा खर्च करके पढ़ा रहे हैं। परीक्षा के दिन पास आ रहे हैं, बीमार पड़ गयी तो क्या करेंगे! अच्छा हुआ, इसका बड़ा भाई घर पर नहीं है। वह होता तो इसकी खाल खींच लेता...।"

मकान के पिछले हिस्से में रहनेवाली ताई को मामला ज्यादा दिलचस्प नहीं लगा। "अच्छा-अच्छा, अब छोड़ो इसे। इतनी-सी बात के लिए बच्ची को मत मारो," कहकर वे अपने घर लौट गयीं।

माँ ने बाहर का दरवाजा और बैठक की सारी खिड़कियाँ बन्द कर दीं। आँखों से आग बरसाती हुई वह बैठक के एक कोने में बिल्ली के बच्चे की तरह सिकुड़ी-सिमटी, चुपचाप पड़ी अपनी उस बेटी के घूरने लगी जो उसकी मार खाकर दुःखी नहीं हुई थी बल्कि यह चाह रही थी कि माँ उसे और जोर-जोर से पीटे। पीट-पीटकर, लात मारकर उसकी जान निकाल दे।

माँ मन-ही-मन सोचने लगी, 'इस लड़की का क्या अब किया जाए? इसने एक अच्छे-भले परिवार को कलंकित कर दिया! हे ईश्वर! मैं क्या करूँ?' फिर उसने मुड़कर देखा, पीछे रसोईघर में रखी अँगीठी में अंगारे धधक रहे थे। उनसे लपटें निकल रही थीं। माँ ने सोचा—थाली में अंगारे लाकर इसके सिर पर उँडेल दूँ क्या?

सहसा आग की लपटों में पड़ी, कीड़े की तरह तड़प-तड़पकर, झुलसकर मरती हुई अपनी बेटी का दृश्य उसकी आँखों के सामने झूल गया...।

'फिर क्या होगा? उसके साथ ही क्या यह कलंक मिट जाएगा? हाय मेरी बेटी! तुझे अपने हाथों से मारकर क्या मैं जीवित रह सकूँगी? यदि मैं भी अपने प्राण त्याग दूँ तो?'

'हाँ, फिर क्या होगा? क्या हमारे साथ यह कलंक भी मिट जाएगा?'' माँ की समझ में कुछ नहीं आया। बेटी के बाल पकड़कर उसका सिर ऊपर करके उसने उसे खड़ा किया।

बैठक के बीचोंबीच लटकती लालटेन की बत्ती आगे कर उसकी रोशनी तेज कर उसे हाथ में लेकर वह बेटी के पास जा खड़ी हुई। उसने सिर से लेकर पैर तक उसके एक-एक अंग को बड़े ध्यान से देखा। माँ की उस तीखी दृष्टि को झेल न पाने के कारण बेटी ने अपना चेहरा ढँक लिया और बोली, ''हाय माँ! मुझे इस तरह मत देखो!'' इसके बाद माँ की तरफ पीठ करके दीवार पर सिर टिकाकर रोने लगी।

माँ ने मुँह पर हाथ रखकर दबी आवाज में कहा, ''हे भगवान! तू ही उस पापी को दण्ड दे सकता है।'' और फिर उस अनजान युवक को जी भरकर कोसा। बेटी का स्पर्श करते हुए उसे संकोच हो रहा था। किन्तु ममता के कारण उसने सोचा कि यदि वह स्वयं उसका स्पर्श करते हुए संकोच करेगी तो उसकी बेटी सहारे के लिए किसके पास जाएगी? उसने काँपते हाथों से उसे पकड़ा और लम्बी साँसें लेते हुए मन-ही-मन कहा, 'यह सब मेरा दुर्भाग्य है।' उसने भली प्रकार जान लिया कि उस पर क्रोध करने अथवा उसे दण्ड देने से इस पाप से मुक्ति नहीं मिल सकती। उसने एक हाथ से बेटी को कसकर पकड़ा और दूसरे हाथ में लालटेन लेकर उसे खींचते हुए गुसलखाने तक ले गयी।

गुसलखाने में पानी से भरे टब के पास उसे खड़ा कर उसने लालटेन को आले पर रखा और जितने देवी-देवताओं के नाम जानती थी, उन सभी को याद कर उनसे प्रार्थना की कि वे उसकी भोली-भाली और नादान बेटी पर लगे कलंक को धो दें।

लड़की छाती पर आड़े अपनी बाँहें बाँधे इस तरह सिकुड़ी-सिमटी-सी खड़ी थी, मानो ठण्ड से ठिठुर रही हो।

आँखों को कसकर बन्द किये मूर्ति की तरह खड़ी अपनी बेटी से एक भी शब्द बोले बिना माँ ने झटपट उसके सारे कपड़े उतारे। कमर के नीचे तक लटकती उसकी चोटी खोलकर उसकी गोरी पीठ को बालों से ढँक दिया। यन्त्र की तरह अपने घुटनों को छाती से सटाये सिकुड़कर बैठी अपनी बेटी के सिर पर घड़ों पानी उँडेलती गयी। सिर पर शिकाकाई का घोल मलते हुए माँ ने धीरे से बेटी से पूछा, ''क्या तू उसे पहले से जानती थी?''

''ऊँ हूँ...।''

दाँत पीसते हुए माँ बोली, ''सत्यानाश हो उसका! समझ में नहीं आता, उसका क्या करूँ!'' शिकाकाई में सनी अपनी उँगलियों को शेर के पंजे की तरह फैलाये, आँखों से आग बरसाते हुए और दाँत पीसते हुए वह तनकर खड़ी हो गयी।

कुछ देर बाद क्रोध शान्त होने पर वह अपने-आप से कहने लगी, 'फूल काँटों पर गिरे या काँटे फूल पर गिरें, नुकसान फूल का ही होता है।' इसके बाद मुट्ठी भर शिकाकाई का घोल लेकर वह उसे बेटी के सिर पर जोर-जोर से मलने लगी, मानो ऐसा करके नारी मात्र के भाग्य की रेखाओं को मिटाने की कोशिश कर रही हो।

जाने क्यों, उस समय उसे अपने पति की याद आयी जो दो साल की बच्ची को उसके पास छोड़कर सदा के लिए संसार से चले गये थे और वह रोने लगी कि यदि वे इस समय जीवित होते तो...वे भाग्यशाली थे कि इस भयंकर दृश्य को देखे बिना चल बसे।

''मेरी बच्ची! किसी को भी यह बात मालूम नहीं होनी चाहिए। मालूम हो जाए तो हमारा परिवार नष्ट हो जाएगा। कोई नहीं सोचेगा कि उसकी लड़की पर ऐसी मुसीबत आती तो वह क्या करता। सभी हमारे कुल का नाश करने की कोशिश करेंगे, मानो जन्म-जन्म के बैरी हों। औरों की क्या कहूँ—यदि यह घटना किसी दूसरे के यहाँ घटित होती तो क्या मैं चुप रहती? जो जी में आता, वही कह देती। अब तक ऐसा ही तो करती आयी हूँ।'' इस तरह बड़बड़ाते हुए माँ ने कपड़े टाँगने की रस्सी से तौलिया उतारकर बेटी के बाल सुखाये। बाल सुखाने के बद उसका मुँह ऊँचा कर उसे गौर से देखा। धोकर साफ किये गये तामचीनी के बर्तन के समान चमकते, जवानी के दोषों से कोसों दूर, बच्चों जैसे भोले-भाले अपनी बेटी के चेहरे

को कुछ क्षण गौर से देखते रहने के बाद माँ ने बड़े प्यार से उसका माथा चूमा। ''मेरी बच्ची, तू पवित्र हो गयी है...ऐसा समझ ले कि मैंने तेरे सिर पर पानी नहीं, अंगारे डाली थी। अब तेरे शरीर पर कोई दाग नहीं रह गया है...तू संगमरमर की मूर्ति है...संगमरमर की...मन मैला हो तभी शरीर मैला लगता है। मैं तेरे मन की बात समझती हूँ किन्तु दुनिया कहाँ समझेगी? इसीलिए कहती हूँ कि किसी को भी इस घटना के बारे में पता नहीं लगना चाहिए।...मुझे इस तरह क्यों देख रही है? मैं सच कहती हूँ...तू पवित्र हो गयी है...हाँ...गली में चलते हुए कितनी बार गन्दगी में हमारा पैर पड़ जाता है...क्या हम अपना पैर काट डालते हैं? पैरों को साफ कर पूजा-घर में चले जाते हैं। तब क्या भगवान हमें वहाँ से भगा देता है? सब-कुछ मन पर निर्भर है...मन साफ होना चाहिए। मन चंगा तो कठौती में गंगा। तू अहल्या की कथा जानती है? कहते हैं कि वह राम की चरणधूलि के स्पर्श से पवित्र हो गयी थी...हाँ, उसका मन कभी मैला नहीं हुआ। इसी से राम की चरणधूलि उस पर पड़ी। मैं इसलिए ये सब बातें तुझे बता रही हूँ ताकि तेरा मन कभी मैला न हो। किसी बुरे स्वप्न की तरह इन सब बातों को भूल जा...तेरे साथ कुछ नहीं हुआ...।''

माँ ने अरगनी पर सुखाये गये कपड़े बेटी को देकर पहनने के लिए कहा।

''तेरे मुँह में क्या है? किस चीज को 'अचक्-पचक्' चबाये जा रही है?''

''च्युंइगम।''

''उस गन्दी चीज को थूक दे—छिः...थूक दे उसे। अच्छी तरह से अपना मुँह धोकर कुल्ला करके आ,'' ऐसा कहकर माँ पूजा-घर में चली गयी।

भाव-विह्वल होकर भगवान की मूर्ति के सामने कुछ क्षण तक आत्म-विस्मृत-सी खड़ी रही। अपने पास आकर खड़ी हुई बेटी से वह बोली, ''मेरी बच्ची, भगवान से प्रार्थना कर कि वे तुझे अच्छी जिन्दगी दें। इस समय जो कुछ हुआ है, उसकी जिम्मेदार मैं भी हूँ। जवान लड़की को घर से बाहर भेजते समय मैंने यह कहाँ सोचा कि जमाना बहुत खराब है? मेरी बच्ची कॉलेज में पढ़ रही है, इस खुशी में मैं सब-कुछ भूल गयी। इतना ही नहीं, मेरे लिए तो तू अब भी बच्ची है...किन्तु दुनियावालों के लिए तू बच्ची नहीं रही!...इस बात को भूल जा...क्या मैंने तुझे इस बात को भूल जाने के लिए कहा है? नहीं-नहीं, इस बात को अच्छी तरह याद रख ले। हाँ, इसकी चर्चा किसी से मत करना। इस मामले में न तो कोई अपना मित्र होता है और न कोई अपना सगा। मेरे हाथ पर हाथ रखकर यह वचन दे कि तू यह बात किसी से नहीं कहेगी...?''

अपने किसी रहस्य की रक्षा करने की प्रार्थना करती हुई-सी अपने सामने हाथ फैलाये खड़ी माँ के हाथ को बेटी ने कसकर पकड़ लिया और बोली, ''मैं वचन

देती हूँ...किसी से भी नहीं कहूँगी...।''

एक हाथ से बेटी का सिर थामे और दूसरे हाथ से उसके माथे पर विभूति लगाते हुए माँ बोली, ''मैं अब तक यही सोचती थी कि मेरी बेटी बहुत होशियार है, परीक्षा में ढेर सारे अंक पाती है...बेटी, होशियार तो तू अब हुई है। हमेशा इसी तरह होशियार बनी रहना।''

उस नादान लड़की की आँखों में पूजा-घर में जलते हुए दीपक की ज्योति प्रतिबिम्बित हुई। वह केवल दीपक की ज्योति का प्रतिबिम्ब नहीं था, माँ ने उसमें पूर्ण नारीत्व के प्रकाश की झलक देखी।

देखो, वह लड़की कॉलेज जा रही है। सड़क पर चलते हुए सैकड़ों शानदार कारें उसके रास्ते आड़े आती हैं। मजाल है कि वह आँख उठाकर भी किसी कार की तरफ देख ले! कभी-कभी वह सिर उठाकर देखती है। बड़ी सजग होकर इधर-उधर देखते हुए कदम बढ़ाती है कि कहीं वह कार उसके रास्ते में अथवा वह स्वयं उस कार के रास्ते में न आ जाए।

मौन एक भाषा है

अच्छा हुआ, वह अकेला ही आया है।

पाँच वर्ष पहले सिंगारम पिल्लै ने रवि को इस प्रकार का एक पत्र लिखा था :

'मैंने सोच लिया है कि मेरे सात ही पुत्र हैं और तुझे पूरी तरह भुला दिया है। यदि तू लौटकर यहाँ न आओ तो यही अपने परिवार के प्रति और जन्म देनेवाली माँ के प्रति बहुत बड़ा उपकार होगा।'

रवि लौटकर नहीं आया, मानो उसने अपने पिता की बात मान ली थी। रवि की माँ के उस भयानक कृत्य के कारण सिंगारम ने उसे पुनः पत्र लिखा कि वह शीघ्र लौट आये। कल से वे यह सोचकर चिन्तित हो रहे थे कि वह अकेला ही आएगा अथवा उस विदेशी महिला को यहाँ लाकर हमारा अपमान करेगा। गाड़ी से रवि को अकेला उतरते देख उन्होंने चैन की साँस ली।

'साधारण सफेद धोती और कुर्ता पहने हुए रवि पहले-जैसा ही लग रहा है...इन पाँच वर्षों में, अट्ठाईस वर्ष की आयु में ही यह कितना बड़ा हो गया है! सिर का अगला भाग गंजा हो गया है...यह अपने बड़े भाई सुन्दरम से भी बड़ा लग रहा है, लेकिन रवि की सुन्दरता कम नहीं हुई है। रंग अधिक निखर गया है। सेहत भी पहले से अच्छी हो गयी है। सुन्दरता या बुद्धि की इसमें क्या कमी है? छोटी आयु में ही मैं जान गया था कि सुन्दरम वनों और खेतों में घूमने का काम ही कर सकता है। इसकी कुशाग्रता पर विश्वास होने के कारण ही मैंने इसे विदेश भेजा था। यह लड़का पढ़ने के लिए विदेश गया था! उस विदेशी महिला पर कैसे रीझ गया?...'

''पिताजी!...''

हाथ में सूटकेस लिये हुए रवि ने, उसे देख मुँह फेरकर खड़े हुए पिताजी के पीछे खड़े होकर उन्हें पुकारा। उन्होंने मुड़कर नहीं देखा। उनकी आँखें सजल हो उठी थीं; किन्तु रवि इस बात को नहीं जान पाया। वह उनके पीछे खड़ा चुपचाप हँस रहा था। कुछ देर बाद उसने चिन्तित स्वर में पूछा, ''माँ की हालत कैसी है?

उन्होंने ऐसा भयानक काम क्यों किया? इस आयु में उन्होंने आत्महत्या करने का प्रयत्न क्यों किया?''

पिता ने उसकी ओर देखे बिना ही, क्रम से पूछे गये उसके तीनों प्रश्नों का उत्तर इस प्रकार दिया, ''वह अन्दर लेटी हुई है। स्वयं जाकर उससे ये सभी बातें पूछ लो। इस घर के लोगों का दिमाग न जाने कैसे-कैसे उलटे काम करता है...हाय रे दुर्भाग्य!'' खीज-भरे स्वर में इन शब्दों को कहकर सिंगारम तौलिया बिछाकर आँगन में बैठ गये और अन्दर की ओर कदम बढ़ाते हुए अपने पुत्र की ओर देखने लगे।

'मेरा पुत्र-प्रेम समाप्त हो चुका है। नहीं...यह मेरी कल्पना मात्र है। पुत्र को जन्म देनेवाली माँ कभी ऐसा सोच सकती है?...चाहे कुछ भी हो, उसके लिए ऐसा नीच कर्म करना कहाँ तक उचित है?...' सिंगारम अपनी पत्नी के विषय में सोच रहे थे। दो दिन पहले उसने कनेर की जड़ पीसकर, उसे खाकर आत्महत्या करने का प्रयत्न किया था। उसके आत्महत्या करने के लिए तैयार हो जाने के कारणों पर वे न जाने कितनी बार विचार कर चुके थे। इस समय वे उन कारणों पर फिर से विचार करने लगे।

सिंगारम की पत्नी अलमु आच्चि के जीवन में कई अभाव थे...सबसे बड़े लड़के सुन्दरम का विवाह हुए दस वर्ष बीत चुके थे किन्तु उसके कोई सन्तान नहीं थी। वह सोचती थी कि उसका दूसरा लड़का उसकी इच्छानुसार शहर में रहकर अपनी शिक्षा पूरी करेगा और विवाह करके शान से घर में रहेगा...परन्तु उसकी वह इच्छा भी पूरी नहीं हुई। रवि एक यूरोपीय महिला डॉक्टर के प्रेम में पड़ गया जोकि उसके सीनियर के रूप में उसके साथ काम कर रही थी। जब उसने घर आकर यह कहा कि वह उस विदेशी महिला से ही विवाह करेगा, तब उसके और उसके पिता सिंगारम पिल्लै के बीच घोर वाद-विवाद हुआ। उस समय अलमु आच्चि मौन साधे रही।

उसके मौन को पिता-पुत्र ने अपने-अपने मन के समर्थन का सूचक माना और वे अपनी-अपनी बातों पर अड़े रहे। अन्त में उन्होंने परस्पर एक-दूसरे से नाता तोड़ लिया। इस समय रवि अपनी विदेशी पत्नी के साथ मिलकर मद्रास में एक 'नर्सिंग होम' चला रहा था।

रवि ने मद्रास जाकर जब उस विदेशी महिला से अपने विवाह की सूचना अपने घरवालों को दी, तब अलमु आच्चि प्रसन्न हुई अथवा नहीं, इसे कोई नहीं जानता। सिंगारम पिल्लै के यह कहने पर कि 'मैंने उसे भुला दिया है, तू भी उसे भूल जा'—वह दुःखी हुई अथवा नहीं, इसे भी कोई नहीं जानता। अलमु आच्चि को मौन नामक भाषा ही अच्छी तरह आती थी।

इन पाँच वर्षों में घर में कई महत्त्वपूर्ण घटनाएँ घटी थीं जिनके विषय में रवि को तनिक भी ज्ञान न था। दो वर्ष पूर्व मुत्तु और सोमु नामक उसके छोटे भाइयों का विवाह हुआ था। उसकी बड़ी बहन कामाक्षी, जोकि पति के मर जाने के बाद भी ससुराल में ही रहती थी, अब पति की सम्पत्ति का बँटवारा करवाकर अपने छोटे बेटे को लेकर माँ के पास आ गयी थी। पास के शहर में विवाहित उसकी छोटी बहनें पंकजम और इन्दिरा दो साल में एक बार माँ के घर आकर दो-दो शिशुओं को जन्म दे चुकी थीं। रवि की सबसे छोटी और सबसे लाड़ली बहन सुशीला, जिसे वह सदा पीठ पर उठाये फिरता था, अब चुनरी ओढ़ने लगी थी। वह अब विवाह के योग्य हो चुकी थी।...

दो महीने पहले सिंगारम की साठवीं वर्षगाँठ मनायी गयी। उस समय जैसे अलमु का मौन भंग हो गया। निमन्त्रण-पत्रों पर पता लिखते हुए अपने पति के पास आकर वह बोली, "उसको...रवि को...पत्र लिख दिया?"

सिंगारम ने उसे घूरकर देखा। वह जान गयी कि उनके घूरने का अर्थ है, 'नहीं'। उनकी तीखी दृष्टि से भयभीत होकर उसके चुप हो जाने पर वे जान गये कि वह रवि का पक्ष ले रही है। उन्होंने बहुत पहले ही रवि के विषय में एक निर्णय ले लिया था अत: वे अपने इस निश्चय पर दृढ़ रहे कि वे उसे इस अवसर पर कतई नहीं बुलाएँगे। साठवीं वर्षगाँठ समारोह हुए दो महीने हो चले थे। उन दिनों वह काफी प्रसन्न थी। रवि के चले जाने के बाद, उसकी याद आ जाने पर कभी कोई उसकी चर्चा कर लेता, अन्यथा किसी को भी उसका अभाव नहीं खटकता था। अलमु आच्चि को भी उसका अभाव नहीं खटकता...उसके मौन को देखकर सिंगारम पिल्लै ने यही अनुमान लगाया था।

ऐसी दशा में दो दिन पहले अलमु आच्चि, जिसकी आयु पचास वर्ष से कम थी, कनेर की जड़ को पीस खाकर अपने प्राणों का अन्त करने का साहस कैसे कर सकी? इसका कारण रवि का वियोगजन्य दुख था या कामाक्षी का अल्पायु में ही विधवा होकर घर लौट आना?...सबसे बड़े पुत्र की सन्तानहीनता का दु:ख इसका कारण था अथवा इन सभी कारणों से उसके मन में उत्पन्न एक विरक्ति की भावना?

कारण चाहे कुछ भी हो, उसने सहसा यह काम क्यों किया?

सिंगारम पिल्लै और घर के अन्य लोगों की समझ में कुछ नहीं आया। उन्होंने अलमु की विभिन्न चेष्टाओं को देखकर भगवान का नाम लेकर एक वैद्यजी को बुलवाया। वैद्यजी ने कनेर के विषैले प्रभाव को दूर करनेवाली एक औषधि उन्हें दी।

वैद्यजी ने बड़े रहस्यात्मक ढंग से पूछा, "कहीं सास-बहू में कोई झगड़ा तो नहीं हुआ?"

सिंगारम पिल्लै बोले, "वह मुँह खोले तभी तो लड़ाई-झगड़ा हो सकता है...श्रीमानजी, हमारे परिवार में ऐसी बातें नहीं होतीं..."

"तब इस बीमारी का कारण और कुछ नहीं, आपके दूसरे लड़के के घर छोड़कर जाने का दुःख ही है। इस समय अच्छा यही है कि आप अपने सभी बच्चों को पत्र लिख दें। उन सबके आ जाने से माँजी का मन शान्त हो जाएगा," यह कहकर गाँव के वैद्यजी लौटकर चले गये।

सिंगारम पिल्लै को इस बात का बहुत दुःख था कि उन्होंने अपनी पत्नी के मौन का मनमाना अर्थ लगा लिया और वह उसके मन की बातों को ठीक तरह से नहीं जान पाये। उन्हें लगा कि उसके आत्महत्या करने के निश्चय का एकमात्र कारण यही है कि उन्होंने रवि को उससे अलग कर दिया था। उन्होंने अपनी 'पत्नी की खातिर' रवि को एक पत्र लिखा और पास के शहर में रहनेवाली अपनी लड़कियों को स्वयं बुला लाये। इस समय घर बेटियों, दामादों, पोतों-पोतियों और नाती-नातिनों से भरा हुआ था।

बेहोश पड़ी हुई अलमु आच्चि सचेत होते ही सिर पीट-पीटकर रोने लगी। 'यह सब क्या है? सबको यहाँ बुलाकर मेरा अपमान क्यों किया जा रहा है?...हाय रे दुर्भाग्य!' वह मन-ही-मन बड़बड़ाने लगी। सिंगारम पिल्लै ने उन्हें शान्त करने का प्रयत्न किया। वह उन्हें गाली देने के स्थान पर स्वयं को कोसने लगी।

उस समय रवि भी वहाँ आया हुआ था। वह नहीं जानता था कि उसके पिता ने पत्र लिखकर उसे क्यों बुलाया है। रवि को देखकर सिंगारम पिल्लै निश्चिन्त हो गये क्योंकि उनका विश्वास था कि उसे देखते ही अलमु का सारा दुःख दूर हो जाएगा।

जब रवि ने घर में प्रवेश किया, उस समय घर के आँगन में बच्चे खेल रहे थे। बच्चों में कुछ को रवि जानता था, परन्तु उनके बड़े हो जाने के कारण इस समय वह इन्हें नहीं पहचान पा रहा था। कुछ बच्चे जिन्हें रवि ने पहले नहीं देखा था, उसे देखकर चकित और भयभीत होकर, 'माँ, बाहर कोई आया है,' कहते हुए कमरे की ओर दौड़ पड़े।

रवि वहीं खड़े-खड़े मुस्कराते हुए कमरे की ओर दौड़ते उन बच्चों को देखने लगा। उस समय उसकी माँ अन्दर के कमरे में सो रही थी। बच्चों का शोरगुल सुनकर सुशीला, जोकि दो दिनों से माँ के पैताने बैठी हुई थी, धीरे से चलकर दरवाजे के पास आयी। उसने बाहर की ओर झाँककर देखा। होठों ही होठों में उसने कहा, "अरे, रवि भैया!" और दौड़कर कमरे से बाहर आ गयी। उसने उसके हाथ से सूटकेस ले लिया और, "आओ भैया!" कहकर उसका स्वागत किया। अचानक ही उसके होठ काँपने लगे और आँखें सजल हो उठीं। इसका एकमात्र कारण क्या

उनका परस्पर बिछोह था?...

"अरी सुशी! तू तो पहचान में ही नहीं आ रही!....हाँ, तो माँ की तबियत कैसी है?" पूछते हुए उसने कमरे की ओर कदम बढ़ाये।

उत्तर में सुशीला बोली, "भैया, वे अभी-अभी सोयी हैं...उन्हें मत जगाना...जागने पर वह बक-बक करने और रोने लगेंगी...अन्दर आइए। खेत के पास पम्प लगवाया है...आकर देखिए न, उसमें कितनी तेज धार से पानी आता है। पम्प के पानी में नहाने से आपकी रेलयात्रा की सारी थकान छूमन्तर हो जाएगी," कहती हुई सुशीला एक हाथ में रवि का सूटकेस पकड़े हुए और दूसरे हाथ से रवि को पकड़कर खींचती हुई, उसके आगे-आगे चलने लगी।

उसके साथ घर के पिछवाड़े जाने से पहले रवि ने कमरे के दरवाजे के पास खड़े होकर भीतर सोती हुई अपनी माँ पर एक दृष्टि डाली।

पिछवाड़े की ओर जाते हुए रवि को देखकर उसके बड़े भाई सुन्दरम की पत्नी राजम ने मुस्कराते हुए, उसका स्वागत किया, "आइए, भाई साहब! आज कैसे रास्ता भूल गये?"

उसके भारी-भरकम शरीर को देखकर रवि सोचने लगा कि बच्चा न होने के कारण वह मोटी हो गयी है अथवा किसी बीमारी के कारण? उसने हँसते हुए, मजाक के तौर पर उससे पूछा, "क्यों भाभी, स्वस्थ तो हैं?"

भाभी ने मुस्कराते हुए उत्तर दिया, "यहाँ स्वास्थ्य की क्या कमी है?"

"मैं एक डॉक्टर की हैसियत से आपसे यह सवाल पूछ रहा हूँ। क्या आपका यह उत्तर ठीक है?"

"एक दिन तुम्हारे भाई साहब भी कह रहे थे कि मुझे मद्रास जाकर तुम्हारे 'नर्सिंग होम' में अपनी जाँच करवा लेनी चाहिए।"

"हाँ, भाई साहब का कहना ठीक ही है। जब मैं मद्रास लौटूँ तो आप भी मेरे साथ चलिएगा..." रवि यह कह ही रहा था कि बच्चों के साथ खेत से लौटती हुई इन्दिरा और पंकजम वहाँ पहुँच गयीं।

"अरे रवि भैया, आप? बच्चे चिल्ला रहे थे कि बाहर कोई आया है," कहकर पंकजम ने अपने बड़े लड़के को खींचकर रवि के पास खड़ा कर दिया और उससे बोली, "बेटा, यह तेरे मामा हैं।" वह भय और लज्जा के कारण माँ के पीछे छिपकर खड़ा हो गया।

इन्दिरा ने मजाक में रवि से पूछा, "क्यों, भैया, भाभी को नहीं लाये?"

इन्दिरा के इस प्रश्न को सुनकर सुशीला दंग रह गयी।

अपनी दाढ़ी पर हाथ फेरते हुए रवि बोला, "उसे लेकर आ सकता था किन्तु यदि पिताजी उसे भगा देते तो...?" और हँसने लगा।

भाभी आवेश में आकर बोली, "भगा देते तो क्या हम चुप बैठे रहते? हम उनसे पूछते कि क्या वह आपकी बहू नहीं है?"

"मुझे उन्होंने भगा दिया तब तो आप कुछ नहीं बोलीं, उसके लिए जरूर लड़ेंगी," कहकर रवि ने भाभी का मुँह बन्द कर दिया।

उसी समय रसोईघर के दरवाजे पर एक अपरिचित चेहरा दिखाई पड़ा। उसे देख रवि बोला, "जो बहू घर नहीं आयी है, उसकी बात रहने दो; जो नयी आयी है, उसे तो दिखला दो।" रवि के इतना कहते ही मुत्तु की पत्नी कॉफी लेकर वहाँ आयी।

राजम ने उसका परिचय कराते हुए कहा, "यह मुत्तु की पत्नी मीना है।" रसोईघर की खिड़की के पास से दरवाजे की ओर आती हुई एक युवती की ओर संकेत करती हुई वह बोली, "वह सोमु की पत्नी नलिनी है।" रवि को भी घर के सदस्यों का परिचय देना पड़ रहा है, सम्भवतः यह सोचकर उसने एक लम्बी साँस ली।

मीना के हाथ से कॉफी का गिलास लेते समय रवि ने उसे तनिक ध्यान से देखा। उसे गर्भवती जानकर उसने पूछा, "इसका सीमन्तोन्नयन संस्कार कब होगा?"

रवि की इस बात को सुनते ही वह मुँह पर हाथ रखकर हँसती हुई लौट गयी।

"क्या अँग्रेज लोग प्रत्येक बच्चे के जन्म से पहले सीमन्तोन्नयन संस्कार करते हैं? यह तो इसका दूसरा बच्चा है...कण्णन कहाँ है?" कहते हुए पंकजम ने घूमकर पीछे देखा। थोड़ी देर बाद मीना अपने डेढ़ साल के बच्चे के कपड़े पर लगा चावल-दाल आदि साफ करके उसे वहाँ ले आयी।

कॉफी पीकर रवि ने अपनी कमीज उतारकर खूँटी पर टाँग दी और आँगन में एक मूढ़े पर बैठ गया। बाकी लोग उसे घेरकर बैठ गये।

"दीदी, मुत्तु और सोमु कहाँ हैं? दामाद लोग कहाँ हैं?" रवि यह पूछ ही रहा था कि उसकी विधवा बहन कामाक्षी खेत से लौटकर घर के अन्दर आती हुई दिखाई दी।

"अरे रवि! आ भाई! क्या तू हम लोगों को बिलकुल भूल गया था?" कहती हुई वह रवि के पास आकर बैठ गयी। उसने बड़े प्रेम से रवि से कुशल-क्षेम पूछा। बहन को विधवा-रूप में देखकर रवि मन-ही-मन अत्यन्त दुःखी हुआ, परन्तु उसने अपने मन के भावों को व्यक्त नहीं होने दिया। वह मुस्कराता हुआ उसकी बांतों का उत्तर देता रहा।

एक घण्टे तक वे सभी अपने कष्टों और दुःखों क वर्णन करते रहे। रवि ने अलग-अलग ढंग से सभी की समस्याओं को सुलझाने का प्रयास किया। अधिक पढ़ा-लिखा होने के कारण घर के सभी लोगों के मन में उसके प्रति प्रेम और सम्मान

की भावना थी, यहाँ तक कि उसके बड़े भाई और पिताजी भी उसकी बातों को अधिक महत्त्व देते थे। उसी रवि ने, जिसका कि घर के सभी सदस्य अत्यधिक सम्मान करते थे, अपने माता-पिता की इच्छा के विरुद्ध घर से निकलकर, चुपचाप एक यूरोपीय महिला से विवाह कर लिया था। घर में सभी को इस बात का बहुत दुःख था। घर की स्त्रियों की दृष्टि में रवि ने अपने इच्छानुसार किसी युवती से विवाह करके कोई बड़ा अपराध नहीं किया था। भगवान जिससे जिसकी जोड़ी मिलाता है वही उसको मिलता है—इस साधारण-से विश्वास ने ही मानो उनको सन्तुष्ट कर दिया था।

कामाक्षी ने रवि से कहा, ''मैं विदेशियों के बारे में कुछ नहीं जानती। मैं तुमसे एक बात पूछना चाहती हूँ...देखो बुरा मत मानना...तुम्हारी पत्नी, वह विदेशी महिला क्या हमारे देश की नारियों के समान संयम से रहती है? क्या वह तुम्हारे इच्छानुसार आचरण करना जानती है?''

वहाँ बैठे हुए सभी लोगों के मन में रवि की पत्नी के विषय में यह सन्देह था, परन्तु कामाक्षी की बात सुनकर वे सब हँस पड़े, मानो उसने कोई मूर्खतापूर्ण प्रश्न किया हो।

''आप लोग क्यों हँस रहे हैं? दीदी ने कोई गलत बात तो नहीं पूछी है...जहाँ तक मेरी पत्नी का प्रश्न है, मैं तो यही कहूँगा कि उसका रंग और उसकी भाषा भले ही हमारे देश की नारियों से भिन्न है, परन्तु गुणों की दृष्टि से वह साक्षात् भारतीय नारी है। अधिक क्या कहूँ, उसमें भारतीय नारियों की तरह बात-बात पर कुढ़ने, रोने और दूसरों का दोष निकालने का अवगुण बिलकुल नहीं है। दीदी! तुम मेरे साथ चलकर उसे देख लो न।'' रवि ने बिना किसी संकोच के अपनी पत्नी की प्रशंसा की।

उसकी बातें सुनकर गाँव की वे नारियाँ चकित हो गयीं।

''कोई बच्चा-वच्चा...''

कामाक्षी अपने प्रश्न को पूरा भी न कर पायी थी कि रवि ने उत्तर दिया, ''नहीं है।''

कारण पूछे जाने पर वह बोला, ''अभी बच्चे की जल्दी क्या है?''

इतना सुनते ही सभी मन-ही-मन मुस्कराने लगे।

उसे देख-देखकर प्रसन्न होती हुई कामाक्षी बोली, ''माँ ने कनेर की जड़ को पीसकर पी लिया, इसी से हमें तुझसे मिलने का सौभाग्य मिला...अन्यथा पिताजी तुझे घर आने के लिए पत्र कहाँ लिखते और तू हमसे मिलने के लिए यहाँ कब आता?''

''क्यों, बात क्या है? माँ को किसी बात का दुःख है? उन्होंने ऐसा काम क्यों

किया?'' रवि ने प्रश्न किया।

''उनके जीवन में दुख की क्या कमी है?...तेरे घर से चले जाने का दुःख और मेरा दुःख क्या उनके लिए काफी नहीं? तू तो माँ का स्वभाव अच्छी तरह से जानता है। वह गूँगों की तरह सभी बातें मन में छिपाये रखती हैं और अन्दर ही अन्दर घुटती रहती हैं। वह सोचती थीं कि पाँच वर्ष बाद, पिताजी की साठवीं वर्षगाँठ पर वह तुझसे मिल सकेंगी, और तब तक पिताजी का क्रोध भी शान्त हो जाएगा, परन्तु ऐसा कुछ नहीं हुआ। किसी तरह का भयानक काम करने से पिता का स्वभाब बदल जाएगा, यह सोचकर ही उन्होंने यह काम किया होगा...पिता की ओर से माँ का मन उचट गया है...अब भी उन्हें देखते ही माँ अधिक बड़बड़ाने और रोने लगती हैं। बेचारे पिताजी! वह पहले व्यर्थ का विवाद अवश्य करते थे परन्तु जब से उन्हें पता लगा कि माँ का जीवन खतरे में है, तब से वह सदा आँगन में ही बैठे रहते हैं, कमरे के भीतर तक नहीं जाते। माँ के कमरे में जाते हुए वह घबराते हैं। चाहे कुछ भी हो, माँ को ऐसा भयानक काम नहीं करना चाहिए था। क्या तुम जानते हो कि आस-पड़ोस के लोग क्या कहते हैं?...वे कहते हैं कि यह सब हमारी बहुओं की क्रूरता का फल है। बेचारी हमारी बहुएँ! वे बाहर के लोगों से भले ही सख्ती का बर्ताव करें किन्तु सास-ससुर से बड़ा अच्छा बर्ताव करती हैं। इसे बाहर के लोग कहाँ जानते हैं? सचमुच यह भगवान की कृपा है कि माँ ठीक हो गयीं और हम सब कलंकित होने से बच गये।''

कामाक्षी की इन बातों को सुनकर रवि मन-ही-मन यह सोचकर चिन्तित हुआ, 'क्या इन सब बातों का कारण मैं ही हूँ?'

''अच्छा, तो आप दोपहर होने से पहले नहाकर आ जाइए,'' कहकर भाभी ने उसे वहाँ से उठा दिया।

सुशीला ने उसके नहाने के लिए साबुन और तौलिया तैयार रखा था। उन्हें लेकर रवि घर के पिछवाड़े की एर चला गया। पिछले पाँच वर्षों में वहाँ कई परिवर्तन हो चुके थे। उन्हें देखकर रवि चकित हुआ। पिछवाड़े लगे हुए कटहल के पेड़ ने उसे सबसे अधिक आकर्षित किया।

पाँच साल पहले यह पेड़ बहुत छोटा था। अब उसके निचले भाग में बहुत-से क़टहल लगे हुए थे। नाना शाखाओं में फैलकर वह एक विशाल वृक्ष का आकार धारण कर चुका था। शाखाओं की अपेक्षा उसके तने के निचले भाग में अधिक कटहल लगे हुए थे। उन पर हाथ फेरने से रवि को पता लग गया कि वे अच्छी तरह पक चुके हैं। वह मन-ही-मन कटहल के कोयों की मधुरता की कल्पना करने लगा।

'लौटते हुए एक कटहल ले जाऊँगा। उसे पका हुआ कटहल बहुत पसन्द हैं।'

यह सोचकर रवि ने अपनी पत्नी को याद किया।

सबके साथ बैठकर खाना खाते समय रवि जान गया कि उसके भाई और बहनोई लोग उससे नाराज नहीं हैं। पिता ने उससे बातचीत करने और उसके साथ बैठकर खाना खाने से इनकार कर दिया था जिससे रवि को पता लग गया कि पिता का क्रोध अब भी शान्त नहीं हुआ है।

दोपहर के भोजन के बाद सभी लोग अन्दर के आँगन में जा बैठे। उस समय सिंगारम पिल्लै अपने दो दामादों के साथ बरामदे में बैठे हुए थे।

''उस नीच ने तुझे भी यहाँ बुलाया है?...हे ईश्वर! तुम सब लोग मिलकर मुझे छेद-छेदकर क्यों मार रहे हो?'' अलमु ने रोते-रोते कहा।

उसका रोना सुनकर सिंगारम पिल्लै और उनके दामाद चौंककर उठ खड़े हुए। सिंगारम पिल्लै अन्दर की ओर दौड़े।

सबका विचार था कि रवि को फिर से अपने घर के सदस्य के रूप में देखकर अलमु आच्चि की मनोदशा में परिवर्तन होगा, किन्तु उसकी इस प्रतिक्रिया को देखकर वे चकित और भयभीत हुए। रवि को देखकर अलमु आच्चि सिर पीट-पीटकर रोने लगी और बेचैन होकर बिस्तर पर लोटने लगी। बाहर से दौड़कर आते हुए सिंगारम पिल्लै उसकी इस हरकत को देखकर बहुत चिन्तित हुए। उनकी समझ में न आया कि वह करें तो क्या करें?

''माँ, मैं सोचता हूँ कि मैं चाहे कहीं रहूँ, मुझे सदा तुम्हारा प्यार मिलता रहेगा।...अपने इसी विश्वास के बल पर मैं तुमसे अलग होकर रहने लगा...उस समय तुम मौन रहीं...और अब तुम आत्महत्या करने पर क्यों तुल गयी हो? माँ, क्या तुम्हें मेरा यहाँ आना अच्छा नहीं लगा? क्या तुम मुझे नहीं देखना चाहती हो?'' अलमु के बिस्तर पर बैठकर, उसके हाथों को पकड़े हुए रवि ने दीन स्वर में पूछा।

उसके इन शब्दों को सुनकर अलमु का प्रलाप और रोना दोनों कुछ कम हुए। वह बच्चों की तरह सिसकने लगी। उसकी आँखें रह-रहकर भर आती थीं। वह रवि को देखकर चुपचाप मन्द स्वर में रोने लगी। ''बेटा, मैं न तो तुम लोगों से दुखी हूँ और न ही मेरे मन में तुम लोगों के प्रति क्रोध है। मैं स्वयं पापिन हूँ...'' अलमु आच्चि उसके हाथों को पकड़े हुए इस तरह प्रलाप करने लगी।

उनके प्रलाप और रुदन के बन्द होने तक रवि उसके पास चुपचाप बैठा रहा। सिंगारम पिल्लै और अन्य लोग इसी विश्वास से वहाँ खड़े हुए थे कि रवि अलमु के मन को बदल देगा और साथ ही पिछले कुछ दिनों से परिवार में आये हुए उस तनाव को कुछ कम कर देगा।

''माँ, तुम भूल जाओ कि मैं तुम्हारा पुत्र हूँ। इस समय मैं एक डॉक्टर की

हैसियत से तुमसे बातचीत कर रहा हूँ। अपना हाथ बढ़ाओ," कहकर रवि उसकी नाड़ी की परीक्षा करने लगा। इस पर अलमु, 'रहने दे रवि' कहकर रो पड़ी। रवि ने तनिक कठोर शब्दों में कहा, "यह बकवास बन्द करो" और गम्भीर होकर उसकी नाड़ी की परीक्षा करने लगा। इसके बाद उसने पलकें ऊपर करके दोनों आँखों की परीक्षा की। कमरे के दरवाजे पर मुस्कराती खड़ी हुई सुशीला को उसने वहाँ से चले जाने का संकेत किया। कमरे के दरवाजे को तनिक बन्द करके उसने माँ से कान में कुछ पूछा।

कमरे के भीतर से क्रोधपूर्ण गर्जन और प्रलाप तथा रवि के शान्त वचन सुनाई दिये।

"रवि! मेरे मान की रक्षा...इस समय भगवान ने ही तुझे यहाँ भेजा है..."

"माँ, चुप रहो। व्यर्थ बक-बक मत करो...इस समय अपमानित होने की कोई बात नहीं है...तुम इतनी-सी बात के लिए पागलों की तरह आत्महत्या करने के लिए तैयार हो गयीं? क्या तुम जानती हो कि विदेशों में इसे अत्यन्त महत्त्वपूर्ण और गौरव का विषय समझा जाता है? तुमने बहुत पुण्य किये हैं...ईर्ष्या के कारण कोई तुम्हारा उपहास करे तो करने दो। माँ, मातृत्व की महिमा अपार है। हाय माँ! इतनी-सी बात के लिए तुमने ऐसा भयंकर कदम क्यों उठाया? माँ...ओ माँ," कहकर हँसते हुए रवि के बाहर आने से पहले ही आँगन में अन्य लोगों के साथ खड़े हुए सिंगारम पिल्लै घर के पीछे के खेतों में चले गये।

रवि को इस बात का सन्देह था कि माँ के विषय में सब लोग जानते हैं अथवा नहीं, इसलिए वह अपने हाथों को परस्पर भींचते हुए बोला, "एक शुभ सन्देश सुनो...हमारे यहाँ भाई या बहन का जन्म होनेवाला है!"

रवि के ऐसा कहते ही वहाँ भयंकर खामोशी छा गयी। आँगन में बैठे हुए दोनों दामाद जोर से हँस पड़े। उनकी हँसी अलमु के शरीर में सूई के समान चुभ गयी। एक दामाद बोला, "ठीक है, अभी शादी को दो महीने ही तो हुए हैं!...कुछ दिनों में 'कंकरण धारण संस्कार'[1] भी होगा...।'

"इसमें मजाक या हँसने की कोई बात नहीं है। बहुत-से परिवारों में माँ-बेटी एक साथ बच्चों को जन्म देती हैं न? सुशीला के जन्म के बाद, इन सोलह वर्षों में, माँ ने किसी बच्चे को जन्म नहीं दिया, इसी से तुम लोगों को यह बात आश्चर्यजनक और अपमानजनक लग रही है। माँ ने और तुम लोगों ने यह सोच लिया था कि अब उनके कोई बच्चा नहीं होगा, इसी से तुम सबको यह बात बड़ी विचित्र लग रही है। हमारी क्या हस्ती कि हम होनी को अस्वीकार कर दें? यदि हमारा निष्कर्ष गलत हो तो हमें अवश्य ही लज्जित होना चाहिए।...मेरी माँ इस आयु में भी अपने नारीत्व को सार्थक सिद्ध कर रही हैं। यह मातृत्व की स्थिति में

पहुँच चुकी हैं, यह सोचकर मुझे गर्व का अनुभव हो रहा है...'' रवि आनन्द के आवेग में बोलता जा रहा था। सहसा उसने भाभी को मुँह बिचकाकर अन्दर जाते देखा।

''उसे अपनी चिन्ता खाये जा रही है...''

''मैंने कह दिया न कि मुझसे मजाक करोगे तो इस डण्डे के टूटने तक तुम लोगों की पिटाई करूँगा,'' कहकर पिताजी खेत में खड़े हुए सोमु और अपने पोते-पोतियों को हाथ की छड़ी दिखाकर धमका रहे थे।

''सोमु पिताजी से बहुत खुला हुआ है...वह उनसे मजाक भी कर लेता है। आखिर इसकी एक हद...''

''अरे सोमु! वहां पिताजी के पास खड़ा क्या कर रहा है?'' रवि चिल्लाया।

''कुछ नहीं,'' कहते हुए सोमु पिता के पास से कुछ हटकर खड़ा हो गया।

इस प्रकार दो दिन बीत गये... !

घर में सहसा भयंकर खामोशी छा गयी थी। कोई किसी से नहीं बोलता था। उस खामोशी में, घर के प्रत्येक प्राणी की दृष्टि में सहस्रों व्यंग्य और तर्क प्रतिफलित हुए। रवि ने मँझली बहनों को मन ही मन हँसते देखा। कामाक्षी और सुशीला अलमु आच्चि से भी अधिक लज्जा का अनुभव कर रही थीं, मानो उनका इस घटना से सबसे अधिक सम्बन्ध हो।

मौन...मौन...मौन! हाय! क्या मौन इतनी भयंकर भाषा है?

'शहरवालों और स्वजन-परिजनों की कहाँ तक कहें? यहाँ तो स्वयं अपने बच्चे ही....छि:! इनकी नीचता की कोई सीमा नहीं। माँ को देखकर कोई मजाक कर सकता है?' आदि बातें सोच-सोचकर रवि मन-ही-मन उबल रहा था।

'इन्हीं बातों से डरकर माँ ने आत्महत्या करने का प्रयत्न किया होगा,' यह सोचते ही रवि की आँखें सजल हो उठीं। घर के सभी लोग मौन रहकर जैसे उसे छेद रहे थे। रवि इन बातों को नहीं सह पाया। वह सीधे अपने पिता के पास पहुँचा।

''पिताजी, मुझे माफ कर दीजिए...माँ की व्यथा को मैं समझ रहा हूँ...हमारा देश पिछड़ा हुआ है...यहाँ के लोग अज्ञान में है, वे मातृत्व के महत्त्व को नहीं जानते...माँ का यहाँ रहना बहुत कठिन है—उन्हें मेरे साथ भेज दीजिए।''

जिस पुत्र को उन्होंने घर से निकाल दिया था, उसने उनके पास आकर जब ये बातें कहीं तब एकाएक उनका हृदय प्रेम से द्रवीभूत हो उठा। वह दूसरी ओर मुँह किये हुए क्रोधपूर्ण वाणी में बोले, ''वह तेरी ही तो माँ है...उसे ले जाने के लिए मेरे आदेश की आवश्यकता कहाँ है? यदि वह चलने के लिए तैयार हो, तो तू उसे ले जा।''

रवि दिनभर माँ के पास बैठकर उसे समझाता रहा। ''माँ, वह बहुत अच्छी है...तू वहाँ अलग रहना चाहे तो रह सकती है...उनके देश में इस स्थिति को सहज

स्वाभाविक समझा जाता है...वे इसे गौरव की बात समझते हैं...। तू यदि एक बार उसके साथ रह लेगी तो तुझे उससे अलग होकर रहना अच्छा नहीं लगेगा....''

''अरे, वह तो हमारी भाषा भी नहीं जानती, तू मुझे उसके सामने अपमानित क्यों करना चाहता है?'' कहकर अलमु आच्चि रो पड़ी।

''क्यों माँ, यहाँ तेरा अपमान करनेवाले लोग कौन-सी भाषा में बातें करते हैं?...सभी मौन हैं परन्तु काम बराबर हो रहा है। मौन रहकर क्या प्रेम और सम्मान के भाव को व्यक्त नहीं किया जा सकता? किसी की निन्दा करने के लिए और किसी के प्रति प्रेम को व्यक्त करने के लिए क्या भाषा-रूप माध्यम का होना जरूरी है?''

माँ रवि की बातों को समझ गयी। उसने रवि की ओर प्रेम से देखा और उसका हाथ पकड़कर रोने लगी।

गली में गाड़ी खड़ी हुई थी।

घर में सबसे विदा लेने और घरवालों के गली में आ जाने के बाद अलमु आच्चि घर से बाहर निकली और गाड़ी में बैठ गयी। उसके पीछे-पीछे आते हुए रवि ने सूटकेस को गाड़ी में रख दिया और स्वयं राजम भाभी के पास आ खड़ा हुआ।

उसी समय ताजे कटे हुए दो कटहलों को हाथ में लिये हुए सोमु दौड़ा-दौड़ा वहाँ आया और रवि से बोला, ''क्यों भैया, आप कटहल घर ले जाना चाहते थे न? अब उसे लिये बिना कैसे जा रहे हैं?''

सहसा रवि के मन:चक्षुओं के सामने कटहल का वृक्ष साकार हो उठा जिसके तने के निचले भाग में अनेक कटहल लगे हुए थे और जो नाना शाखाओं में फैलकर विशाल वृक्ष का रूप धारण किये हुए था।

''भाभी, तुमने घर के पिछवाड़े लगे हुए कटहल के पेड़ को देखा है न? फल उसकी शाखाओं में न लगकर उसके तने में लगे हुए हैं। इसका कारण क्या तने का और डालियों का परस्पर एक-दूसरे से विरोध है? नहीं! तने में फलों को लगा देखकर कोई भी इस बात को नकार नहीं सकता कि शाखाओं का आधार वृक्ष का तना ही है।'' वह आगे कुछ कहना चाहता था परन्तु कह नहीं पाया। कुछ देर तक वह खड़ा-खड़ा अपना सिर खुजलाता रहा, फिर बोला, ''अच्छा, तो तुम जल्दी ही भैया के साथ मद्रास आ जाना। अगले साल मैं स्वयं आकर तुम्हें लिवा ले जाऊँगा। हाँ, तो भाभी, जैसे तुम सोचती हो और जैसे माँ ने सोचा था—मातृत्व को प्राप्त होना पाप नहीं है,'' ऐसा कहकर रवि हँस पड़ा।

उस समय सिंगारम पिल्लै की समझ में नहीं आया कि वह गाड़ी में बैठी अलमु आच्चि को क्या कहकर विदा करें। वह चुपचाप वहाँ खड़े रहे। अलमु और

सिंगारम पिल्लै मौन भाव से एक-दूसरे की ओर देखते रहे।

"पिताजी, मैं चलूँ? माँ के विषय में आप चिन्ता मत कीजिए, मैं उसकी देखभाल अच्छी तरह करूँगा। अच्छा, चलते हैं।" कहकर हाथ जोड़कर प्रणाम करते हुए रवि गाड़ी में बैठ गया।

सिंगारम पिल्लै तब भी उससे कुछ नहीं बोले। बोलने के लिए उनके पास न मुँह था और न शब्द। हृदय की वेदना नेत्रों से झलक रही थी। सड़क के नुक्कड़ पर गाड़ी के मुड़ जाने तक सिंगारम पिल्लै रवि और अलमु आच्चि को देखते हुए गली में खड़े रहे।

पूरब और पश्चिम

कल शाम को गाड़ी में चढ़ते समय से अलमु आच्चि का मन अब अधिक शान्त था। रातभर घड़-घड़ करती, दौड़ती उस 'मेल' गाड़ी के पहले दर्जे में उनके पुत्र के अतिरिक्त और कोई नहीं था। सामने की बर्थ पर चैन से सोते हुए अपने उस पुत्र को उन्होंने आज पाँच वर्ष बाद देखा था। नींद न आने के कारण वे करवटें बदल रही थीं। गाड़ी के झटकों से आँख खुल जाने पर अपने पुत्र को देख वे मन-ही-मन खुश हो जाती थीं।

उन्होंने सोचा, 'अच्छा हुआ जो यह मेरी और मेरी मर्यादा की रक्षा करने के लिए देवता के रूप में आ पहुँचा!' शान्ति, व्याकुलता और चिन्तामिश्रित एक गहरा निःश्वास लेकर वे सोचने लगीं, 'अब क्या होगा...इसकी अँग्रेज पत्नी कैसी होगी? हमारी भाषा न जाननेवाली वह स्त्री मुझ गँवार को अपनी सास के रूप में पाकर नाक-भौं तो नहीं सिकोड़ेगी? चाहे कुछ भी हो, हमारे रीति-रिवाजों का उसके रीति-रिवाजों से मेल नहीं बैठ सकता है! उससे पूछे बिना वह मुझे अपने घर ले जा रहा है। अपनी जाति की बहुएँ ही इसका विरोध करतीं...खैर, जो होना होगा सो होगा ही...अब जब चल ही पड़ी हूँ तो सबकुछ सह लूँगी।' इस प्रकार की अनेक मानसिक समस्याओं से जूझते हुए अलमु ने रात बितायी।

सुबह होने में कुछ ही देर थी। रवि की नींद खुल चुकी थी। धारीदार 'नाइट सूट' पहने वह बिस्तर पर बैठा हुआ किसी स्टेशन पर गाड़ी के रुकने की प्रतीक्षा कर रहा था। प्रातः होने पर हजारों चिन्ताओं के बीच भी आधे घण्टे के लिए अपने को भूलकर सोयी हुईं अलमु आच्चि ने आँखें खोलीं। स्टेशन पर गाड़ी रुकी, तो वे जाग गयीं।

हवा में उनके बाल बिखर गये थे। रात-भर न सोने के कारण उनकी आँखों और चेहरे पर थकान के चिह्न दिखाई दे रहे थे। सोने से और अब मुँह धोने के बाद भी उनके माथे की कुंकुम की बिन्दी नहीं मिटी। रवि उसी को आश्चर्य से देख रहा था। रवि को वह बिन्दी बहुत अच्छी लगी। अपनी यूरोपीय पत्नी सेलिना क्रास

के कोमल और गौरवर्ण के माथे पर इस तरह की लाल रंग की बिन्दी लगायी जाए तो कैसा रहेगा—यह भाव उसके मन में उठा।

रवि ने पूछा, "माँ! तुम रातभर नहीं सोयीं?"

उन्होंने 'हूँ' के अतिरिक्त और कुछ नहीं कहा। पहले दिन रात को भी वे खुलकर नहीं बोल पायीं। केवल आवश्यक प्रश्नों का ही उत्तर देती रहीं। रवि जान गया कि इस आयु में गर्भवती होने के कारण अपने अन्य पुत्र-पुत्रियों द्वारा तिरस्कृत होने पर, उन्हें प्यार और आदर के साथ अपने घर ले जाने की उदारता को माँ समझती हैं, परन्तु अपनी दशा पर स्वयं ही लज्जित होने के कारण वह बोल नहीं पा रही हैं। उनके भीतर उत्पन्न लज्जा का भाव दूर करने के लिए तथा इन पाँच वर्षों में अपने घर में हुए परिवर्तन को जानने के लिए उसने माँ से बातचीत करने का प्रयत्न किया।

अपने कुल की मर्यादा के विरुद्ध अपने साथ काम करनेवाली एक अँग्रेज डॉक्टरनी से विवाह करने के कारण पिता ने उसे त्याग दिया था तथा मन-ही-मन सोच लिया था कि उनके सात ही पुत्र हैं। प्रौढ़ावस्था में गर्भ धारण करने के कारण परिवार में होनेवाले अपने अपमान से डरकर माँ ने विष खाकर आत्महत्या करनी चाही थी। पिता ने इस आत्महत्या का कारण पुत्र-विरह को समझा, अतः उसे पत्र लिखकर बुलावा भेजा। घर आने पर पिता ने उससे सीधे मुँह बात तक न की। सभी लोगों से तिरस्कृत अलमु आच्चि को वह प्रेम और आदर के साथ अपने घर ले जा रहा था, परन्तु स्वयं उससे सहानुभूति के दो शब्द कहनेवाला कोई न था।

पिता ने अपनी साठवीं वर्षगाँठ पर उसे नहीं बुलाया। उसकी अनुपस्थिति में दो भाइयों का विवाह भी हो गया। उसने उनकी पत्नियों और बच्चों आदि के बारे में माँ से बातचीत शुरू की। बहन कामाक्षी के विधवा होने की घटना को जानकर उसने गहरा शोक प्रकट किया। छोटी बहन सुशीला, जोकि अब पूर्ण युवा हो चुकी है, के विवाह के लिए पिता ने क्या प्रबन्ध किया है, इसे भी उसने माँ से जानना चाहा। अलमु आच्चि अधूरे मन से रवि के इन प्रश्नों के उत्तर देती रहीं। अचानक ही...'इतने बड़े कुटुम्ब की माँ, इतने कर्त्तव्यों को पूरा कर चुकने के उपरान्त...इस आयु में ज्ञान-शून्य पशु के समान इस स्थिति पर पहुँच गयी हूँ,' यह सोच वे रो पड़ीं। रवि उनके दुख को, उनकी भावनाओं को समझते हुए भी इस रोने को अनुचित और अनावश्यक समझता था। अपने मन के भावों को वह माँ के सम्मुख स्पष्ट कर देना चाहता था। 'मातृत्व अपराध नहीं है!' इस बात को माँ के दिमाग में किस तरह बैठाया जाए, इसी उधेड़बुन में उसने रात काट दी।

सुबह जब उसकी आँख खुली तब अलमू आच्चि ऊँघ रही थीं। गाड़ी एक बड़े स्टेशन पर रुकी, तो वे भी जाग गयीं। सफेद कपड़े पहने रेलवे कैण्टीन का

बैरा ट्रे में 'कॉफी' लेकर आया और रवि के सामने रखकर चला गया। रवि ने डिकॉक्शन, दूध, चीनी आदि को मिलाकर दो कप कॉफी तैयार की और एक कप माँ की ओर बढ़ाया।

गाँव आने पर धोती-कुरता पहनना, स्टेशन पर आकर पैण्ट-कोट पहन टाई बाँधना, रात को गाड़ी में सोने से पहले धारीदार नाइट सूट पहनना, ब्रश करना, सुबह उठकर दाँत साफ किये बिना कॉफी पीना आदि रवि की हरकतें न अलमु आच्चि की समझ में आयीं, न ही उन्हें अच्छी लगीं। बिना नहाये जल तक न पीनेवाली अलमु को जब रवि कॉफी देने लगा, तो वे बोल पड़ीं, "मैंने तो अभी दाँत भी नहीं माँजे...अभी से कॉफी!" और नाक-भौं सिकोड़ने लगीं। "तूने भी तो साफ नहीं किये...क्या यही अँग्रेजों का रिवाज है?" उन्होंने घृणा से पूछा।

दूसरे ही क्षण रवि ने अपनी गलती को जान लिया, अतः उस कॉफी को स्वयं पीते हुए बोला, "हाँ, यही अँग्रेजों का रिवाज है। तुमने नहीं देखा कि मैंने रात को ही दाँत साफ कर लिये थे?"

"ठीक है, उनका सभी-कुछ उलटा है," हँसते हुए अलमु बोलीं।

"नहीं माँ, अँग्रेजों के पास अच्छे रीति-रिवाज भी हैं, बुरे भी हैं। उसी तरह हमारे पास भी हैं। रात को सोने से पहले दाँत साफ करना अच्छा होता है। इससे रात में दाँतों में मैल नहीं जमती। सुबह दाँत माँजने की अपेक्षा रात को माँजना आवश्यक है।" रवि एक साधारण-सी बात को विस्तार से समझाने लगा।

थोड़ी देर मौन रहकर तथा कुछ सोचकर वह फिर बोला, "माँ, इस शताब्दी में अर्थात् इस समय यूरोप और भारत अपने पहनावे में, रीति-रिवाजों में तथा अपने देवताओं में सीमित नहीं हैं। जीवन के प्रति हमारा जो दृष्टिकोण है, वही भारत का सही दृष्टिकोण हो सकता है।" अचानक उसे लगा कि उसकी ग्रामीण माँ इन बातों को नहीं समझ रही हैं, अतः वह चुपचाप उन्हें देखने लगा। अलमु उन बातों में निहित सत्य को ग्रहण करने के लिए ध्यान से सुन रही थीं। वे उन बातों को समझ रही थीं, भली भाँति समझ रही थीं।

विदेशी महिला से विवाह करने से पहले, जब भी उसका पिता या भाई-बहनों से उस विषय पर वाद-विवाद होता, तब वह बड़े जोर-शोर से अपने पक्ष की स्थापना किया करता था। उस समय भी अलमु उन बातों का अर्थ जान लेती थीं। वे जान गयी थीं कि उनका पुत्र सत्य के मार्ग पर है, इसी से वाद-विवाद में सभी उससे हार मान लेते हैं। इस समय भी वह ठीक कह रहा था। माँ को अपनी बातें ध्यान से सुनते देख वह मुस्कराया और फिर बोलने लगा। उसी समय एक अखबारवाला उनके डिब्बे के पास आया। रवि ने एक दैनिक पत्र उससे लेकर पढ़ना आरम्भ किया।

अलमु ने एक साप्ताहिक पत्रिका को देखकर पूछा, ''यहाँ यह पत्रिका शुक्रवार को ही आ जाती है क्या?'' वे उस पत्रिका को पढ़ने लगीं।

गाड़ी के चलने पर रवि पुनः बोला, ''माँ वेशभूषा के परिवर्तन के करण या बाह्य विचारधाराओं के कारण भारत दुर्दशा को नहीं प्राप्त हुआ। इनके कारण ही लौकिक स्तर पर हमने अधिक बल प्राप्त किया है। हमारी दुर्दशा का कारण तो हमारे पास एकत्रित गन्दगी है। धूप और सर्दी से बचने के लिए मनुष्य ने मकान बनाया, परन्तु यदि वही मकान उसके लिए कैदखाना बन जाए, तब वह उससे बाहर निकलने के लिए छटपटाता है न? इसका अर्थ यह नहीं कि वह धूप और सर्दी चाहता है, और वह मकान से घृणा करता है। इसी तरह शास्त्रों एवं रीति-रिवाजों का निरूपण भी हिन्दुओं के जीवन के विकास के लिए, सुख-साधना-प्राप्ति के लिए तथा जीवन को और अच्छे ढंग से जीने के लिए हुआ था। परन्तु यदि वे झंझट बन जाएँ, अर्थहीन बेड़ियाँ बन जाएँ, तो दोष हमारा ही है।'' रवि धीमी आवाज में बोल रहा था। ठोड़ी पर हाथ धरे अलमु उसे ध्यान से सुन रही थीं। रवि किसी विशेष विषय पर नहीं, साधारण विषयों पर ही बात करता रहा।

भारत के गौरव तथा यूरोप की नवीन शक्ति के विषय में उसके तथा सेलिना के बीच जो अनेक बार विवाद हो चुका था, वह सब सहसा उसके मस्तिष्क में उभर आया। एक बार सेलिना ने कहा था, 'भारत आयु में यूरोप से बड़ा है। आप लोग पुराने व्यक्ति हैं। आपकी सभ्यता और संस्कृति अत्यन्त प्राचीन है। यही आपकी शक्ति का भी कारण है और शक्तिहीनता का भी। आत्मा-सम्बन्धी ज्ञान की वृद्धि का कारण ज्ञान की परिपक्वता है! लौकिक जीवन को समझकर उससे महान की खोज में आप लोगों ने अपने जीवन में ज्ञान और अध्यात्म का प्रयोग किया। भारत के ज्ञान की महानता के सामने, उसके आत्म-बल के सामने, सारा संसार नत-मस्तक है। परन्तु यहाँ जीवन से बद्ध गृहस्थ ने, लौकिक जीवन में लिप्त हो उसके अणु-अणु का भोग करनेवाले भोगी ने भी, पत्नी के पास बैठकर उसकी मोहकता के वशीभूत हो, अपने पुत्र-रूपी साक्षी को भूलकर, झूठा बनकर, आत्मवंचक बनकर तथा अपनी अन्तरात्मा का तिरस्कार कर संन्यास की बात की, अत: भारत की आत्मा चूर-चूर हो गयी। भारत की जिन्दगी झूठ की छाया बनकर रह गयी। स्वयं अनुभव करनेवाले सुखों तथा जीवन को कोसते हुए जीना भारतीयों का झूठा गौरव है। भारत शासन करना छोड़, खोये हुए गौरव पर छाती पीटने लगा, अत: वह परतन्त्र हुआ। यहाँ की कन्याओं ने अपने शरीर को देखकर अपमानित होना ही जाना। यहाँ के पुरुषों ने अपनी अभिन्न सहचरी नारी का आदर करना अपना अपमान समझा, अत: वह घमण्डी बन गया। प्रत्येक विधवा पर यह प्रतिबन्ध लगाया गया कि वह बाहर से ऐसे प्रदर्शन करे कि उसने अपनी भावनाओं को जीत लिया है। इससे स्त्रीत्व

अन्दर-ही-अन्दर छिन्न-भिन्न हो गया। लोग अपने गौरव को आप ही भूल गये।' सेलिना के इन शब्दों को याद कर रवि अपने सामने बैठी माँ—एक भारतीय माँ—की स्थिति के विषय में सोचने लगा।

पचास वर्ष की आयु पूरी करने के बाद गर्भिणी होनेवाली माँ ने केवल दूसरों के परिहास से डरकर ही आत्महत्या नहीं करनी चाही बल्कि उनका दाम्पत्य रूप मिट चुका था, अतः उन्हें स्वयं अपनी दशा पर घृणा हो आयी थी। इसी कारण वे उस स्थिति पर पहुँची थीं। रवि ने इस बात को भलीभाँति जान लिया, अतः उसने इस विषय पर बात न करके अपने विषय में कुछ बातें करनी शुरू कर दीं।

"माँ, अब ऐसा समय आ गया है कि सभी देश मिलकर एक विश्व में परिणत हो जाएँ। ऐसा समय आ गया है कि मनुष्य तथा उनके जीने के ढंग भी एक समान हो जाएँ। इसी कारण हमने विवाह किया तथा ऐंग्लो-इण्डियन को नहीं, अपितु एक नवीन भारतीय प्रजा को जन्म देना चाहा," ऐसा कहकर रवि ने गहरी साँस ली। उसके दुःख का कारण न जाननेवाली अलमु ने मुँह उठाकर उसे ध्यान से देखा।

"हम दोनों डॉक्टर हैं माँ, परन्तु उसके एक भी बच्चा नहीं हुआ। उसे दिल की बीमारी है। जब तक उसका हृदय मजबूत न हो जाए, तब तक उसका गर्भधारण करना ठीक नहीं," रवि कहता गया।

बीच में ही अलमु बोलीं, "यही तो दुर्भाग्य है!" और रोने लगीं। उन्होंने कुछ और भी कहा, जिसे रवि नहीं सुन सका, क्योंकि तभी एक इलेक्ट्रिक-ट्रेन बहुत शोर करते हुए पास से गुजर गयी।

उस गाड़ी के निकल जाने के बाद रवि अलमु से बोला, "यह निश्चित नहीं हुआ कि उसके बच्चा होगा ही नहीं। मैं डॉक्टरी में विश्वास करता हूँ, भाग्य पर नहीं।"

एषुम्बूर रेलवे-स्टेशन पर सेलिना कार लिये रवि की प्रतीक्षा कर रही थी। उसने स्लेटी रंग का स्कर्ट तथा गर्मी का मौसम होने के कारण सफेद रंग का बिना बाजूवाला ब्लाउज पहन रखा था। उसके पास ही बिजली का पंखा चल रहा था, जिसकी हवा से उसके स्वर्णिम वर्ण के बाल चेहरे पर बिखर गये थे। माथे पर बिखरी लटों को सँवारते हुए उसने 'एय!' आवाज देकर हाथ हिलाया तथा गाड़ी से उतरते हुए रवि के पास जाकर अँग्रेजी में पूछा, "डार्लिंग, तुम्हारी माताजी कुशल से तो हैं?"

माँ तथा अन्य लोगों के सामने हाथ पकड़े और शरीर से चिपककर खड़ी हुई सेलिना को धीरे से हटाते हुए वह बोला, "डार्लिंग! उन्हें मैं अपने साथ ले आया

हूँ। मैं अभी उनसे तुम्हारी जान-पहचान करवाता हूँ,'' इतना कहते ही वह पीछे मुड़ा। अलमु आच्चि उस अँग्रेज युवती को आश्चर्य से देखती हुई उतर रही थीं। रवि ने सेलिना को माँ के पास बुलाकर मुस्कराते हुए कहा, ''माँ! यही सेलिना है, आपकी बहू!'' फिर सेलिना से बोला, ''यह मेरी माँ हैं!''

रवि के इन शब्दों को पूरी तरह सुने बिना ही सेलिना ने प्यार की अधिकता के कारण उत्कण्ठित होकर अलमु आच्चि के हाथों को कसकर पकड़ लिया, और यह जानते हुए भी कि वे उसकी भाषा नहीं समझ सकतीं, कहने लगी, ''आपसे मिलने का सौभाग्य प्राप्त होने के कारण मैं बहुत प्रसन्न हूँ!'' इतना कह उसने अलमु आच्चि को थपथपाकर उन्हें चूमना चाहा। अलमु आच्चि लज्जित हो अपने को उसके पाश से मुक्त करने का प्रयत्न करने लगीं। रवि ने उनकी स्थिति को भाँप लिया, अतः उसने मुस्कराते हुए सेलिना को अलग कर लिया। एक ही क्षण में सेलिना अपनी गलती जान गयी। लज्जा से उसका चेहरा लाल हो गया। उसने हाथ जोड़कर माँ अलमु का अभिवादन किया। उत्तर में अलमु ने भी हाथ जोड़कर नमस्कार किया।

कुली ने फलों की टोकरी सहित सारा सामान कार के पीछे रख दिया। सेलिना कार चला रही थी। रवि उसके पास तथा अलमु पिछली सीट पर बैठी हुई थीं। अलमु को आश्चर्य हो रहा था कि उसका बेटा इस अँग्रेज लड़की के साथ कैसे जिन्दगी बिता रहा है? इन्हीं विचारों में खोई हुई अलमु सेलिना को एकटक देखे जा रही थीं।

कार चलाते हुए सेलिना ने रवि से पूछा, ''तुम्हारी माँ को क्या हो गया था? उन्होंने आत्महत्या क्यों करनी चाही थी?''

रवि बोला, ''सोलह वर्ष के बाद अब पचास वर्ष की आयु में मेरी माँ गर्भवती हुई है।''

इतना सुनते ही सेलिना की आँखें प्रसन्नता से चमक उठीं। उसने 'स्टीयरिंग' के ऊपर स्थित छोटे शीशे को थोड़ा ऊपर उठाकर उसमें पड़ते हुए अलमु के प्रतिबिम्ब को देखा और रवि से बोली, ''शीघ्र ही तुम्हें एक छोटा भाई अथवा बहन मिलेगी! मेरी बधाइयाँ! इतना मधुर समाचार देने के लिए मैं तुम्हें धन्यवाद देती हूँ।''

रवि ने अपने कन्धों को हिलाते हुए कहा, ''तू इनकी प्रशंसा कर रही है, परन्तु गाँव में इस माँ के पुत्र, पुत्रियों तथा बहुओं ने मिलकर इनका मजाक उड़ाया, अपने व्यंग्यपूर्ण वचनों से इन्हें दुःख दिया। उसी से डरकर उन्होंने आत्महत्या करनी चाही थी। उन्हें इस भयंकर वातावरण से दूर रखने के लिए ही मैं अपने साथ ले आया हूँ।''

रवि पूरी बात नहीं कह पाया था कि सेलिना उत्तेजित हो उठी। उसका चेहरा तथा नेत्र लाल हो उठे, उसके अधर काँपने लगे। आवेश में आकर वह बोली, "प्रसन्न होने के बदले एक पावन कार्य का ऐसा अपमान! इसके लिए लज्जित होने की क्या आवश्यकता है? हाय! मैं नहीं समझ सकी! क्या गृहस्थ जीवन यहाँ इतना झूठा हो गया है?..."

अलमु यद्यपि उनकी भाषा नहीं समझ सकी, परन्तु वे जान गयीं कि दोनों उनके विषय में ही बातें कर रहे हैं।

"इस मधुर समाचार के साथ मैं मधुर कटहल का फल भी तुम्हारे लिए लाया हूँ!" कहते हुए रवि उसका अँग्रेजी नाम सोचने लगा। याद न आने पर उसने कटहल का फल ही कह दिया।

सेलिना ने उसके शब्दों को दुहराया, "कटहल का फल!"

रवि बोला, "मैं तुम्हारा प्रिय 'जैक फ्रूट' लाया हूँ।"

अलमु ने मन-ही-मन हँसते हुए उस साप्ताहिक पत्रिका को पलटना आरम्भ किया। उनके नेत्र पत्रिका पर टिके थे, हाथ पत्रिका को पलट रहे थे, परन्तु मस्तिष्क पहले दिन की घटनाओं में उलझा हुआ था। चलते समय रवि ने अपनी भाभी से कहा था 'फल डाल पर लगने के बजाय तने पर लगा है, इसमें तने या डाल का क्या दोष?' चलते समय अत्यन्त दुःखी होकर तथा भारी मन से पति ने विदाई दी थी। वह 'चलो' तक नहीं कह सके थे। यही सब-कुछ अलमु को याद हो आया। 'अभी एक दिन भी नहीं हुआ, लगता है, हम दोनों बहुत दिनों से बिछुड़े हुए हैं।'—अलमु ने सोचा। पति की दीन स्थिति का स्मरण करते ही उनके नेत्र सजल हो उठे। आगे बैठे रवि या सेलिना उन्हें रोता देख लेंगे, इस डर से उन्होंने पत्रिका से अपना मुख छिपा लिया।

वह छोटी कार एक सुन्दर बँगले के कम्पाउण्ड में जाकर रुकी।

अलमु आच्चि ने एक नौकरानी के साथ 'आउट हाउस' में अपनी गृहस्थी बसायी ताकि वह विधिपूर्वक अपना काम कर सकें। सेलिना को वह अच्छा नहीं लगा, परन्तु रवि ने समझाया, "इसमें उनका अपमान नहीं है। यहाँ इसी को उचित समझा जाता है।" तब वह भी सहमत हो गयी।

अलमु को यहाँ का सारा प्रबन्ध बहुत अच्छा लगा। उस दिन दोपहर को हॉल में बैठकर स्वेटर बुनती हुई सेलिना ने अत्यन्त लज्जित होते हुए, सुबह से मन में उठी एक बात रवि से पूछी, "मैंने आपकी परम्परा के विरुद्ध आपकी माँ को चूमना चाहा। उन्होंने मेरे बारे में गलत धारणा तो नहीं बना ली होंगी? आपके यहाँ बहू

सास का किस प्रकार स्वागत करती है? प्लीज डार्लिंग...प्लीज! आप मुझे बताइए न...ऐसा करना आपका कर्त्तव्य है!'' सेलिना बोली।

रवि जोर से हँसते हुए बोला, ''बहू द्वारा सास का स्वागत! यह हमारे यहाँ नहीं होता। यहाँ तो सास ही बहू का स्वागत करती है!''

सेलिना ने रवि के इन शब्दों को भली भाँति समझकर फिर पूछा, ''यह ठीक है, परन्तु सास बहू का किस प्रकार स्वागत करती है...बहू किस प्रकार का आचरण करती है?''

''इसकी इस समय क्या आवश्यकता है?'' रवि ने कहा।

''क्या इस विषय में मुझे कुछ नहीं जानना चाहिए? भारत के विषय में मुझे बहुत-कुछ ज्ञात है, परन्तु इस साधारण व्यवहार, परम्परा के बारे में मुझे कुछ भी जानकारी नहीं। आप मुझे इस बारे में साफ-साफ समझा दीजिए। हाँ, बताइए न!'' कहती हुई वह उठ खड़ी हुई, मानो कोई नाटक देखने के लिए तैयार हो गयी हो।

कक्षा में छात्रों को पाठ पढ़ाने के लिए अध्यापक जैसे खड़ा होता है, उसी तरह रवि भी उठ खड़ा हुआ। उसने कुछ सोचते हुए सिर खुजलाया, एक-दो कदम बढ़ाये और बाँहें छाती पर बाँधकर उसके सामने आ खड़ा हुआ, ''बहू को घर बुलााना विवाह-संस्कार से जुड़ी हुई एक प्रथा है। यहाँ बहू को गृहस्थ-जीवन में प्राण फूँकनेवाली, समस्त वैभव को घर में लानेवाली तथा वंश का वर्द्धन करनेवाली लक्ष्मी समझा गया है। जैसे ही बहू घर के समीप पहुँचती है, सास अन्य सौभाग्यवती स्त्रियोंसहित उसके स्वागत के लिए तैयार हो जाती है। उसे देहलीज पर खड़ा किया जाता है, फिर आरती उतारकर अन्दर ले जाया जाता है। बहू दायाँ पैर बढ़ाकर घर में प्रवेश करती है तथा अपना स्वागत करनेवाली सास के चरणों में गिरकर दण्डवत् प्रणाम करती है। सास उसे आशीर्वाद देकर उसके माथे पर तिलक लगाती है।'' रवि आधे घण्टे तक उसे बहुत-कुछ समझाता रहा। बीच-बीच में, 'आरती क्या चीज होती है? किस प्रकार नमस्कार करते हैं? बड़े लोग आशीर्वाद देते समय क्या कह ते हैं?' आदि उसके सन्देहों को भी मिटाता रह।

सेलिना के यह पूछने पर कि बहू अन्त में किस तरह सास को धन्यवाद देती है, रवि की कल्पना में सास के चरणों में नमस्कार करके उठी बहू का 'थैंक यू वेरी मच' कहनेवाला दृश्य झूम गया और वह हँस पड़ा।

उस दिन शाम को 'नर्सिंग होम' से लौटकर ज्योंही रवि ने कारसहित कम्पाउण्ड में प्रवेश किया, त्योंही उसे लगा कि वह बहुत उत्साहित है। रेल में आते समय जैसी उसने कल्पना की थी, ठीक उसी प्रकार सेलिना क्रास ने अपने कोमल और

गौर वर्ण के माथे पर लाल रंग की बिन्दी लगा रखी थी। उसने एक अनुभवी स्त्री के समान बड़े सुन्दर ढंग से हरे रंग की आकर्षक साड़ी तथा हलके लाल रंग का ब्लाउज भी पहन लिया था। रवि को देखकर वह सोफे से उठ खड़ी हुई। उसने नमस्कार करके उसका स्वागत किया।

उस समय उसके शालीन नारीत्व में रवि को अपने दाम्पत्य-जीवन के लक्ष्य—पूरब और पश्चिम के सम्मिलन से उद्भूत एक उच्च संस्कृति के दर्शन हुए।

"अरे, यही पूरब है!" शेक्सपियर के रोमियो-जूलियट के इन शब्दों को अँग्रेजी में दोहराता हुआ रवि उसके पास आ पहुँचा। उसने सेलिना के उठे हुए हाथ को पकड़कर चूम लिया और बोला, "डार्लिंग, तुम एक देवी के समान लग रही हो! तुम्हारा सौन्दर्य अद्भुत है! अद्भुत!"

"मैं आपकी ही प्रतीक्षा कर रही थी। वहाँ सास मेरे स्वागत के लिए तैयार खड़ी होंगी। मैंने 'आया' से सबकुछ कहला भेजा था। मुझे विधिवत् आपकी माँ से मिलना चाहिए न?"

सास के प्रति अपनी सच्ची श्रद्धा व्यक्त करनेवाले उसके इन शब्दों को सुनकर रवि को आश्चर्य भी हुआ और प्रसन्नता भी हुई। वह उसके साथ चल पड़ा।

अलमु आच्चि ने उस 'आउट हाउस' में अपने योग्य सभी सुविधाओं का प्रबन्ध कर उसे अपने गाँव के घर-सा बना लिया था। दोपहर को नौकरानी ने आकर उनसे कह दिया था कि 'शाम को मिस साहिबा यहाँ आएँगी। अपनी परम्परा के अनुसार आप उनका स्वागत कीजिए।'

उन्होंने भगवान की दो तस्वीरें मँगवायीं। घर को साफ कर अल्पना बनायी। दीया जलाकर पूजा की। वह एक-एक कार्य करती जा रही थीं। बीच-बीच में नौकरानी आकर, 'अम्मा! मिस साहिबा ने साड़ी पहन रखी है। उन्होंने बिन्दी लगायी है। उनके चेहरे पर बिन्दी अच्छी लग रही है। उन्होंने जूड़ा नहीं बाँधा। रिबन से बालों को ऊँचा करके बाँधा है। कान में बटन की तरह कुछ टॉप्स पहने हैं...!' आदि बातें उन्हें बताती रही। रवि तथा सेलिना 'आउट हाउस' की ओर आये। अलमु आरती सहित उनकी प्रतीक्षा कर रही थीं। अलमु को सेलिना का वह वेश परिचित-सा लगा, क्योंकि नौकरानी ने उसका पूरा विवरण दे दिया था।

अलमु ने आरती उतारकर दोनों के माथे पर तिलक लगाया। सेलिना ने बड़ी कठिनाई से अपनी हँसी रोकी और रवि की ओर देखने लगी। रवि को यह सब-कुछ खेल-सा लगा। अलमु ने सेलिना का हाथ पकड़कर अन्दर चलने को कहा। सेलिना ने याद करते हुए पूछा, "कौन-सा पैर पहले रखना है? दायाँ न?" अलमू बहू को देखकर बहुत प्रसन्न हुईं। अन्दर घुसते ही सेलिना सास को रोककर कहा, "ठहरिए, मैं प्रणाम करती हूँ।" एक भारतीय नारी के समान उसने घुटने टेककर

माथा जमीन पर टिकाकर प्रणाम किया। अलमु के नेत्रों में जल भर आया। उन्होंने आशीर्वाद दिया, ''सदा सुहागिन हो, तुम्हें पुत्र की प्राप्ति हो, दीर्घायु मिले!'' और अपने पैरों पर नत सेलिना को उठाया। तुरन्त ही उन्हें सेलिना के अभाव का ध्यान हो आया। सान्त्वना देने के लिए उनके पास शब्द नहीं थे, अतः उन्होंने सेलिना को छाती से चिपटा लिया। उस आलिंगन से सेलिना ने अलमु के भावों को समझ लिया, अतः वह भी मन-ही-मन द्रवित हो गई।

''मेरी बेटी! भगवान तुझ-जैसी उत्तम गुणवाली बहू के सभी अभाव दूर कर देगा!'' ऐसा कहकर अलमु ने सेलिना के गालों को चूम लिया।

अलमु की भाषा न जानते हुए भी सेलिना ने उनके शब्दों का अर्थ समझ लिया। जब पूरब पश्चिम का स्वागत करे, तो क्या भाषा उनके मार्ग में बाधक होगी?

''अरे! यह कौन-सी भाषा है!'' रवि आश्चर्य से बोल पड़ा। उसका सारा शरीर रोमांचित हो उठा था।

चाहे पूरब हो, चाहे पश्चिम, स्त्रीत्व एवं मातृत्व इन भेदों से परे हैं, उस समय यह परम सत्य ही उसके नेत्रों के सामने प्रकट हो रहा था।

युगसन्धि

गौरी दादी बहुत देर तक धीरज बाँधे बस में खड़ी रहीं। सभी लोगों के उतर जाने के बाद खाकी रंग का भारी थैला कमर पर लादे हुए सबसे बाद में वे उतरीं। गाड़ीवाले और कुलियों के बच्चे उन्हें घेरकर खड़े हो गये, 'दादीजी!...दादीजी! थैला मैं उठा लूँगा। एक आना दे देना, दादी।'

'माताजी! गाड़ी चाहिए?'

'पुदुपालैयम वकील गुमाश्ता के घर जाना है न—आइए, ले चलता हूँ,'—इस तरह वे उनका स्वागत कर रहे थे और उन्हें बस से उतरने भी नहीं दे रहे थे। उन लोगों को देख दादी मुस्करायीं और बोलीं, "मुझे कुछ नहीं चाहिए। जरा-सा रास्ता दे दो, मैं धीरे-धीरे पैदल ही चली जाऊँगी—क्यों भई, तुम लोगों ने मेरा घर तक जान लिया है—मैं महीने में एक बार यहाँ आती हूँ, भला बताओ, कब तुम्हारी गाड़ी में बैठकर घर गयी हूँ?" इस प्रकार तरह-तरह के प्रश्नों का उत्तर देती हुई, सबको हटाकर रास्ता बनाती हुई दादी आगे बढ़ीं। सिर के पल्लू को ठीक कर, कमर पर बोझ लादकर, भयानक गर्मी से तपती हुई धरती पर पैरों को जमा-जमाकर रखती हुई, एक ओर झुक-झुककर दादी चलने लगीं।

दादी की उम्र सत्तर साल की थी लेकिन उनके शरीर में ताकत की कमी नहीं थी। बुढ़ापे के कारण शरीर कुछ फूल-सा गया था। मोटापे की वजह से होनेवाली थकान का पता तो घर पहुँचकर ही लग सकता था। कल उनकी नजर में जो बच्चे थे, वे ही आज रिक्शा-ताँगा, साइकिल आदि पर सवार होकर भागे चले जा रहे थे। बरसात और धूप से बचकर भागते हुए लोगों के बारे में सोचकर दादी मन-ही-मन हँसने लगीं।

उन्होंने इन सब बातों की परवाह कब की थी? जल की धारा के समान सहज गति से बहता हुआ जीवन एकाएक रेगिस्तान में बदल गया। पीड़ा और कष्ट की आग में जलते हुए भी जो धीरज बाँधे रहीं, उनका ये धूप और बरसात क्या बिगाड़ सकती हैं?

दादी दहकती हुई धरती पर पैरों को जमा-जमाकर रखती हुई, हिल-हिलकर चल रही थीं। रास्ते में सड़क के किनारे नीम का एक छोटा-सा पेड़ था जो चार-

पाँच आदमियों को छाया दे सकता था। दादी उस पेड़ के नीचे थोड़ी देर के लिए रुकीं। उस भयानक गर्मी में सुख देने के लिए पेड़ की फैली छाँह की तरह, यन्त्रों पर निर्भर बीसवीं शताब्दी के लोगों के बीच अत्यन्त आत्मविश्वास के साथ खड़ी दादी माँ की उपस्थिति से नीम की टहनियाँ जैसे पुलकित हो गयी हों। धीमी-धीमी गति से चलती हुई ठण्डी हवा में नीम की टहनियाँ हिलने लगीं। "जय महादेव!" कहकर ईश्वर को धन्यवाद देते हुए दादी ने ठण्डी हवा के स्पर्श का आनन्द लिया।

दादी के आँचल से ढके चेहरे पर बच्चों-जैसा भोलापन था। इस उम्र में भी हँसते समय सुड़ौल दिख रही उनकी दन्त-पंक्ति बड़े आश्चर्य का विषय था। उनकी ठोड़ी के बायें हिस्से पर काली मिर्च के बराबर सुन्दर-सा काला मस्सा था। उस पर दो बाल उगे हुए थे। इन सबको एक नजर देखकर कोई भी भाँप सकता था कि युवावस्था में वे कितनी रूपवती रही होंगी।

दादी का रंग तपे हुए सोने-जैसा था। लगभग वैसे ही रंग की रेशमी साड़ी वे पहने हुई थीं जो कि हवा में लहरा रही थी। घुटे हुए सिर पर बाल बढ़ चले थे। वे सिर पर पड़े आँचल से बाहर झाँक रहे थे। गले में स्फटिक मणि की माला थी। माथे पर लगी विभूत पसीने से कुछ फैल गयी थी। उन्होंने साड़ी के पल्लू से हाथों को, चेहरे और छाती को अच्छी तरह पोंछा। पीठ पर पल्ले के हटते ही वहाँ मूँगे की तरह लाल-से रंग का मस्सा दिखलाई दिया।

वे छाँह से निकलकर फिर से धूप में आ गयीं। मिट्टी से भरे रास्ते को पार कर केडिल नदी के ऊपर बने पुल के कंक्रीट के तपते फर्श पर हलके-हलके पाँव रखती हुई वे धीरे-धीरे चलने लगीं। उसी समय पुल के एक किनारे मुंडेर से सटकर खड़े हुए उनकी जान-पहचान के नाई वेलायुधम ने अपना हाथ ऊँचा उठाकर उन्हें प्रणाम किया। उसके हाथ में टीन की एक छोटी-सी पेटी थी। वह इस डर से सिकुड़ा-सिमटा खड़ा था कि कहीं दादी अम्मा से उसका शरीर न छू जाए। उसने बड़े प्रेम से पूछा, "दादी माँ! नेय्वेली से आ रही हो न?"

"अरे वेलायुधम, तुम!" कहकर आश्चर्य प्रकट कर दादी ने बड़ी आत्मीयता से पूछा, "तुम्हारी घरवाली के बच्चा हो गया?"

"हाँ...लड़का हुआ है।"

"परमात्मा उसे सुखी रखे...यह सब भगवान की लीला है। वह तेरा तीसरा लड़का है न?"

"जी हाँ," कहकर वेलायुधम जी भरकर हँसा।

"तू बड़ा किस्मतवाला है। जैसे-तैसे मेहनत करके बच्चों को पढ़ा-लिखा दे, समझा?"

दादी की बात सुनकर वेलायुधम हँसते हुए सिर खुजलाने लगा।

"अरे बुद्धू! हँस क्यों रहा है। जमाना बदल रहा है। तेरी और तेरे बाप की उम्र तो कैंची, उस्तरा, हजामत के सामानवाली यह पेटी उठाते-उठाते बीत गयी। अब ऐसा नहीं हो सकता। आज पुरुष लोग बाल कटवाने 'सैलून' जाते हैं। आगे चलकर विधवा औरतें मेरी तरह जिन्दगी नहीं बिताएँगी, इसका एहसास मुझे अभी से हो रहा है। जो कुछ हो रहा है, वह ठीक ही है। समय के बदलने के साथ-साथ हम लोगों को भी बदलना चाहिए। मेरी बात समझ रहे हो न!" कहकर दादी इस तरह हँसीं मानो उन्होंने कोई भारी हँसी की बात कह दी हो। उत्तर में नाई भी हँस दिया।

"कड़ी धूप है, ले, इसे खा ले," कहकर उन्होंने कमर पर लादे हुए थैले में से झाँकती हुई दो मुलायम-मुलायम ककड़ियाँ निकालकर उसके बढ़े हुए हाथ पर रख दीं। "बस में एक आदमी इकन्नी में चार-चार के हिसाब से बेच रहा था। बच्चों को देने के लिए मैंने चार आने की खरीद लीं।"

उनकी बात पूरी होते ही वेलायुधम ने फिर एक बार उन्हें प्रणाम किया। उनके वहाँ से कुछ दूर चले जाने तक वह वहीं खड़ा रहा और फिर अपने रास्ते चल दिया।

गौरी दादी का जन्म और पालन-पोषण चिदम्बरम में हुआ था। दस साल की उम्र में उनका विवाह कडलूर के एक अमीर परिवार में हुआ। सोलह साल की उम्र में एक पुत्र की माँ बनकर वे विधवा हो गयीं। उसके बाद आज तक वे अपने पुत्र और अपने पति की ओर से विरासत के रूप में मिले मकान को छोड़कर कहीं नहीं गयीं।

उनके इकलौते बेटे की सबसे बड़ी लड़की गीता विवाह के दस महीने बाद ही विधवा हो गयी। नाटक खेलने के बाद जैसे अभिनेता अपनी कृत्रिम वेशभूषा उतारकर रख देते हैं, उसी तरह गीता ने अपने सुहाग की वस्तुओं को उतारकर रख दिया। अपने परिवार के लोगों को दुःख के अपार सागर में डुबाकर रोती-कलपती गीता गौरी दादी की गोद में आ गिरी। उन्होंने इसे अपने जीवन की अन्तिम दुःखद घटना समझा और उसे पूरी तरह सहारा दिया। उन्हें लगा कि उसे अपने संरक्षण में रखना, स्नेह और ममत्व से बाँधे रखना, अपनी आँखों में बैठा लेना उनका सबसे बड़ा कर्त्तव्य है। अब तक दादी ने गीता को अपनी पोती के रूप में ही प्यार दिया था। पति की मृत्यु के बाद पुत्र पर जान देनेवाली वह माँ अब पोती पर जान देने लगीं। पुत्र के प्रति उनका अहेतुक प्रेम स्थानान्तरित होकर पोती के हिस्से में आ गया। वैधव्य-दुःख से पीड़ित गीता को सान्त्वना देने मात्र के लिए उन्होंने ऐसा नहीं किया था बल्कि गौरी दादी को गीता में स्वयं अपनी प्रतिच्छाया दिखलाई दी।

दादी के पुत्र गणेश अय्यर अपने पिता की मृत्यु के बारे में कुछ भी नहीं जानते

थे। उन्होंने उस दु:खद घटना से उत्पन्न पितृशोक का अनुभव भी नहीं किया था। वे अपनी माँ के 'आज्ञाकारी पुत्र' बने रहे। इसी से उनकी पत्नी यदा-कदा अवसर मिलने पर एकान्त में उन्हें 'मम्मी के लाड़ले' कहकर चिढ़ाया करती थी। अपनी विधवा बेटी के भविष्य के बारे में काफी देर तक सोच-विचार करने के बाद उन्होंने हाई स्कूल पास गीता को 'टीचर्स ट्रेनिंग' कराने का निश्चय किया। जब उन्होंने हिचकते-हिचकते माँ से इस बात के लिए अनुमति माँगी तो उन्होंने बड़ी खुशी से उनकी बात मानने के साथ-साथ उनके निश्चय की तारीफ भी की। उस समय गणेश अय्यर अपनी माँ के मन को माप नहीं पाये, उन्हें अपनी माँ अबूझ पहेली-सी लगीं।

गीता नये युग की सन्तान थी। उसके सुखी भावी जीवन की कल्पना कर दादी माँ मन-ही-मन बहुत प्रसन्न हुईं।

ट्रेनिंग पूरी करके काफी समय तक गीता ने अपने ही शहर में नौकरी की। पिछले साल एक नये और तेजी से विकसित होते हुए औद्योगिक नगर नेय्वेली में गीता की बदली की बात सुनकर गणेश अय्यर किंकर्त्तव्यविमूढ़-से हो गये।

दादी बोली थीं, "अरे, इसमें घबराने की कौन-सी बात है, मैं उसके साथ जाकर रह लूँगी।" दादी-माँ बुढ़ापे में अपने लाड़ले बेटे और उसके परिवार को छोड़कर जाने के लिए तैयार हो गयीं, क्योंकि उन्हें डर था कि ऐसा न करने पर तीस से भी कम उम्रवाली गीता को घर की चारदीवारी के अन्दर जीवनभर बन्द रहना पड़े।

इस एक वर्ष के बीच लम्बी छुट्टियों में दोनों ही यहाँ रहकर गयी थीं। वैसे सप्ताह के अन्त में शनिवार और रविवार को दादी अपनी इच्छा से यहाँ आ जाया करती थीं। उनके यहाँ अकसर आने का एक कारण यह भी था कि वे अपने परिचित नाई वेलांयुधम से ही सिर घुटाया करती थीं।

वेलायुधम से पहले उसके पिता यह काम करते थे। उन्हें किसी और से बाल कटवाना अच्छा नहीं लगता था।

आज घर आते हुए उनकी भेंट वेलायुधम से हो गयी थी। दादी जानती थी कि वह कल सुबह अवश्य ही उनके घर आ खड़ा होगा। वेलायुधम भी जानता था कि उसे अगले दिन उनके घर अवश्य पहुँच जाना चाहिए, क्योंकि यही हमेशा का क्रम था।

पैदल चलते हुए भी लगभग एक मील की दूरी को आधे घण्टे में तय करने के बाद जब दादी घर पहुँचीं, तब गणेश अय्यर दैनिक समाचार-पत्र से मुँह ढाँपकर आरामकुर्सी पर पड़े सो रहे थे। पास में बैठी उनकी बहू पार्वती चश्मे को नाक पर

टिकाकर सूप में पड़ी उड़द की दाल में से कंकड़ बीन रही थी। उसके पास में एक खुला टीन पड़ा था। धूप से बचाव के लिए सींकचे लगे बरामदे में पर्दा टाँगा गया था। बरामदे के एक कोने में छोटे-छोटे खिलौने बिखरे पड़े थे। अपनी अटपटी भाषा में गुड़ियों के साथ कुछ कहती हुई गुनगुनाती हुई उनकी छह साल की नन्ही पोती जाना मम्मी-डैडी का खेल खेल रही थी।

किसी को भी दादी के आने की खबर नहीं हुई। दादी ने जालीदार किवाड़ की चिटकनी को धीरे से हिलाया। उस धीमी आवाज को सुनते ही अपने खेल में डूबी जाना चौंकी और उसने पीछे मुड़कर देखा। प्यार-भरे स्वर में वह चिल्ला उठी, "दादी माँ!" उसकी आँखें फैल गयीं और चेहरा खिल उठा।

"बच्ची, दरवाजा खोल!" दादी के इन शब्दों को सुना-अनसुना कर जाना 'अम्मा! अम्मा! दादी आयी हैं, अम्मा दादी आयी हैं!' कहती हुई भीतर की ओर दौड़ी। दरवाजा खोले बिना ही अपनी माँ को आने की सूचना देने के लिए तेजी से घर के भीतर दौड़ कर गयी हुई उस बच्ची को देखकर दादी हँस दीं।

गणेश अय्यर ने चेहरे पर पढ़े समाचार-पत्र को हटाकर अपनी आँखें खोलीं। बच्ची की चिल्लाहट सुनकर अचानक जाग जाने के कारण उनकी आँखें लाल हो गयी थीं। वे कभी खुलती और कभी बन्द हो जाती थीं। वे कुछ देर तक चकित से इधर-उधर देखते रहे। इतने में ही "अरी पगली! इस तरह चीखती, चिल्लाती हुई क्यों भागी चली आ रही है?" कहकर बच्ची को डाँटते हुए उनकी पत्नी पार्वती भीतर से निकली। दूर से दादी को देखते ही वह बड़े प्रेम से बोली, "आइए, आप इतनी धूप में चलकर आयी हैं...गाड़ी कर लेतीं।" और उसने दौड़कर दरवाजा खोला।

"जरा-सी दूर के लिए गाड़ी-वाड़ी की क्या जरूरत है? वह यूँ ही आठ-दस आने ले लेता," तनिक खीज-भरे स्वर में इस तरह उत्तर देकर दादी आगे बढ़ीं।

सीढ़ियाँ चढ़कर अन्दर आती हुई अपनी माँ को देखते ही गणेश अय्यर आराम-कुर्सी से उठकर खड़े हुए, "माँ, कड़ी धूप में पैदल आयी हैं...पार्वती, इन्हें मट्ठा ला दो!" कहकर उन्होंने माँ का स्वागत किया।

"तू बेचारा गहरी नींद सो रहा था...चाहो तो थोड़ी देर और सो ले," कहकर दादी ने बेटे को थपकी दी। आरामकुर्सी के पास पड़े स्टूल पर थैला रखकर उन्होंने आँगन में रखे टब के पानी से हाथ-पैर-मुँह धोये और सिर पर थोड़ा-सा पानी छिड़क लिया। साड़ी के पल्लू से मुँह पोंछकर बरामदे की अलमारी में पड़ी एक छोटी-सी डिबिया में से उन्होंने चुटकी-भर विभूति निकाली। भगवान का नाम लेते हुए उसे माथे पर लगाकर लौट आयीं। तब तक गणेश अय्यर आरामकुर्सी के पास ही खड़े रहे।

वह कुर्सी दादीजी का निजी सिंहासन था। जब वे घर पर नहीं होती थीं तब दूसरे लोग उस पर बैठते थे। दादी के आरामकुर्सी पर विराजमान होते ही गणेश अय्यर एक कुर्सी खींच लाये और पास बैठकर उन्हें पंखा झलने लगे। दादी के बैठते ही जाना उनकी गोद में सवार हो गयी मानो वह इसी इन्तजार में थी कि दादी कब बैठेंगी।

''दादी धूप में चलकर आयी हैं, तू जरा हटकर बैठ। आते ही तू उन पर सवार हो गयी है,'' कहकर पंखा झलते हुए गणेश अय्यर ने पंखे से ही जाना को दूर हटाया।

''रहने दे बेटा...बच्ची है! तू बैठी रह, मेरी बच्ची!'' कहकर दादी ने गोद में बैठी बच्ची को दोनों हाथों से भींच लिया।

''अब आप क्या कर लेंगे!'' कहकर जाना मुँह बनाकर पिता को चिढ़ाने लगी।

जाना को गोद में लिये हुए ही दादी ने पास के स्टूल पर रखे, अपने थैले को उठाया। थैले में रखी ककड़ियाँ जमीन पर रखते हुए उन्होंने एक ककड़ी जाना को दी। गोल-गोल लपेटकर रखी गयी अपनी दूसरी साड़ी को तार पर लटकाने के विचार से उन्होंने उसे बाहर निकाल लिया और फिर थैले को उलट दिया। कच्ची मूँगफलियों के साथ एक सफेद लिफाफा जमीन पर आ गिरा। ''मीना और छोटू अम्बी कहाँ हैं? दिखाई नहीं दे रहे?'' कहकर दादी ने चारों तरफ नजर दौड़ायी। कुछ देर बाद, ''यह लिफाफा गीता ने तुझे देने के लिए कहा है,'' कहकर दादी ने जमीन से लिफाफा उठाकर बेटे की ओर बढ़ा दिया।

सिनेमा-हॉल घर के बहुत पास था फिर भी गणेश अय्यर को डर था कि माँ गुस्सा होंगी कि बीस साल की जवान लड़की को छोटू अम्बी के साथ मैटनी शो देखने क्यों भेज दिया। लिफाफे को हाथ में लेते हुए डरते-डरते वे बोले, ''मीना के पढ़े हुए एक अच्छे-से उपन्यास को फिल्म के रूप में दिखाया जा रहा है। इस फिल्म को देखने के लिए सुबह से दोनों दुष्ट मेरी जान खा रहे थे। मैटनी शो ही तो है, यह सोचकर मैंने उन्हें जाने की अनुमति दे दी।''

दादी ने एक खास पत्रिका और एक लेखक का नाम लेते हुए कहा, ''अरे इस पत्रिका में इस लेखक की जो धारावाहिक कहानी छपी थी, क्या तू उसी की बात कर रहा है?...मैंने भी एक-दो जगह इस फिल्म का विज्ञापन देखा था। इतनी-सी बात के लिए बच्चों को गाली क्यों दे रहा है? मैं और तू सिनेमा के बारे में कुछ नहीं जानते लेकिन आजकल के बच्चे तो फिर भी बहुत सीधे हैं...'' कहकर दादी ने अपने बेटे को समझाया। कुछ देर बाद दादी बोलीं, ''जब मैंने गीता से पूछा कि लिफाफे में क्या है तो वह बड़े रहस्यात्मक ढंग से मुस्करायी और बोली, 'बाबूजी आपको सब-कुछ बतला देंगे,' और उसने लिफाफा मुझे पकड़ा दिया।''

जैसे ही गणेश अय्यर ने लिफाफा खोलकर चश्मा लगाकर उसमें से निकले कागज पर लिखे शब्दों को पढ़ना शुरू किया, उनके हाथ काँपने लगे, चेहरा पसीने से तर हो गया और होठ फड़कने लगे। पत्र पढ़कर उन्होंने सामने की दीवार पर टँगे गीता के शादीवाले फोटो को घृणा से देखा।

माँ के निकट बैठे हुए—उस मधुर वातावरण में, आनन्द के अपार सागर में डूबे गणेश अय्यर का चेहरा एकाएक कुम्हला गया। उन्होंने कुर्सी के हत्थे को कसकर पकड़ लिया और सूनी आँखों से माँ की ओर देखने लगे। पत्र उनके हाथ से खिसककर नीचे गिर पड़ा। उन्होंने उसकी ओर कोई ध्यान नहीं दिया।

"हाय रे! यह क्या हुआ?" कहकर दादी ने जमीन पर पड़े उस पत्र को उठा लिया और उसे रोशनी की ओर बढ़ाकर पढ़ने लगीं। इस उम्र में भी वे बिना चश्मे के पढ़ सकती थीं।

'मेरे प्यारे पिताजी, माताजी और दादीजी!

'छह महीने तक सोचने-विचारने के बाद आज एक निर्णय पर पहुँचकर बड़े शान्त भाव से मैं आप लोगों को यह पत्र लिख रही हूँ। इस पत्र के आप लोगों तक पहुँचने के बाद हमारे बीच का पत्र-व्यवहार रुक जाएगा, शायद बातचीत भी बन्द हो जाएगी—यह सब-कुछ जानते हुए भी मैं आप लोगों को यह पत्र लिख रही हूँ।

'बाबूजी, बात यह है कि मैंने अपने एक सहकर्मी हिन्दी के पण्डित श्री रामचन्द्रन् से अगले रविवार को कानूनी ढंग से विवाह करने का निश्चय किया है। वे जानते हैं कि मैं विधवा हूँ। 'ऐसा करना पाप है,' इस भावना और विचार को लेकर मैं छह महीने तक अपने-आपसे उलझती रही। अब मैं एक निश्चय पर पहुँच गयी हूँ। मैं जान गयी हूँ कि मैं पूरे मन से वैधव्य व्रत का पालन नहीं कर सकती। मेरी सच्चरित्रता इसी बात में है कि मैं तरह-तरह के भेष धारण कर स्वयं कलंकित होकर परिवार को भी कलंकित न करूँ। इस तीस साल की उम्र में भी मैं अपनी भावनाओं को अपने वश में नहीं कर पा रही हूँ। मन में डर है कि कहीं पाँच साल बाद फिर यही निर्णय न लेना पड़ जाए। इसी से मैंने सोचा कि इस काम को अभी कर लेना ही अच्छा है। मेरे विचार में मैं जो कुछ कर रही हूँ, वह ठीक ही है।

'मुझे नहीं लगता कि मैं कोई गलती कर रही हूँ। मुझे इस बात का कोई दुःख नहीं है। इसके लिए आप लोगों से माफी माँगने की इच्छा भी नहीं है। कभी-कभी यह सोचकर मुझे दुःख होता है कि मैं अपने सभी रिश्तों को, आप लोगों के प्यार को खो बैठूँगी। साथ ही मैं यह सोचकर शान्ति और अपार आनन्द का अनुभव करती हूँ कि मैं नया जीवन, नया प्रकाश पाकर, नये युग की सन्तान बनने के अपने स्वप्न को पूरा कर लूँगी।

'आज के युग में कब किसका मन किस तरह बदल जाएगा, कोई नहीं जानता।

यदि आप मेरे निर्णय को स्वीकार करते हैं तो मैं आपके स्नेह-ममता-भरे आशीर्वाद की प्रतीक्षा कर रही हूँ। हाँ, अब भी एक सप्ताह का समय बाकी है। यदि आपको मेरी बात अनुचित लगती है, तो सोच लीजिए कि आपकी गीता मर गयी और गंगा नहा लीजिए।

हाँ, मैंने यह निर्णय अपनी मर्जी से ही लिया है। मेरे लिए दादीजी के अलावा और किसने अपनी सुख-सुविधा का त्याग किया है? कोई भी मेरे लिए ऐसा क्यों करेगा?

आप लोगों के प्रति सदा अडिग प्रेम रखनेवाली

—गीता'

"हाय रे! यह क्या हुआ?" इसके अलावा कुछ भी कहने की शक्ति दादी में नहीं रही। वे दुःखी होकर सूनी-सूनी आँखों से चारों ओर देखने लगीं।

गणेश अय्यर तनिक कठोर होकर निर्दयता-भरे स्वर में बोले, "वह मर गयी! अब हमें गंगा नहा लेना चाहिए।"

दादी-माँ सहम गयीं।

'माँ के आज्ञाकारी बेटे' ने पहली बार माँ की सलाह, उत्तर, आदेश, आज्ञा आदि की प्रतीक्षा किये बिना ही अपने-आप एक निर्णय ले लिया था। दादी की दोनों आँखें भर आयीं। वात्सल्य की तीव्र भावना से उनका हृदय तेज़-तेज धड़कने लगा। छाती पर हाथ रखकर उन्होंने पूछा, "पिता होकर तू ऐसी बात कह रहा है?"

"मैं और क्या कहूँ माँ? आपके वंश में...इस परिवार में जन्म लेकर...हाय!" उस अपमानजनक स्थिति की कल्पना भी न कर सकने के कारण गणेश अय्यर एकाएक चीख उठे।

'मेरा युग दूसरा था बेटा!' ये शब्द दादी की जुबान पर आकर रह गये। आज इतने सालों के बाद दादी को एक महान् सत्य का ज्ञान हुआ।

'मेरा यह बेटा मेरी आज्ञा और आदेश का पालन करने के लिए सदा तैयार रहता था। इसका कारण शास्त्र उसका मातृ-प्रेम नहीं था। मैं अपने युग की प्रतिनिधि हूँ—ऐसा युग, जोकि नियमों में जकड़ा हुआ था। मेरा जन्म ऐसे परिवार में हुआ था जो कि शास्त्र के नियमों का आदर करता था। पुरानी परम्परा के अनुसार अपना परिवार चलाने के लिए और स्वयं उसके ऐसा करने में असमर्थ होने पर मैं ऐसा कर सकूँगी—इस विश्वास के कारण ही वह मेरे आदेश का पालन करने के लिए तैयार रहता था। ऐसा करके उसने पुराने युग और उस समय के नियमबद्ध जीवन के प्रति अपनी आस्था व्यक्त की है।' दादी मन-ही-मन अपने बारे में, अपने बेटे के मूर्खतापूर्ण निर्णय के बारे में और एकाकी हो जाने से सबके प्रेम की अधिकारिणी

बनी हुई गीता के बारे में सोचती हुई मौन बैठी रहीं।

तभी पार्वती वहाँ आयी। वह जमीन पर पड़े उस पत्र को उठाकर पढ़ने लगी जिसने माँ-बेटे को दुःख के अपार सागर में डुबो दिया था।

''अरी पापिन! तूने मुझे कहीं का नहीं रखा!'' कहकर वह अपना सिर पीटने लगी।

दादी ने अपने स्वभाव के अनुसार शान्त भाव से फिर से उस पत्र को हाथ में लेकर उसकी अन्तिम पंक्ति को पढ़, ''मैंने यह निर्णय अपनी मर्जी से ही लिया है। मेरे लिए दादीजी के अलावा और किसने अपनी सुख-सुविधा का त्याग किया है?'' गीता के ये शब्द उन्हें सुई की तरह चुभ गये। दादी ने अपने होठ काट लिये। उसके इन शब्दों का अर्थ और कोई नहीं समझ सकता था, केवल दादी ही समझ सकती थीं।

अठारह साल की कच्ची उम्र में ही गीता के माथे की बिन्दी पुँछ गयी थी। उसने बालों में खुशबूदार फूल लगाना छोड़ दिया था। इसे गीता का दुर्भाग्य मानकर क्या उसके माता-पिता ने उसके अपार शोक को नहीं भुला दिया था? गीता के विधवा हो जाने के बाद ही तो पार्वती ने अम्बी और जाना—इन दो बच्चों को जन्म दिया था!

इसमें क्या? यही तो गृहस्थ लोगों के जीवन की सहज गति है।

वैवाहिक जीवन का आनन्द न उठा सकने के कारण गीता के हृदय में उत्पन्न हो बिखरनेवाली इच्छाओं और भावनाओं, क्षीण हो जानेवाली स्मृतियों, दीमक लगी लकड़ी की तरह निरन्तर छिद-छिदकर मिट्टी का ढेर बन जानेवाले स्वप्नों के बारे में इन लोगों को क्या परवाह?

लेकिन?...

हिन्दू परिवार में उत्पन्न गौरी दादी लगभग आधी शताब्दी पहले गीता से छोटी उम्र में, उसी की तरह अपने सुखी जीवन के एकमात्र आधार को खोकर वैधव्य की आग में गिर पड़ी थीं। वे बचपन में कितनी मधुर स्मृतियों को हृदय में सँजोये हुई थीं! कितने अनेक मधुर स्वप्न देखे थे! जानबूझकर उन्हें अपनी इच्छाओं को कुचलना पड़ा था। गीता को देखकर उन्हें अपने अतीत की याद न आयी हो और उन्होंने उसके दुःख को न समझा हो, यह कैसे सम्भव हो सकता है?

यही कारण था कि गीता का निर्णय जानकर गौरी दादी गणेश अय्यर या पार्वती की तरह न उसकी निन्दा कर सकीं, न शाप दे सकीं और न ही उसे त्याग देने की बात सोच सकीं। उनका हृदय रो उठा। वे बार-बार दुःखी होकर, हाथ मलती हुई यही कहती रहीं, ''हाय! यह क्या हो गया?...हाय! यह क्या हो गया?''

दिन ढलने पर, दीया जलाने के समय मीना और अम्बी मैटनी शो से लौटे।

बरामदे में कदम रखते ही आराम से कुर्सी पर लेटी हुईं, किसी गहन सोच-विचार में लीन दादी को देखकर अम्बी सहसा रुक गया। उसने मुड़कर पीछे आती हुई मीना से धीरे से कहा, "अरी, दादी आयी हैं...!"

"कहाँ हैं? अन्दर हैं या आँगन में हैं?" पूछती हुई मीना कुछ पीछे हट गयी।

अम्बी बोला, "अपने सिंहासन पर आराम से सो रही हैं।"

मीना ने बड़े 'स्टाइल' से तह करके कन्धे पर डाली ओढ़नी को थोड़ा-सा फैला लिया और उसके एक किनारे को खींचकर क़मर में खोंस लिया। ओढ़नी का पल्लू ठीक जगह पर है, ऐसी तसल्ली हो जाने पर मीना सिर झुकाये, भोली-सी सूरत लिये घर के भीतर चल दी।

अन्दर जाने पर उसे मालूम हुआ कि दादी जाग रही हैं। पिता कुर्सी पर चुपचाप बैठे हैं और माँ पल्लू से मुँह ढाँपकर कोने में बैठी हिचकियाँ भर रही है। उन लोगों की ऐसी दशा देखकर वे दोनों चकित रह गये। उनकी समझ में नहीं आया कि वहाँ कौन-सी अनहोनी हुई है।

उसी समय जाना हँसती हुई अम्बी के पास आयी, "दादी ककड़ी लायी हैं जी," जाना के इन शब्दों को सुनकर दादी चौंकीं। उन्होंने पीछे मुड़कर मीना को एक नजर देखा। मीना ने दादी से प्रश्न किया, "दादीजी, आप कब आयीं?" और फिर इशारे से पूछा, "क्या बात है...ये लोग इस तरह चुपचाप क्यों बैठे हुए हैं?"

दादी की आँखें भर आयीं।

मीना को देखने के बाद ही दादी इस बात को समझ पायीं कि गणेश अय्यर ने गीता को मरी हुई जानकर गंगा नहाने की बात क्यों की थी और पार्वती ने गुस्से से भरकर उसे शाप क्यों दिया था।

मीना जमीन पर पड़े उस पत्र को उठाकर पढ़ने लगी।

दादी उसे पत्र पढ़ने से रोकना चाहती थीं लेकिन जाने क्यों उन्हें लगा कि उसे यह पत्र पढ़ लेना चाहिए। वे चुपचाप मीना के चेहरे को घूरती रहीं।

मीना के चेहरे पर एकाएक घृणा का भाव उभर आया। "तेरा सत्यानाश हो!" कहते हुए मीना ने दोबारा उस पत्र को पढ़ा। उसके पीछे खड़े होकर उस पत्र को पढ़ते हुए अम्बी ने ऐसा मुँह बनाया मानो एरण्डी का तेल पी लिया हो।

उस घर में अचानक चुप्पी-सी छा गयी। शहर में प्लेग की बीमारी फैलने पर घर में एक चूहे को मरा देख लोग जिस तरह दुःखी होते हैं, उसी तरह दुःखी होकर सब एक-दूसरे का मुँह ताकने लगे।

गौरी दादी रात-भर नहीं सोयीं। न उन्होंने खाना खाया और न ही अपनी आरामकुर्सी से उठकर कहीं गयीं। अपने लड़के, बहू, पोते-पोतियों को देखते हुए और गीता के बारे में सोचते हुए वे लम्बी आहें भरती रहीं। 'अपनी आदत के

खिलाफ वह मुझे बस-अड्डे तक छोड़ने आयी थी। बस के चलने पर उसने अपनी आँखें पोंछी थीं—मैंने तो यही समझा था कि उसकी आँखों में धूल गिर गयी है।' मन-ही-मन दुःखी होते हुए दादी बार-बार इसी प्रश्न को दुहरा रही थीं, 'हाय गीता! तूने ऐसा क्यों किया?' पौ फटने से पहले अनजाने ही दादी की आँख लग गयी। जागने पर उन्होंने देखा कि दिन चढ़ गया है।

जालीदार किवाड़ के पास, गली में नाई वेलायुधम अपनी पेटी लिये खड़ा था। आँख खुलने पर दादी माँ मनौती मानने लगीं, यह सबकुछ स्वप्न बन जाये, लेकिन स्टूल पर पड़ा गीता का पत्र इस घटना की सच्चाई की घोषणा कर रहा था।

दादी ने फिर एक बार उस पत्र को पढ़ा। तभी कमरे से निकले गणेश अय्यर ने रात-भर गीता की चिन्ता में लीन माँ को ढाढ़स बँधाने की कोशिश की। वे बोले, "अम्मा! वेलायुधम आया है—तू गीता को मरी हुई समझकर गंगा नहा ले!"

"अपना मुँह बन्द कर!" दादी गरज उठीं। "सुबह-सुबह ऐसे अशुभ वचन क्यों बोल रहा है? उसने तेरा क्या बिगाड़ा जो तू उसके मरने की बात सोच रहा है...?" दादी ने गम्भीर स्वर में कहा। उस अपार दुःख को सह न सकने के कारण वे फूट-फूटकर रोने लगीं। उनका चेहरा एकदम लाल हो गया। अपनी लाल-लाल आँखों से उसे घूरते हुए उन्होंने गुस्से से पूछा, "क्यों रे! बोलता क्यों नहीं?...उसने कौन-सी गलती की है? बता, कौन-सी गलती की है?" माँ के इन शब्दों को सुनकर गणेश अय्यर क्षणभर के लिए जड़वत् खड़े रहे।

"उसने कौन-सी गलती की है?...माँ! तू क्या पूछ रही है? क्या तू पागल हो गयी है?" गणेश अय्यर चीख उठे।

दूसरे ही क्षण अपनी आदत के अनुसार दादी शान्त हो गयीं और बेटे की ओर देखती हुई कुछ सोचने लगीं। उनका लड़का पहली बार उनसे इस तरह बोला था। दादी ने धीमी आवाज में कहा, "हाँ बेटा, मैं पागल हूँ! मेरा पागलपन नया नहीं, बहुत पुराना है...मेरा यह पागलपन कभी नहीं मिट सकता। मैं चाहती हूँ कि मेरा पागलपन मेरे साथ ही मिट जाए। उसका पागलपन इतनी जल्दी, एकाएक दूर हो गया, इसके लिए कोई क्या कर सकता है? उसने तो कह ही दिया कि वह जो कुछ करने जा रही है, वह उसकी नजर में बिलकुल ठीक है। तरह-तरह का भेष धारण कर बुरा नाम कमाने से बचने के लिए ही उसने यह निर्णय लिया है..."

माँ की बात काटते हुए गणेश अय्यर ने पूछा, "उसके ऐसा कह देने से क्या उसका किया सबकुछ ठीक हो जाएगा?"

"उसका तो यही कहना है कि जो कुछ वह कर रही है, उसकी नजर में बिलकुल ठीक है...जरा सुनूँ तो, अब तू क्या कहता है!" अपने एक हाथ पर दूसरे हाथ से घूँसा जमाते हुए दादी ने पूछा।

गणेश अय्यर क्रोध से दाँत पीसते हुए बोले, ''वह दुष्टा कलंकिनी है! परिवार की मर्यादा को तोड़नेवाली वह चरित्रभ्रष्ट लड़की मर गयी, ऐसा सोचकर तू गंगा नहा ले।''

दादी माँ थोड़ी देर तक अपने-आपको और अपने लड़के को तटस्थ दर्शक की तरह देखती रहीं। कुछ देर बाद विचित्र ढंग से हँसती हुई वे बोलीं, ''तू शास्त्र की...नियम की बात कर रहा है! क्या तू जानता है कि उस समय तुझे क्या करना चाहिए था? क्या तू जानता है कि शास्त्र के नियमों ने मेरी क्या दुर्दशा की?...उस समय तू दूध-पीता बच्चा था...मेरी उम्र सिर्फ पन्द्रह साल की थी! मेरा बच्चा मेरे इस रूप को देखकर इस तरह चीख उठता था मानो उसने किसी भूत-प्रेत को देख लिया हो!...माँ का दूध न मिलने पर तू चीख-चीखकर रोता था और मेरे पास आने पर भय से चीख उठता था। जो कुछ हुआ था, उसे मेरा दुर्भाग्य मानकर घरवालों ने मुझे एक कोने में धकेल दिया। तूने गीता का सिर मुँड़ाकर उसे कोठरी में क्यों नहीं धकेल दिया? बोल, उसकी दुर्दशा क्यों नहीं की?''

आँखों से आँसू बहाते हुए जब दादी ने यह प्रश्न पूछा तब गणेश अय्यर की आँखें भी भर आयीं। कुछ देर बाद गौरी दादी फिर बोलीं, ''क्या तेरे धर्मशास्त्र में यही लिखा है कि तू विधवा बेटी को रंगीन कपड़े पहनने दे? बाल सँवारकर, जूड़ा बनाकर स्कूल जाने दे? स्वयं कमाकर अपना पेट पालने दे? इन सब बातों के लिए जब तूने मुझसे अनुमति माँगी, तो मैंने चुपचाप अनुमति दे दी। जानते हो, क्यों? क्योंकि जमाना बदल रहा है। इसके साथ मनुष्य को भी बदलना चाहिए। अभी इस परिवार के गौरव का बखान कर रहा था न तू, यह कुलीन परिवार जिसमें मैं पैदा हुई थी, उस समय मुझे सहारा देने के लिए तू था, मकान था, जमीन थी। मेरा जमाना भी दूसरा था। आज गीता ने जो काम किया है, उस जमाने में इसकी कल्पना भी कोई नहीं कर सकता था। आज के जमाने में उस जमाने की तरह जीना सम्भव नहीं है। बेटा गणेश, मैं तेरी परेशानी को भी समझ रही हूँ। तू बाल-बच्चोंवाला है...कल तेरे बच्चों का विवाह-मंगल होना है। इस बात को मैं भी जानती हूँ और गीता भी। शास्त्र के नियम क्या उसे चैन से जीने देंगे?...उसने तो साफ-साफ लिख दिया है कि इन नियमों में उसका कोई विश्वास नहीं है।...बेटा गणेश! यह भी सुन ले...मुझे गीता चाहिए...बस, वही चाहिए! हाँ अब मेरे जीवन में कुछ पाने की इच्छा कहाँ शेष रह गयी है? मैं चाहती हूँ कि धर्मशास्त्र के नियम मुझ तक ही सीमित रहें...मेरे शरीर के साथ ही जलकर राख हो जाएँ...तुम लोग सुखी रहो! अच्छा, तो मैं जा रही हूँ...गीता के पास जा रही हूँ...ऐसा करना ही ठीक होगा। तनिक सोचकर देख...मेरा यह निर्णय अवश्य ही तुझे सन्तोष देगा...नहीं तो तू उसके साथ मुझे भी मर चुकी समझकर गंगा नहा ले!'' ऐसा कहकर अपनी साड़ी को खाकी रंग के

थैले में ठूँसती हुई दादी उठ खड़ी हुई।

"अम्मा! अम्मा!..." कहकर गणेश अय्यर हाथ जोड़े हुए आँसू बहाने लगे।

"बुद्धू कहीं का...क्यों रो रहा है? मैंने बहुत सोच-समझकर ही यह निर्णय लिया है...वह चाहे जो कुछ करे, आखिर है तो हमारी बच्ची ही।" दादी ने धीरे से कहा और फिर "पार्वती! तू घर को अच्छी तरह से चलाना..." कहकर सबसे विदा लेकर चल पड़ीं।

'मुझे जल्दी ही गीता के पास पहुँचना है,' मन-ही-मन बुदबुदाते हुए जैसे ही दादी मुड़ीं, उन्हें दरवाजे के पास वेलायुधम खड़ा दिखलाई दिया।

"वेलु , तू चल रे! मुझे जरूरी कम से अभी नेय्वेली जाना है," कहकर उन्होंने उसके हाथ पर चार आने रख दिये।

'अब यह मेरे लिए यहाँ नहीं आएगा, तो क्या हुआ? दुनिया में कितनी चीजें बदल जाती हैं! क्या मैं अपना नाई नहीं बदल सकती?' यह सोचकर हँसते हुए दादी ने थैले को कमर पर लाद लिया। सीढ़ियाँ उतरकर दादी मुड़ीं और उन्होंने, "अच्छा, तो मैं चलती हूँ!" कहकर सबसे फिर एक बार विदा ली।

वह देखो, सुबह की सुनहरी धूप में ठण्डी मिट्टी पर पैरों को जमा-जमाकर रखती हुई दादी चली जा रही हैं।

दादी माँ का यह प्रयाण कुछ ऐसा था जैसे शान्त भाव से धीरे-धीरे चल रहे पुराने युग का कोई प्रतिनिधि, तेजी और आवेश के साथ सामने से आ रहे नये युग का स्वागत करके उसे अपने आगोश में लेने के लिए आगे बढ़ रहा हो...!

ओह, उसके लिए मन की परिपक्वता चाहिए!

एडल्ट्स ओनली

दोपहर के एक बजे रामस्वामी पिल्लै ने अपनी मेज की दराज से नाश्ते का पैकेट निकाला। सहसा उनसे मुँह फेरकर धोती के पल्ले से अपने आँसुओं को व्यर्थ ही छिपाने का और 'कुछ नहीं' कहकर जबर्दस्ती हँसने का प्रयास करती हुई मंगलम के चेहरे की याद हो आयी। सुबह घर में जो कुछ घटित हुआ था, उसका मूल कारण मकान-मालकिन थी। उसकी याद आते ही उनके मन में तनिक क्रोध का भाव जागा।

सुबह दफ्तर आ जाने के बाद भी उनके मन की हलचल शान्त नहीं हुई। उनकी अन्तरात्मा उन्हें धिक्कार रही थी कि उनकी भूल से बहुत-से लोगों का जीवन नष्ट हो चुका है और वह अब भी कई लोगों के जीवन को नष्ट करने पर तुले हुए हैं। इन्हीं सब कारणों से दफ्तर के काम में उनका मन नहीं लगा। अपनी कुछ गलतियों के लिए उन्हें मैनेजर साहब की डाँट भी सुननी पड़ी थी, अतः वह निराश से बैठे हुए थे।

दफ्तर में उन्हें अपनी गलतियों के लिए दण्ड मिला था, यह बात उन्हें बुरी नहीं लगी। वह सोचने लगे कि जीवन में भी यदि कोई व्यक्ति मुझे मेरी गलतियों के लिए दण्डित करने लगे तो मुझे अपने अपराध का बोझ उठाना पड़ेगा। एकाएक उनके मस्तिष्क में एक प्रश्न उठा, 'मानव-जीवन को चलानेवाला कौन?'

ईश्वर ही है न!

ईश्वर को दण्ड देना नहीं आता। उसने तो सिर्फ मनुष्य को बनाया है, जीवन को बनानेवाला मनुष्य स्वयं है। वह जो गलतियाँ करता है, उसका उत्तरदायी वह स्वयं ही है। दफ्तर में मेरा एक अफसर है, जो मेरे काम पर निगरानी रखता है। मेरे नीचे जो व्यक्ति काम करते हैं, उनके काम पर मैं निगरानी रखता हूँ। मानव-जीवन के अनेक पहलू हैं—दफ्तर का जीवन, पारिवारिक जीवन, सामाजिक जीवन आदि। प्रत्येक स्थान पर उसकी स्थिति भिन्न-भिन्न है। मैनेजर दफ्तर में दफ्तर के कामों को सँभालता है, परन्तु घर में घर के कामों को पिता या पत्नी ही तो देखती है!

'पत्नी' कहते ही उन्हें उनकी इच्छानुसार अपने को ढाल लेनेवाली, बच्चों के

समान अबोध मंगलम की नहीं, अपितु अपनी पहली पत्नी मीनाक्षी की ही याद आयी।

मीनाक्षी के रहते हुए घर के सभी काम-काज जिस तरह होते थे, उसी प्रकार अब भी हो रहे थे। परन्तु परिवार का अर्थ केवल नमक, मिर्च, खटाई आदि जुटाना या दूध का हिसाब करना या किराया अदा करना ही तो नहीं! परिवार का सच्चा स्वरूप वह है, जहाँ परिवार का हर प्राणी एक-दूसरे से जुड़ा हुआ हो।

इस दृष्टि से देखा जाए तो मीनाक्षी और मेरे बीच जो सम्बन्ध था, वही सम्बन्ध मेरे और मंगलम के बीच में भी है।

यह सत्य है कि परस्पर एक-दूसरे से अनजान दो नर-नारी पति-पत्नी का स्थान ग्रहण कर प्रेम के अटूट बन्धन में बँध जाते हैं। अपने मिलन के फलस्वरूप प्राप्त शिशु के प्रति समान रूप से प्रेम और वात्सल्य प्रदर्शित करते हैं। अपने उत्तरदायित्वों के प्रति सजग रहते हैं। परस्पर एक-दूसरे के लिए और शिशु के लिए अपना सबकुछ त्यागने के लिए तैयार होते हैं। यही परिवार का सच्चा स्वरूप है। इस परिवार को भिन्न-भिन्न अवसरों पर भिन्न-भिन्न व्यक्ति चलाते हैं—कभी पिता, तो कभी माता और फिर कभी पुत्र।

उनके परिवार को चलानेवाली स्त्री थी—उनकी पत्नी मीनाक्षी। वह दो साल पहले उन्हें और उन दोनों के सम्बन्ध-सूत्र पुत्र सोमू को छोड़कर इस संसार से चल बसी थी। रह-रहकर उनके मन में यह विचार उठता रहा कि पत्नी की मृत्यु का कारण वह स्वयं हैं। अपराध की यह भावना उनके मन को कचोटती रहती।

सोमू के जन्म के बाद मीनाक्षी ने तीन बार गर्भधारण किया। दो बार गर्भपात हो गया था और तीसरी बार ऑपरेशन के द्वारा शिशु का जन्म हुआ। इससे मीनाक्षी बहुत कमजोर हो गयी थी। डॉक्टरों ने उसे चेतावनी दे दी थी कि लगभग चार वर्ष तक उसे गर्भधारण नहीं करना चाहिए, परन्तु अगले वर्ष ही वह गर्भवती हो गयी थी और वह छह महीने का गर्भ रहते मर गयी।

रामस्वामी पिल्लै को लगा कि वे अपराधी हैं, पापी हैं। पाप और अपराध की भावना ने उनके मन और शरीर को अत्यन्त क्षीण बना दिया था। ऐसी स्थिति में उन्हें उनके दायित्वों के प्रति सजग करनेवाला और यह बतानेवाला कि जीवन अभी समाप्त नहीं हुआ है, उनका पुत्र सोमू ही था।

पत्नी की मृत्यु के बाद वह अपने जिन-जिन मित्रों से मिले, सभी ने उनसे यही कहा कि उन्होंने दूसरा विवाह करके भारी भूल की। उनके मकान की मालकिन उन्हें पिछले बीस वर्षों से जानती थी। इससे पहले उसका उनके माता-पिता से घनिष्ठ परिचय था। इसी अधिकार से उसने रामस्वामी पिल्लै को दूसरा विवाह करने के लिए विवश किया और उसके लिए एक लड़की भी ढूँढ़ दी। उन्होंने लोगों

द्वारा सुझाये गये इन तर्कों को कि 'मैं लड़के के पालन-पोषण के लिए और उसकी पढ़ाई जारी रखने के लिए दूसरा विवाह कर रहा हूँ,' हल्के ढंग से ग्रहण नहीं किया। वस्तुतः इन्हीं उद्‌देश्यों से प्रेरित होकर उन्होंने मंगलम से विवाह किया था।

विवाह के बाद पहली रात को ही मंगलम की युवावस्था और उसके रूप-सौन्दर्य को देख उन्हें लगा कि उन्होंने जीवन में फिर एक बार पाप-कर्म किया है।

मंगलम निर्धन घर की कन्या थी। पच्चीस वर्ष की आयु हो जाने पर भी विवाह का कोई आसार न देख मंगलम ने सोच लिया था कि उसे अपना जीवन पिता के अन्धकार-भरे घर में ही बिताना पड़ेगा। उसे अपने पति रामस्वामी नवजीवन का दान देनेवाले गन्धर्व-प्रेमी जैसे प्रतीत हुए। उसने पूरे मन से अपना सर्वस्व उनके चरणों पर अर्पित कर दिया। पत्नी के त्याग को देखकर ही रामस्वामी अपना मूल्य समझ पाये।

मीनाक्षी की मृत्यु के बाद एक रात के लिए भी रामस्वामी सोमू से अलग नहीं हुए। विवाह के दिन सोमू उस समारोह में आये हुए रिश्तेदारों की भीड़ में मिल गया था, अतः उन्हें अपनी नयी पत्नी से बातें करने का अच्छा अवसर मिल गया था। पहली ही रात उन्होंने मंगलम से कहा था, "मैंने यह विवाह अपने लिए नहीं किया।"

वह कुछ और कहने को ही थे कि मंगलम खुशी के आवेग से भरकर बोली, "हाँ, मैं जानती हूँ। मैं अच्छी तरह जानती हूँ कि आपने मेरे लिए ही यह सबकुछ किया है। मुझे मेरे निरर्थक प्रतीत होनेवाले जीवन का अर्थ समझाने के लिए ही..." उसका गला भर आया।

रामस्वामी पिल्लै बोले, "यदि तू ऐसा सोचती है तो यह मेरे लिए प्रसन्नता की बात है, परन्तु तू जान ले कि मैं सोमू के लिए ही जी रहा हूँ। उसी के लिए मैंने यह विवाह किया है। मुझे पत्नी की इतनी आवश्यकता नहीं, जितनी कि सोमू को माँ की आवश्यकता है। तू मेरी बात समझ रही है न! इस समय वह अबोध है। शहर के इस घर में सुविधाओं की कमी है। उसके मन में व्यर्थ के सन्देहों को उठने का अवसर नहीं होना चाहिए। दो-एक साल बीत जाने पर वह समझदार हो जाएगा। मैं अभी चालीस साल का ही तो हूँ। इतनी जल्दी बुड्ढा तो नहीं हो जाऊँगा!" रामस्वामी पिल्लै ने मुस्कराते हुए बड़े सहज ढंग से ये सारी बातें अपनी पत्नी से कहीं।

पत्नी ने उनकी सारी बातों को मान लिया। इससे उन्हें बड़ा सन्तोष हुआ। मन-ही-मन उन्हें लगा कि वे एक भूल कर रहे हैं और उस भूल को बड़े चमत्कारिक ढंग से कर रहे हैं।

कुछ भी हो, मंगलम को सोमू की माँ बनाने के लिए उन्होंने अपनी पत्नी बना

लिया था।

मंगलम को रामस्वामी की पत्नी के रूप में घर का कार्यभार सँभाले हुए दो महीने हो गये थे। इन दो महीनों में मंगलम नौकरानी की तरह रामस्वामी पिल्लै और सोमू को समय-समय पर भोजन खिलाने और घर की देखभाल करने में अपना समय बिताती रही। फिर भी उसके चेहरे पर मुस्कराहट और वाणी में उत्साह बना रहा, पर मन की दशा न जाने कैसी थी!

इसकी कल्पना-मात्र से भयभीत रामस्वामी एकान्त में उससे बातचीत करते हुए घबराते थे और सदा उसे दूर भागते थे। दफ्तर से आते ही सोमू के साथ घूमने निकल जाते। फिर उसे पढ़ाते थे। उसी के साथ बैठकर खाना खाते थे। रात को मकान-मालिक और मालकिन जहाँ सोते थे, वहीं अपना और सोमू का बिस्तर बिछाते थे। उसके सो जाने तक उसे कहानी सुनाते थे।

मंगलम अपने कमरे के दरवाजे को खुला छोड़कर किसी ऐसे स्थान पर बिस्तर बिछाकर लेटे हुए पत्रिका पढ़ती रहती थी, जहाँ उसका पति रामस्वामी की दृष्टि पड़ सके। वह उनके द्वारा अपने लड़के के सुनायी जानेवाली बच्चों की कहानियों में काफी रस लेती थी। रामस्वामी जानते थे कि सोमू को वह जो हँसी-मजाक की कहानियाँ सुनाते हैं, उन्हें सुनकर प्राय: वही हँसा करती है। कई बार रात को उनके सो जाने के बाद भी वह अपनी चूड़ियों को शून्य-दृष्टि से देखते हुए लम्बी साँसें भरती रहती है, इसे वह नहीं जानते थे अथवा ऐसा कहिए कि अनजान होने का उपक्रम किया करते थे। वह कई रातें जागते हुए ही बिता देती थी, इस बात का ज्ञान सोने का अभिनय करनेवाले रामस्वामी को था। उन्होंने कई बार उसके पास जाकर उसे समझाना चाहा परन्तु वह ऐसा नहीं कर पाये। वह यही सोचते—कहीं सोमू जाग जाए तो क्या होगा?

जब उसकी माँ जीवित थी, ऐसी समस्याओं के लिए कोई अवकाश नहीं था। क्योंकि तब वह अबोध शिशु था। उसकी माँ की मृत्यु के बाद, पिछले दो वर्षों से वह मात्र उसी के पिता के रूप में रात-दिन उसके पास रह रहे थे। उन्होंने सोचा कि अब एक अनजान युवती के लिए उन्हें अपने से दूर होता देख वह इसका कारण खोजने का प्रयास करेगा। इससे उसके मानसिक विकास पर बुरा असर पड़ेगा। जब-जब वह मंगलम के निकट जाने का विचार करते, तब-तब मीनाक्षी की याद आ जाने से वह भाव-विह्वल हो उठते थे। 'मीनाक्षी की मृत्यु का कारण मैं ही रहा,' इस विचार के मन में उठते ही वह भय से काँप उठते थे और सोचते थे कि कुछ भी हो, इस समय चुप रह जाना ही ठीक है।

इस प्रकार स्वयं को धोखा देते हुए अथवा समझाते हुए रामस्वामी पिल्लै उससे दूर-दूर रहने लगे। अपने शान्त स्वभाव के कारण और अन्य नारियों की तरह अपने

झूठे गौरव की रक्षा के लिए अपनी भावनाओं को दबाने के प्रयास में मंगलम भी उनसे दूर रही। परस्पर एक-दूसरे से दूर भागनेवाले रामस्वामी और मंगलम के बीच जो झूठा आवरण था, उसे मकान-मालकिन ने हटा डाला था।

यह घटना उस दिन सुबह ही घटित हुई थी।

दो महीने पहले रामस्वामी और मंगलम के विवाह के बाद ही मकान-मालिक और मालकिन दूसरे शहर में रहनेवाले अपने लड़के के घर चले गये थे। वे पिछले सप्ताह ही वहाँ से लौटे थे।

मकान-मालकिन के प्रति रामस्वामी पिल्लै के मन में श्रद्धा का भाव था। उनसे मुहल्ले के सभी लोग डरते हैं, यह सोचकर उनके मन में उसके प्रति घृणा का भाव भी उपजता था। उसे जो बात ठीक लगती, उसे वह बिना कुछ सोचे-समझे कह डालती थी।

मकान-मालकिन का पति उसके हाथों की कठपुतली था। वह उसके इशारों पर नाचता था। गाँव से धान आ जाता था। शहर में एक अच्छा मकान था। जिन्दगी की गाड़ी चलाने के लिए ये सुविधाएँ पर्याप्त थीं, अतः उस भले मानुष ने विवाह के बाद बस एक ही काम किया—वह था मकान-मालकिन का पति बने रहना। जमीन और मकान पर पत्नी का अधिकार था। अतः यदि पति-पत्नी की स्थितियों में इतना अन्तर था तो आश्चर्य की क्या बात? इतना होते हुए भी पत्नी पति को बहुत चाहती थी।

रामस्वामी बचपन से ही उन्हें जानते थे। उनकी जानकारी में पति-पत्नी एक दिन के लिए भी एक-दूसरे से अलग नहीं हुए थे। उनमें अत्यधिक घनिष्ठता थी।

पुत्र के घर से लौटने के बाद , पिछले एक सप्ताह से मकान-मालकिन मंगलम के क्रियाकलापों को गौर से देखती आ रही थी। वह कुछ समय तक चुप रही। रामस्वामी पिल्लै नहीं जानते कि उसने मंगलम से क्या पूछा! सुबह जब वह नहाकर गुसलखाने से कमरे की ओर जा रहे थे, तब मंगलम के प्रति कहे गये मकान-मालकिन के शब्दों ने उन्हें चौंका दिया। शंख बजानेवाले गूँगे पुजारी की तरह वह मंगलम को बिगाड़ रही है—यह सोचते हुए कपड़े बदलने के लिए वह दूसरे कमरे में चले गये।

मंगलम अँगीठी पर कॉफी बना रही थी। मकान-मालकिन उसके पास आ खड़ी हुई। उसने कमरे में खड़े हुए रामस्वामी की ओर बिलकुल ध्यान नहीं दिया। वह एक हाथ अपनी ठोढ़ी पर रखे हुए और दूसरा हाथ मटकाते हुए बोली, "यह कैसा अन्धेर है! उधार लेकर भी भूखा मरे? विवाह कराके भी ब्रह्मचारी! उस बेचारे के पास शायद बुद्धि नाम की कोई चीज नहीं। इतनी आयु का हो जाने और विवाह के बाद इतने साल बीत जाने के बाद भी मेरा बुड्ढा मुझे एक दिन के लिए भी

नहीं छोड़ पाता। फिर तुम-जैसे जवान लोगों का ऐसे रहना कहाँ तक उचित है... ?''

वह काफी देर तक बड़बड़ाती रही। कमरे में खड़े रामस्वामी को यह सोचकर सन्तोष हुआ कि सोमू घर में नहीं है। वह स्पेशल-क्लास के लिए स्कूल गया था। वह धीरे से खाँसने लगे। उनके खाँसने की आवाज से मंगलम को उनकी उपस्थिति का ज्ञान हुआ। उसने दाँतों से होठ दबाकर और भौंहों को ऊँचा कर इशारे से मकान-मालकिन को बताया कि 'वे' कमरे में हैं। मकान-मालकिन ने एकाएक दाँतों से होठ दबा लिये। दूसरे ही क्षण उसे लगा कि उसकी बात बिलकुल ठीक है, अतः वह तीखे स्वर में बोली, ''उनके यहाँ रहने से क्या? मैंने तो सोचा था कि लड़का पढ़ा-लिखा है, समझदार है। वह औरों को सीख दे सकता है। अब पता चल गया है कि वह कितना 'योग्य' है!''

मंगलम ने धीरे से कहा, ''ऐसी कोई बात नहीं दीदी माँ! घर में लड़का है न...!''

मकान-मालकिन एकदम बोल उठी, ''हाँ-हाँ, लड़का है, जैसे संसार में और लोग बच्चे नहीं पालते! क्या समाज में लोग पहली पत्नी की सन्तान के रहते, दूसरी पत्नी के साथ सुख से जीवन नहीं बिताते? इसमें आश्चर्य की क्या बात है? बच्चों को सभी बातें धीरे-धीरे पता लग जानी चाहिए, नहीं तो बच्चों का ज्ञान कैसे बढ़ेगा? मैं तो यही कहूँगी कि तेरे पति के पास बुद्धि नाम की कोई चीज नहीं। यदि मुझे पहले से यह बात पता होती तो मैं उसके लिए एक मिसरानी ढूँढ़ देती,'' मकान-मालकिन खीजकर बोली।

तभी कमरे से बाहर आते हुए रामस्वामी ने क्रोध से पूछा, ''माँजी! इस तरह मेरा मजाक उड़ाने और मेरी जान खाने के लिए ही क्या आपने मुझे विवाह करने को विवश किया था? यदि मुझे पहले यह पता लग जाता कि इस तरह अपमानित होना पड़ेगा तो कदापि विवाह के लिए राजी नहीं होता।'' रामस्वामी के शब्दों को सुनकर ऐसा लगा कि वह अभी रो पड़ेंगे।

मकान-मालकिन बोली, ''अरे भाई, तू बिलकुल बुद्धू है। पहले तूने एक प्रकार की भूल की और उसे मार डाला। अब तू दूसरे प्रकार की गलती कर रहा है और धीरे-धीरे इसे मार रहा है। ऐसे में कोई भला क्या कर सकता है? हाँ, एक बात है—कुछ सोच तो, यह स्वस्थ लड़की दुःख के कारण इन दो महीनों में घुलकर कितनी कमजोर हो गयी है!'' इतना कहकर मंगलम की ओर देखकर उसने एक गहरी साँस ली।

रामस्वामी लज्जा से सिर झुकाये हुए, काँपते स्वर में बोले, ''माँजी, आप व्यर्थ ही मुझे अपराधी मत बनाइए। हम दोनों ने मिलकर ही यह निर्णय लिया है...!''

"बड़ा अच्छा किया भाई! तेरे मन की बात जान लेने के बाद यह स्त्री तेरा विरोध कैसे करती? तुझे भी इसकी भावनाओं को जान लेना चाहिए था," कहती हुई मकान-मालकिन वहाँ से चली गयी।

रामस्वामी ने मन-ही-मन सोचा कि कहीं मंगलम ने उससे उनकी कोई शिकायत तो नहीं की होगी! इस विचार के आते ही वह काँप उठे। उन्होंने मंगलम से पूछा, "मंगलम, तुझे किस बात की कमी है? मैंने तुझे कौन-से दुःख दिये हैं?"

उनके इन प्रश्नों में ही उसके प्रश्नों का उत्तर निहित था। मंगलम सिर झुकाये मौन खड़ी रही। थोड़ी देर बाद उसने धीरे से सिर उठाकर उनकी ओर देखा।

"मंगलम, बता न, मैंने कौन-सी गलती की?"

उसके होठ काँपने लगे। आँखों में आँसू उमड़ आये। मुँह फेरकर उसने आँचल से अपने आँसुओं को छिपाना चाहा। "कुछ नहीं," कहकर वह विवश भाव से हँस पड़ी। उसके लज्जा से लाल हुए चेहरे और मुस्कराहट ने उन्हें विवश कर दिया।

"कुछ नहीं," कहकर मंगलम ने अनजाने ही एक क्षण में अपने हृदय की सभी भावनाओं को आँसुओं के रूप में उनके सामने रख दिया था। वह जान गये कि अब उसकी उपेक्षा नहीं की जा सकती है।

उसी क्षण उन्होंने अनुभव किया कि मंगलम के प्रति वह जो अपराध कर रहे हैं, वह उनके अपराधों में सबसे बड़ा है।

प्रातःकाल की इस घटना से उनका मन बहुत अशान्त हो गया था। वह इन सभी बातों से बचना चाहते थे। पुत्र के प्रति उनका अनन्य प्रेम ही उनके मार्ग की बाधा थी—इस बात को उनकी स्थिति में खड़ा होकर ही कोई व्यक्ति जान सकता था।

उन्होंने नाश्ते के पैकेट को खोला नहीं। विचारों के जाल में फँसे रामस्वामी के मन में सहसा एक विचार आया, 'आज शनिवार है!'

शनिवार को उनका दफ्तर जल्दी बन्द हो जाता था। दफ्तर का अर्थ यदि मैनेजर से लिया जाए तो यह बात सोलह आने सच है। बाकी सभी लोग प्रतिदिन की तरह शाम के छह बजे तक काम करके ही घर लौटते थे। सिनेमा-प्रेमी युवक दफ्तर की फाइलों को बगल में दबाकर 'मैटिनी शो' के लिए चल पड़ते थे। कुछ गृहस्थ सोचते थे कि घर की अपेक्षा दफ्तर में ही अच्छी तरह से काम किया जा सकता है, क्योंकि उन्हें दफ्तर में रहने से शान्ति मिलती थी।

आज शनिवार है। सोमू स्पेशल-क्लास के लिए गया है—इसका ध्यान आते ही रामस्वामी ने नाश्ते का पैकेट हैण्डबेग में रख लिया और मेज की दराज बन्द कर चलने के लिए तैयार हो गये।

उन्हें आज दफ्तर से यों बाहर जाते देख सामने से आते उनके साथी रमणी

अय्यर ने तम्बाकू मुँह के एक कोने में दबाकर आँख मारते हुए उनसे मजाक में पूछा, ''क्यों भई! 'मैटिनी-शो' देखने जा रहे हो?''

''नहीं-नहीं! मैं सिनेमा कब देखता हूँ भई! डॉक्टर के पास जाना है...'' कहकर वह तेजी से बस-स्टैण्ड की ओर निकल पड़े।

रामस्वामी ने डरते-डरते अपने घर में प्रवेश किया, पर अचानक ही सोमू को वहाँ बैठे देख उन्हें आश्चर्य हुअ।

जमीन पर एटलस और ड्राइंग की कॉपी फैलाये सोमू देश का मानचित्र बना रहा था। यों इस बेवक्त पर आये पिता को उसने बड़े अचरज से देखा।

''पिताजी, आज बड़ी जल्दी लौट आये!'' इन शब्दों को सुनते ही मंगलम दौड़कर वहाँ आ गयी।

''आपकी तबियत तो ठीक है? क्या सिर में दर्द है?'' उसने पूछा और उनके हाथ से हैण्डबेग लेने के लिए अपना हाथ बढ़ाया। हैण्डबेग दे दूँ या नहीं, इस प्रश्न ने उन्हें दुविधा में डाल दिया। उनकी दुविधा का मूल कारण यह था कि आज वह पहली बार उसके लिए फूलों का गजरा खरीदकर लाये थे।

''कोई खास बात नहीं...शनिवार होने के कारण सब लोग जल्दी घर चले गये। अकेले वहाँ बैठकर काम करने में मन नहीं लगा। इसी से फाइलों को घर उठा लाया हूँ,'' कहकर रामस्वामी ने पुत्र से पूछा, ''बेटा, तू स्पेशल-क्लास के लिए गया था न! क्या क्लास इतनी जल्दी समाप्त हो गयी?''

''हाँ, हो गयी। दोपहर बाद मास्टर साहब सभी लड़कों को पिक्चर दिखाने ले गये हैं।''

''तू क्यों नहीं गया?''

''मैंने पैसे नहीं दिये, इसलिए नहीं गया।''

पुत्र के इस उत्तर को सुनकर रामस्वामी गर्व से फूल उठे।

''तूने मुझसे पैसे क्यों नहीं माँगे?'' कहकर वह अपनी कमीज उतारने लगे।

''पिताजी, आपको सिर्फ सौ रुपये महीना ही तो मिलता है! मैंने सोचा कि सिनेमा और ड्रामा के लिए पैसे माँगकर आपको तंग न करूँ।''

कमीज उतारते-उतारते रामस्वामी ने उसके पास बैठकर उसे अपनी बाँहों में भर लिया।

''मेरे प्यारे बेटे! तू मेरी चिन्ता क्यों करता है? तुझे किसने बताया कि मेरा वेतन सौ रुपये हैं? मुझे तो डेढ़ सौ रुपये मिलते हैं। यदि कम भी हो तो क्या अपने साथियों के साथ सिनेमा जाने के लिए पैसा नहीं देता? तु मुझसे एक बार पूछ तो लेता!'' इतना कहते-कहते रामस्वामी की आँखें भर आयीं।

पिता-पुत्र को दूर खड़ी देखती हुई मंगलम भी भाव-विह्वल हो उठी।

"तुझे कितने रुपये चाहिए?" रामस्वामी ने पूछा।

"एक रुपया...!"

"अभी दे दूँ?" कहकर उन्होंने अपने हैण्डबेग में से एक रुपया निकालकर उसकी ओर बढ़ाया।

रुपये को पिता के हाथों से लेकर सोमू सोचने लगा कि अब तक तो सभी चले गये होंगे! वह पिता का हाथ पकड़कर बोला, "पिताजी! पिताजी..."

"कहो!"

"रुपया मैं अपने पास रख लूँ?"

"यह मैंने तुझे ही तो दिया है। तू सिनेमा नहीं जाएगा तो रुपये से क्या करेगा?"

"अकेला ही सिनेमा चला जाऊँगा...पास में जो थियेटर है, उसमें एक बड़ी अच्छी फिल्म लगी है—लड़ाई-झगड़ेवाली, जंगली जानवरोंवाली," कहकर सोमू ने बड़े दीन स्वर में पिता से अनुमति माँगी।

पिता के मुख से, 'अच्छा, चला जा,' इन शब्दों को सुनते ही सोमू खुशी से फूला न समाया। उसने किताबें उठाकर मेज पर रख दीं और कपड़े बदलकर चल पड़ा।

दरवाजे के पास खड़े होकर रामस्वामी ने आवाज लगायी, "सँभलकर जाना। कहीं और मत निकल जाना।"

जब वह लौटकर कमरे में आये तो मंगलम उनके हैण्डबेग से नाश्ते और फूलों के पैकेट को निकालकर मेज पर रख रही थी। फूलों का गजरा देख उसका चेहरा खुशी से खिल उठा। अपनी खुशी को छिपाते हुए उसने पूछा, "नाश्ते के पैकेट को वापस क्यों ले आये?"

रामस्वामी ने केवल इतना ही कहा, "भूख नहीं थी।"

"अच्छा, तो चार बजे बढ़िया-सा नाश्ता बनाकर खिलाऊँगी। बताइए, आपको कौन-सी चीज पसन्द है?" पूछते हुए उसने मेज पर पड़ी फूलों की वेणी में से आधी तोड़कर अपने बालों में लगा ली।

दफ्तर से लौटते हुए फूलों की वेणी लाना, बेटे को सिनेमा भेजकर पत्नी के साथ अकेले रहना, फूलों की वेणी को लाने का अर्थ समझकर पत्नी का तुरन्त उसे अपने बालों में लगा लेना और नये ढंग से व्यवहार करना, सहज ढंग से उनसे बातें करना—इन बातों पर विचार करते हुए वह नवयुवक के समान लज्जित हो उठे। पत्नी को देख न सकने के कारण मुँह फेरकर बैठ गये।

उन्हें इस प्रकार शरमाते देख वह मन-ही-मन मुस्कराने लगी। वह उनके पास आ बैठी।

बच्चों की तरह अपने हाथ से उनके मुँह को अपनी ओर मोड़ते हुए पूछने लगी, "बतलाइए न, आपको कौन-सी चीज सबसे अच्छी लगती है?"

उन्होंने उसके नेत्रों में झाँककर देखा। उन्हें इस प्रकार अपनी ओर घूरते देख वह सकुचा गयी। उसे लगा कि उसके नेत्रों में भरे रहस्य को छिपाये रखनेवाला झूठा आवरण फटकर गिर पड़ा है।

अपने नेत्रों में झलकती हुई अपनी भावनाओं को पति से छिपाने के उद्देश्य से उसने दृष्टि नीची कर ली और फिर पूछने लगी, "आपको कौन-सी चीज अधिक पसन्द है?"

"क्या तुम हमेशा खाने की ही बात करोगी? मैं पेटू मियाँ नहीं और न ही तुम मिसरानी हो! अब ऐसा..."

उनकी बात सुनकर उसका चेहरा लाल हो गया।

"मैं मिसरानी कब थी?" पूछते हुए गुस्से से उठकर जाती हुई मंगलम के हाथ को रामस्वामी ने पकड़ लिया और पूछा, "कहाँ भाग रही हो?"

"कहीं नहीं। आप चटाई पर लेटे हुए हैं, मैं अभी तकिया ले आती हूँ।" कहकर मंगलम ने अपने-आपको पति के भुजपाश से मुक्त किया। मधुर कल्पनाओं में खोयी हुई मंगलम तकिया लाने चल पड़ी।

साढ़े तीन बज चुके थे। रामस्वामी अभी सोये ही थे। उमस के कारण उनकी आँखें खुल गयीं। बाहर भयंकर गर्मी पड़ रही थी। बन्द खिड़की के सूराख से आती हुई सूर्य की एक किरण उनके चेहरे पर पड़ी, जिससे उनकी आँखें चुँधिया गयीं। उस छोटे-से कमरे में गर्मी के मारे उनका दम घुटने लगा। उन्होंने पसीने से भीगे अपने वक्ष पर पड़े मंगलम के हाथ को धीरे से हटाया और उठकर खिड़की खोल दी।

धीरे-धीरे कमरे में फैलती रोशनी और हवा उन्हें सुख देने लगी। दरवाजे को खोलते ही कमरे में काफी प्रकाश फैल गया। वह कुछ क्षण तक उस प्रकाश में मंगलम का मुखड़ा निहारते रहे।

उसके माथे पर पसीने की बूँदें चमक रही थीं। बालों में लगी वेणी के फूल तकिये पर बिखरे हुए थे।

कमरे में धीमे-धीमे चलती हवा उन्हें पर्याप्त नहीं लगी। तौलिये से बदन का पसीना पोंछते हुए उन्होंने दरवाजा खोला और बाहर निकलकर उसे बन्द कर दिया। दरवाजे बहुत पुराने थे। अतः ठीक तरह से बन्द नहीं होते थे। उन्होंने दोनों दरवाजों के बीच के छेद से कमरे के अन्दर झाँका। उन्हें कमरे के सभी हिस्से अच्छी तरह दिखाई दिये।

'कौन इस छेद से झाँककर देखेगा?' यह सोचकर वह बाहरवाले बरामदे की ओर बढ़ गये।

एकाएक उनका सारा शरीर पसीने से भर गया। उन्हें लगा कि उनके हृदय की धड़कन बन्द हो गयी है। आँखें घूमने लगी हैं। उन्हें लगा कि उनके प्रत्येक रोम-कूप में कोई सूई चुभो रहा है।

वहाँ...बरामदे के एक खम्भे के सहारे खड़ा सोमू गली की ओर देख रहा था।

'वह सिनेमा क्यों नहीं गया? वहाँ से लौटने पर कमरे के अन्दर न जाकर अछूत की तरह घर के बाहर बरामदे में क्यों खड़ा है? कहीं वह कमरे के अन्दर तो नहीं आया? बन्द दरवाजों को देख उसने क्या सोचा होगा? उसने दरवाजा क्यों नहीं खटखटाया?' आदि अनेक बातें सोचते-सोचते उनका सिर चकराने लगा।

उसके बाल-हृदय में न जाने कैसी बुरी-बुरी भावनाएँ उठी होंगी, यह सोच वह बहुत दुःखी हुए और सोमू के सामने जाते लज्जा का अनुभव करने लगे।

घर के बरामदे में खड़े सोमू ने एक बार पीछे मुड़कर भी नहीं देखा। वह ठोढ़ी पर हाथ रखे गम्भीरता से कुछ सोचते हुए आकाश की ओर देख रहा था। थोड़ी देर बाद उसने बड़े लोगों की तरह अपने कपड़े ठीक किये और गली के दायें-बायें दृष्टि दौड़ाकर चुपचाप चल पड़ा। धीरे-धीरे चलता हुआ वह गली में बहुत दूर निकल गया।

वह कहाँ जा रहा है?

'अरे सोमू! इस कड़कती धूप में कहाँ जा रहा है?' उन्होंने उससे पूछना चाहा, परन्तु ऐसा करने के लिए उनके मन में पर्याप्त साहस नहीं था।

सोमू के चले जाने के बाद रामस्वामी अपने कमरे की ओर लौटे। उन्होंने दरवाजे के बीच से भीतर झाँककर देखा। वहाँ मंगलम गहरी नींद में निश्चिन्त सो रही थी। उसे देख लज्जा के कारण वह तनिक सकुचा-से आये।

उन्होंने दरवाजा खोला और तकिये में मुँह गड़ाकर सो गये।

मन-ही-मन वह गहन अपमान अनुभव कर रहे थे। रह-रहकर उन्हें स्वयं पर क्रोध आ रहा था।

शाम को साढ़े पाँच बजे नाश्ता और कॉफी तैयार करके मंगलम ने सो रहे रामस्वामी को जगाया।

थोड़ी देर सो लेने के कररण उनका मन कुछ हलका हो गया था।

उन्होंने घर के पिछवाड़े जाकर हाथ-मुँह धोया। वहाँ से लौटने पर उन्हें सामने से सोमू आता दिखलाई दिया। वह क्षणभर जड़वत् खड़े रहे, फिर सोचने लगे—छिः, यह सब क्या है!

दोपहर की सारी बातों को भूलकर वह स्वस्थ मन से पूछने लगे, "क्यों रे,

पिक्चर कैसी लगी?''

सोमू बोला, ''पिताजी, पिक्चर देखने नहीं गया। वह तो केवल बड़े लोगों के लिए थी।''

''तूने तो कहा था कि वह जानवरों के बारे में है?''

''वह तो कल तक ही थी। आज वहाँ नयी पिक्चर लगी है—'एडल्ट्स ओनली'! मुझे वहाँ नहीं जाने दिया।''

''फिर तू इतनी देर तक कहाँ रहा?''

''अपने एक दोस्त के घर चला गया था।''

''घर आकर बता तो देता...'' कहते-कहते रामस्वामी चुप हो गये।

''बड़ी धूप थी। मैंने सोचा, यहाँ तक क्यों आऊँ! वहीं पास में एक दोस्त के घर चला गया था। धूप कम होने पर घर चला आया।'' इस तरह झूठ बोलते हुए पुत्र को रामस्वामी ने शून्य-दृष्टि से देखा। उसके नेत्रों पर पड़े झूठ के उस नूतन आवरण को देख वह अत्यन्त लज्जित हुए।

इसके बाद उन्होंने कुछ नहीं कहा। चुपचाप वह घर के भीतर चले गये।

मन-ही-मन वह सोचने लगे—हँ! अडल्ट्स ओनली! वे लोग इस तरह की पिक्चरों में ऐसे कौन-सी रहस्य की बातें दिखा देंगे, जिन्हें व्यक्ति शहर के जीवन में नहीं देख सकता या उससे नहीं सीख सकता? इतना सोचते ही दुःख और उपेक्षा-मिश्रित मन्द-मन्द मुस्कान उनके चेहरे पर फैल गयी।

दिन की एक पैसेंजर गाड़ी में

द्वितीय विश्वयुद्ध के दिन थे। युद्ध अभी समाप्त नहीं हुआ था, किन्तु सेना में भर्ती हुआ अम्मासी गाँव लौट रहा था। उसकी इच्छा के विरुद्ध उसे वापस घर भेजा जा रहा था क्योंकि अब वह सेना के काम नहीं आ सकता था।

सैनिक-जीवन ने उसे अच्छी तरह चबाकर, उसके शरीर का सारा रस सोखकर, उसे मात्र भूस बनाकर छोड़ दिया था।

वह जानता था कि उसके आने की प्रतीक्षा करनेवाला अथवा उसके आने की खुशी मनानेवाला उसका सगा सम्बन्धी कोई नहीं है। फिर भी घर लौटने के अतिरिक्त उसके सामने कोई दूसरा चारा न था। नीची जाति के लोगों की जिस बस्ती से वह घृणा करता था, जिससे नाता तोड़कर वह भाग गया था, आज उसे विवश होकर वहीं लौटना पड़ रहा था।

अम्मासी ने युद्ध को अपना जीवनसाथी मानकर सेना को अपनी ससुराल बना लिया था।...

सेना में उसे भिन्न-भिन्न देशों के भिन्न-भिन्न प्रकार के लोगों के साथ घूमने का अवसर मिलता था। वहाँ कोई भी उसको नीची जाति का जानकर 'चल दूर हट' कहकर उसे अलग नहीं करता था। ऐसी उदारता बरतनेवाले सैनिक-जीवन को यदि उसने अपने प्राणों से प्यारा मान लिया तो इसमें आश्चर्य की कोई बात नहीं है।

पिछड़े हुए भारतीय समाज द्वारा दलित समझे जानेवाले अपने महत्त्वहीन सामाजिक जीवन से ऊबकर, प्रथम विश्वयुद्ध के समय सेना में भर्ती होकर अठारह वर्ष की अल्पायु में ही समुद्र पार कर परदेश जाने का सौभाग्य अम्मासी को प्राप्त हुआ था।

कुछ समय के बाद युद्ध के रुक जाने पर, उसे फिर एक बार उसी तरह का अभिशप्त जीवन जीने के लिए वापस भेज दिया गया। संसारभर में घूमकर उसने जो ज्ञान और अनुभव प्राप्त किया था, उनका विवरण सुनकर उसकी जाति के कुछ लोगों के मुँह तो आश्चर्य से खुले-के-खुले रह गये मानो उन्होंने कोई रहस्यमयी कथा सुनी हो। कुछ लोगों ने उसे ढोंगी माना। कुछ लोगों ने पीठ पीछे उसकी बातों

को झूठ कहकर मुँह बिचकाया और उसकी निन्दा की।

अम्मासी अपनी जाति के लोगों के बीच रहते हुए भी सर्वथा निर्लिप्त होकर जीवन जी रहा था। तभी द्वितीय विश्वयुद्ध ने उसे फिर से गाँव से निकलने का एक स्वर्णिम अवसर प्रदान किया। चालीस वर्ष की आयु पार करने के बाद, फिर से सैनिक-जीवन जीने का अवसर पाकर अम्मासी बहुत प्रसन्न हुआ। उसने अपनी बस्ती को सलाम किया और एक सच्चे सैनिक की तरह बड़ी फुर्ती और उत्साह के साथ वहाँ से चल पड़ा।

युद्धभूमि में मशीनगन को अपनी छाती से चिपटाये हुए शत्रुओं से भिड़ते समय अचानक किसी शत्रु-सैनिक की गोली अम्मासी को लग गयी। वह कुछ महीने सैनिक अस्पताल में पड़ा रहा। इसके बाद डॉक्टरों ने कह दिया कि वह सेना के काम नहीं आ सकता।

अब वह 'अटेंशन' में नहीं खड़ा हो सकता था। किसी समय मशीनगन को अपने हाथों से कसकर पकड़ते हुए शत्रुओं पर गोलियों की बौछार करते समय जिस तरह सिर से लेकर पैर तक उसका सारा शरीर हिल उठता था, उसी तरह आज वह मात्र खड़े होने पर ही काँपने लगता था।

अम्मासी एक सच्चे सैनिक की तरह बड़े जोश और उत्साह के साथ गाँव छोड़कर गया था। आज उसका सिर, हाथ-पाँव सभी काँप रहे थे। शर्म के कारण उसका शरीर दोहरा हुआ जा रहा था। वह जानता था कि कोई भी उसे सलाम कर उसका स्वागत करने नहीं आएगा। फिर भी वह अपने घर लौट रहा था।

उस छोटे-से गाँव के रेलवे स्टेशन पर सिर्फ पैसेंजर गाड़ियाँ ही रुकती थीं। वह भी मात्र दिन की पैसेंजर गाड़ियाँ। कभी-कभी अनेक कारणों से दिन की पैसेंजर गाड़ी के आने से पहले ही रात हो जाया करती थी। ऐसे अप्रत्याशित अवसरों पर वहाँ रात में भी गाड़ियाँ रुक जाया करती थीं। इसी तरह के एक अप्रत्याशित अवसर पर, कल रात पूर्व दिशा से आनेवाली दिन की पैसेंजर गाड़ी अम्मासी नामक अकेले यात्री को उतारकर स्टेशन पर फैले थोड़े-बहुत प्रकाश को समेटती हुई आगे बढ़ गयी। सारे संसार से कटकर एकाकी खड़े अम्मासी ने अँधेरे में चारों ओर दृष्टि दौड़ायी।

कन्धे पर कैनवास का थैला लटकाये वह उस गाँव में इस तरह चल रहा था मानो किसी अपरिचित स्थान में आ गया हो। वह बिना किसी उददेश्य के अपनी जन्मभूमि, उस गाँव की चार-पाँच गलियों में घूम आया। गाँव के बाहर आकर उसने उच्च वर्ण द्वारा तिरस्कृत अपने जन्मस्थान दलितों की बस्ती पर दूर से ही एक दृष्टि डाली। अनमने ढंग से ही उसके पाँव बस्ती की ओर बढ़ गये। कुछ दूर जाने पर

अचानक उसे ध्यान आया कि वह अपनी इच्छा के विरुद्ध अपनी बस्ती की ओर जा रहा है। वह ठिठककर रुक गया। नहर पर बने लकड़ी के पुल को देखते ही वह जान गया कि वह अपनी बस्ती की सीमा पर पहुँच गया है। बस्ती में जाकर किससे मिले, किससे बातचीत करे, इन विषयों पर विचार करने के लिए लकड़ी के पुल पर अपना थैला रखकर वह वहीं बैठ गया।

उसके पैरों के नीचे नहर का जल कलकल-छलछल करता हुआ बह रहा था। कानों पर झींगुरों के झंकारने का तीखा स्वर सुनाई दे रहा था। सड़क के दोनों तरफ अँधेरे में खड़े काले पेड़ों की परछाइयों पर जुगनुओं के झुण्ड दिखाई दे रहे थे। कुछ दूरी पर बस्ती, वहाँ का मन्द प्रकाश, झोंपड़ियों के ऊपर उड़ता धुआँ—सबकुछ दिखाई दिया। बच्चों के रोने की ओर एक बुढ़िया के प्रलाप की आवाज भी सुनाई दी।

सहसा अम्मासी को अपनी माँ की याद आयी।

लकड़ी के इस पुल पर वह कितनी बार बैठा है। उसे याद आया कि जब वह छोटा था तब कलकल-छलकल बहते इस नहर के जल में उसको माँ घास के गट्ठर को साफ किया करती थी और वह मात्र लँगोटी पहने, हाथ में गन्ने का एक टुकड़ा लिये, पुल पर बैठा रहता था। उन दिनों उसकी माँ की मात्र यही इच्छा थी कि उसका बेटा बड़ा होकर शादी कर ले और चार लोगों की तरह खेती करके या फिर ढोर चराकर अपना जीवन चलाये। माँ की इच्छाओं पर पानी फेरते हुए, उसका उपहास-सा करते हुए, प्रथम विश्वयुद्ध के दिनों में, वह सेना में भर्ती हो गया। जब वह सेना में था, उन्हीं दिनों उसकी माँ की मृत्यु हो गयी, किन्तु युद्ध समाप्त होने के बाद घर लौटने पर ही उसे समाचार मिला। उसने माँ के लिए आँसू नहीं बहाये।

अम्मासी के लिए मौत बड़ी साधारण बात थी। युद्धभूमि में उसने मृत्यु का विकराल रूप देखा था। इस समय उसे सबसे दुःख देनेवाली बात यही थी कि वह जीवित रहते हुए भी किसी के काम नहीं आ सकता और अपनी जिन्दगी के भार को व्यर्थ ही ढोये चला जा रहा है।

उसने मन-ही-मन सोचा कि यदि वह युद्ध में मर जाता तो कितना अच्छा होता! उसके लिए अब इस दुनिया में कौन है? वह किसके लिए जीवित रहे? उसके पास इस समय सौ-सौ रुपये के कुछ नोट थे। उन्हें रखकर वह क्या करे... ?

लगभग पचास वर्ष की आयु में ही वृद्धावस्था को प्राप्त अम्मासी को लगा कि सर्वथा निराधार होकर जीवन में एकाकीपन का अनुभव करने से तो मृत्यु की कल्पना कहीं अधिक सुखद है।

धुरी की कीली के पहिया से रगड़ खाने के कारण 'किरीच-किरीच' और ऊबड़-खाबड़ रास्ते पर चलने से कड़क्-कड़क् की आवाज उत्पन्न करती हुई एक

बैलगाड़ी बस्ती की ओर आ रही थी।

बैलगाड़ी के पास आने पर उसके भीतर से एक युवती की आवाज सुनाई दी, ''अरे! चुप पड़ा रह...देख सामने कोई आदमी बैठ है।'' युवती की फुसफुसाती आवाज में अपनी ओर संकेत कर किसी को सावधान करते हुए देख अम्मासी जान गया कि बैलगाड़ी में कोई युवा जोड़ा प्रेम-क्रीड़ा में लीन है। उसने खँखारकर अपनी उपस्थिति व्यक्त की...।

गाड़ीवान ने आवाज दी, ''अरे भाई, पुल पर कौन है?''

अम्मासी ने उत्तर दिया, ''परदेशी हूँ...मडुबँकरै जा रहा हूँ।''

जैसे ही बैलगाड़ी उसे पार कर कुछ दूर आगे बढ़ी, गाड़ी की आवाज दबाती उस युवती की खिलखिलाकर हँसने की आवाज अम्मासी के कानों में पड़ी। युवा-दम्पती क़ी बातचीत से अम्मासी जान गया कि वे दोनों प्रेम में उन्मत्त है। वह धीरे-से फुसफुसाया, ''म्...म्...यह सब जवानी का प्रभाव है!''

उस समय उसके मन में एक विचार आया, 'इस जीवन से ऊबकर मैं न जाने क्या-क्या पाने के लिए व्यर्थ ही इधर-उधर भटकता रहा। लेकिन मुझे क्या मिला?'

थोड़ी देर पहले बैलगाड़ी में बैठकर उसके पास से निकले युवा-दम्पती की हँसी सुनकर उसे लगा था कि उसका अतीत ही उसे देखकर हँस रहा है।

अम्मासी का मन रो उठा। वह अपने-आप बड़बड़ाने लगा, ''हाय री जवानी! वह तो न जाने कब की बीत गयी! मैं भी कभी अठारह, बीस, तीस, चालीस साल का था...हाँ, उस समय मैंने उसकी परवाह नहीं की, उससे दूर-दूर भागता रहा...तब...मैंने उसका महत्त्व नहीं समझा—उससे दूर-दूर भागा। लोग जाति के नाम पर, धर्म के नाम पर चाहे किसी का बहिष्कार करें किन्तु परम दयालु परमात्मा सभी को एकसमान जवानी देता है। उस जवानी पर लात मारकर मैं कितनी तेजी से दौड़ा था! उस समय मैं यह कहाँ समझा था कि जैसे मैं उससे दूर भाग रहा हूँ, वैसे ही वह भी मुझसे दूर भागती जा रही है। जवानी के जोश ने ही तो मुझे सभी चीजों को लात मारकर यहाँ से भाग जाने के लिए प्रेरित किया था! निरन्तर भागते हुए थक जाने के बाद ही मैं समझ पाया हूँ कि हाय! मेरी जवानी बीत गयी है...किन्तु अब पछताने से क्या लाभ?''

हाँ, आज हम जिस चीज को गँवा चुके हैं, उसे गँवाते समय यदि हमारे मन में यह विचार हो कि वह चीज हमारे पास ही है, तब हमें उस वस्तु के खो जाने का एहसास नहीं होता। उसके खो जाने से उत्पन्न दु:ख को सहने की शक्ति भी मिल जाती है। इसके विपरीत किसी चीज को खो देने के बाद यदि हम यही सोचते रहे कि 'हाय, हमने वह वस्तु खो दी,' तब तुच्छ-से-तुच्छ वह वस्तु भी हमारे

लिए अत्यन्त महत्त्वपूर्ण हो जाती है। किसी वस्तु के महत्त्वपूर्ण हो जाने की यही व्याख्या है...।

अम्मासी रात में बहुत देर तक बस्ती में प्रवेश करने की इच्छा न होने के कारण लकड़ी के उस पुल पर ही बैठा रहा। अब भी उसे बस्ती से लोगों की बातचीत की और कुत्तों के भौंकने की आवाज सुनाई दे रही थी।

उस बस्ती में रहनेवाला एक पगड़ीधारी व्यक्ति मुँह में चुरुट दबाये, उसके धुएँ से सारे वातावरण में बदबू फैलाते हुए, अँधेरे रास्ते पर चलते समय मन में उत्पन्न भय को दूर भगाने के लिए ऊँची आवाज में गाते हुए वहाँ आया। पुल पर एक आकृति को देखकर उसका गाना बन्द हो गया और वह ठिठक गया। उसने घबराये-से स्वर में पूछा, "कौन है—वहाँ?"

"डरो मत, मैं भी एक आदमी हूँ!" कहते हुए अम्मासी उठ खड़ा हुआ और उसने अपने जूतों को जमीन पर रगड़कर आवाज की।

पगड़ीवाला आदमी अम्मासी को पहचानने के लिए उसके पास आया और 'कौन हो तुम?' प्रश्न करते हुए उसे ध्यान से देखने लगा। तभी अचानक अम्मासी को अपने रिश्ते की बहन कासाम्बु की याद आयी। उसके पति चडैयाण्डि का नाम लेकर उसने बताया कि वह उन्हें खोजता हुआ परदेश से आया है...।

"चडैयाण्डि को...रेलवे में कुली की नौकरी मिल गयी थी। वह तो मद्रास चला गया, घरवाली को भी साथ ले गया है।"

पगड़ीवाले की यह बात सुनकर अम्मासी बहुत निराश हुआ। वह कासाम्बु से या उसके पति से मिलने के लिए नहीं आया था किन्तु बस्ती में प्रवेश किये बिना, वापस लौटने के लिए उसे इतना कारण पर्याप्त लगा। उसने पूछा, "क्या तुम बता सकते हो कि मद्रास में वे कहाँ रहते हैं?"

"चडैयाण्डि एग्मोर स्टेशन पर कुली का काम करता है, वहाँ जाने पर उससे भेंट हो सकती है," कहकर पगड़ीवाला बस्ती की ओर बढ़ गया।

उसके लौट जाने के बाद अम्मासी बहुत देर तक उस बस्ती को घूरता रहा। फिर कैनवास का अपना थैला कन्धे पर लटकाकर वापस रेलवे स्टेशन की ओर चल दिया।

'मेरे प्रति प्यार जतानेवाला, मुझे सहारा देनेवाला कोई नहीं है, मैं एकाकी हूँ। मेरा एकमात्र आधार मेरी रिश्ते की बहन, उसका पति और उसके बच्चे ही है,'— इस निष्कर्ष पर पहुँचते ही उसकी चाल में जैसे एक फुर्ती आ गयी।

अगले दिन पौ फटने के बहुत देर बाद—कुछ घण्टे लेट होने पर भी—वह पैसेंजर गाड़ी सुबह-सुबह ही उस स्टेशन पर पहुँच गयी।

गाड़ी पर चढ़ने के बाद अम्मासी अश्रु-भरे नेत्रों से अपने गाँव, दूर दिखाई देनेवाली अपनी बस्ती, नहर, नहर पर बने लकड़ी के पुल—सभी को एकटक

देखता रहा।

नोंगु (ताड़ का फल), पान, कच्ची लकड़ी जैसी उस गाँव में उपजनेवाली वस्तुओं को बेचते हुए और रेलगाड़ी के आसपास मँडराते हुए, अपनी बस्ती के लँगोटी पहने लड़कों और बिना ब्लाउज के कमर पर केवल लहँगा बाँधे लड़कियों को मुस्कराते खड़े देखते हुए अम्मासी के मन में बहुत देर बाद यह इच्छा जगी कि वह उनसे कुछ खरीद ले।

उसने कमीज की जेब में हाथ डालकर रेजगारी निकाली और जैसे ही ककड़ी बेचनेवाली एक लड़की को आवाज देकर अपने पास बुलाया कि तभी रेलगाड़ी ने सीटी दी और वह खिसकने लगी। उसने झटपट कुछ रेजगारी उन लड़के-लड़कियों के सामने फेंक दी।

खुशी-खुशी सारी रेजगारी बटोरकर जब उन बच्चों ने सिर उठाया तब तक रेलगाड़ी बढ़ चली। अम्मासी बच्चों की तरह खुश होकर खिलखिलाकर हँस पड़ा। वे सब उस फौजी को मुस्कराहट के रूप में उत्तर देते हुए और सलाम करते हुए एक कतार में खड़े हो गये।

अम्मासी ने अपने काँपते हुए सिर के पास हाथ ले जाकर सलाम किया, मानो वह अपनी जन्मभूमि से विदा ले रहा हो। उसकी पलकें आँसुओं से भीग रही थीं...।

गाड़ी में भीड़ नहीं थी। अम्मासी के सिर के ठीक ऊपर सामान रखने की जगह पर पैरों में मोजे, कमर पर धोती और उसके ऊपर हरे रंग का सिंगापुरी बेल्ट बाँधे एक गँवार युवक लेटे-लेटे बीड़ी पी रहा था।

इधर सामने एक माँ अपनी सोयी हुई बच्ची को गोद में लिटाये और स्वयं भी सीट पर सिर टिकाये सो रही थी।

अम्मासी ने उसे गौर से देखा। उसकी वेशभूषा से लगा कि वह विधवा ब्राह्मण युवती है। उसका शरीर सूखकर अस्थिपंजर मात्र रह गया था मानो वह लम्बे समय से तपेदिक से पीड़ित हो। गले के नीचेवाले गड्ढे में हो रहे कम्पन से यह सहज ही पता चल रहा था कि उसके शरीर में प्राण धड़क रहे हैं।

किसी सूखे पेड़ पर फैली कोमल लता में खिले एकाकी फूल की तरह उसकी गोद में सोयी हुई उस सुन्दर बच्ची ने नींद में ही पहले मुँह बनाया, फिर खिल-खिलाकर हँसने लगी...।

धीमी चाल से चलती हुई रेलगाड़ी पर सवार टिकट-चेकर कुछ देर तक दरवाजे के पास खड़ा-खड़ा सिगरेट पीता रहा, फिर आराम से आकर अम्मासी की बगल में बैठ गया। थोड़ी देर तक बैठे-बैठे कुछ सोचता रहा। जैसे ही उसे लगा कि गाड़ी अगले स्टेशन पर पहुँचनेवाली है, उसने अम्मासी के सिर के ऊपरवाली

सीट पर लेटे उस गँवार युवक के सामने हाथ बढ़ाकर उसका टिकट माँगा। अम्मासी ने भी अपने कोट की जेब में हाथ डालकर अपना टिकट ढूँढ़ निकाला।

दोनों के टिकट हाथ में लेकर उन पर हस्ताक्षर करके लौटाने के बाद, उस विधवा ब्राह्मणी को जगाने के लिए टिकट-चेकर ने पेंसिल से रेलगाड़ी की सीट पर ठक्-ठक् की।

न जाने वह युवती किस-किस तरह की शारीरिक एवं मानसिक यातनाएँ झेल रही थी! प्राणों के मोह से रहित अपनी रूखी आँखों को उसने एक बार खोलकर देखा। फिर पहले की तरह आँखें बन्द कर सोने लगी। उसके भीतर की वेदना शायद असहनीय हो गयी थी। उसने सफेद होठों को काट लिया और भौंहें सिकोड़ती हुई धीरे-से बुदबुदायी, "हे भगवान...!"

"बहन जी! देखिए, ये आपसे टिकट माँग रहे हैं," कहते हुए अम्मासी ने बड़ी आत्मीयता से उसे जगाया।

सीधे बैठ न पाने के कारण उसने लेटे-लेटे ही अपनी आँखें खोलकर देखा और दीन स्वर में बोली, "टिकट?..."

इस पर टिकट-चेकर ने बड़ी निर्दयता से कहा, "क्यों देवीजी, टिकट नहीं है, तो आप अगले स्टेशन पर उतर जाइए!" और फिर दूसरी तरफ मुँह फेरकर खिड़की से बाहर झाँकने लगा।

अम्मासी उसकी दीन दशा पर बड़ी गम्भीरता से सोच-विचार करने लगा। अगला स्टेशन आनेवाला था। युवती ने बड़े यत्न के साथ उठने की कोशिश की, उसकी गोद में सोयी हुई दो साल की बच्ची उठकर बैठ गयी—कुछ तो भूख से और कुछ-कुछ नींद पूरी न होने की झुँझलाहट के कारण वह आँखें मलती हुई रोने लगी।

अम्मासी ने युवती से पूछा, "आपको कहाँ तक जाना है?"

बड़ी दुखी होकर लम्बी साँस भरती हुई वह बोली, "मुझे चेन्नै जाना है बाबू।"

अम्मासी ने टिकट-चेकर की तरफ मुँह फेरते हुए कहा, "सर! चेन्नै के लिए एक टिकट काट दीजिए—पैसे मैं देता हूँ," और अपने कोट की जेब से रुपयों से भरा हुआ चमड़े का पर्स निकाला।

टिकट-चेकर ने एक क्षण के लिए उसे देखा और मुस्कराकर मानो उसकी उदारता की प्रशंसा की। फिर खड़े-खड़े ही अपना एक पैर सीट पर टिकाकर घुटने पर रसीद की किताब रखकर एक रसीद काट दी।

उस विधवा ने कृतज्ञता के साथ सींक की तरह पतली-पतली उँगलियोंवाले अपने हाथ जोड़ दिये और अम्मासी की तरफ देखते हुए बोली, "बाबू, आपके बाल-बच्चे सुखी रहें—भगवान उन्हें लम्बी आयु दे।"

कच्ची नींद से उठ जाने के कारण रोती हुई बच्ची ने फिर से माँ की गोद में अपना मुँह छिपा लिया।

उसके शब्द सुनकर अम्मासी क्षणभर के लिए सिर झुकाये कुछ सोचता रहा, फिर मन-ही-मन हँस पड़ा।

जैसे ही टिकट-चेकर एक दरवाजे से नीचे उतरा, दूसरे दरवाजे से एक बूढ़ा भिखारी और उसकी पत्नी उस डिब्बे में घुस आये। सीटों पर जगह होते हुए भी यह सोचकर एक कोने में उकड़ूँ बैठ गये कि टिकट न होने के कारण जब उन्हें यात्रा करने का ही अधिकार नहीं है तब सीटों पर नहीं बैठना चाहिए। बूढ़े भिखारी ने अपने हाथ में पकड़े डण्डे को एक कोने में रख दिया और गिरह में बँधी मूँगफलियों में से आधी अपनी पत्नी को दी। दोनों बड़े चाव से मूँगफलियाँ खाने लगे।

रेलगाड़ी उस छोटे-से स्टेशन से निकलकर जोर से सीटी देती हुई तेजी से दौड़ने लगी।

एक बड़े जंक्शन पर यह पैसेंजर गाड़ी काफी देर तक रुकी...।

बेहोश-सी पड़ी अपनी माँ की गेद में सोयी हुई बच्ची जाग गयी और आँखें फाड़-फाड़कर बाहर की ओर देखने लगी। बिस्कुटों से भरा थाल लिये खिड़की के पास खड़े फेरीवाले को देखते ही बच्ची माँ के गालों को थपथपाने लगी और 'अम्मा, चिज्जी...अम्मा, चिज्जी' कहती बाहर की तरफ इशारा करते हुए रोने लगी।

अम्मासी ने सोचा कि वह बच्ची को खाने की कोई चीज खरीद दे, किन्तु अपनी नीची जाति और उन लोगों की ऊँची जाति का विचार कर मन-ही-मन संकुचित होते हुए वह बच्ची को देखकर मुस्करा दिया। बच्ची ने उसकी तरफ देखा और फिर 'चि...ज्जी' कहती हुई जोर से रोने लगी।

तभी अचानक होश में आयी उसकी माँ ने आँखें खोलीं।

अम्मासी ने अत्यन्त दीन होकर स्नेह-भरी वाणी में पूछा, "बहनजी, बच्ची रो रही है, क्या मैं उसे कुछ खरीदकर दे दूँ?" युवती की आँखें भर आयीं। उसने आँखों के इशारे से ही अनुमति दे दी।

अम्मासी रेलगाड़ी से नीचे उतरा और स्टेशन पर स्थित खाने-पीने की चीजोंवाले स्टॉल की ओर बढ़ गया। उसने एक 'बन' और एक कप दूध लिया। उसे लेकर लौटते समय अम्मासी को अचानक जैसे कुछ याद आ गया। उसने दूसरा कप दूध और दूसरा 'बन' खरीदा। कागज में लिपटे 'बनों' को कोट की जेब में डालकर अपने काँपते हाथों से दूध के दोनों प्याले पकड़े हुए वह अपने डिब्बे की ओर चल पड़ा।

देखनेवालों के मन में यह विचार आ सकता है कि यह आदमी इस वृद्धावस्था

में इतना परिश्रम क्यों कर रहा है। लेकिन उसके अतिरिक्त और कौन जानता है कि दूसरों के लिए कष्ट सहने में कितना आनन्द है।

डिब्बे के अन्दर आकर उसने दूध से भरे दोनों प्याले सीट पर रखे और जेब से एक 'बन' निकालकर मुस्कराते हुए बच्चों की ओर बढ़ा दिया। बच्ची ने खुशी से उछलकर वह 'बन' उससे ले लिया और अपने दोनों हाथों से उसे पकड़कर खाने लगी।

उसी समय उसकी माँ ने आँखें खोलकर अम्मासी की ओर देखा। उसने बड़े संकोच के साथ दूसरा 'बन' युवती की ओर बढ़ा दिया। उसने सिर हिलाकर मना कर दिया।

"बहनजी, कम-से-कम यह दूध तो पी लीजिए...आप बहुत थकी हुई हैं..." कहकर अम्मासी ने गिलास में थोड़ा दूध ठण्डा करके डाला और युवती की ओर बढ़ा दिया।

युवती ने काँपते हाथों से गिलास ले लिया और एक ही साँस में सारा दूध गटागट पी गयी मानो वह किसी ऐसी प्यास से पीड़ित थी जो कभी नहीं बुझ सकती थी। जैसे-जैसे युवती दूध पीकर गिलास खाली करती गयी, अम्मासी थोड़ा-थोड़ा करके उसमें दूध डालता रहा। अम्मासी जान गया कि वह कभी न मिटनेवाली भूख, कभी न बुझनेवाली प्यास और कभी दूर न होनेवाली थकान से पीड़ित है। वह बच्ची के लिए रखा दूध भी गिलास में डालता रहा। युवती ने उसमें से आधा दूध पिया और 'बस' कहकर धीरे से कराहती हुई अपनी सीट पर लेट गयी और अपनी आँखें मूँद लीं।

अम्मासी ने बच्ची को उठाकर अपने पास बैठा लिया ताकि वह अपनी माँ को तंग न करे और फिर 'बन' के टुकड़ों को दूध में भिगो-भिगोकर उसे खिलाने लगा। बच्ची बड़े अधिकार के साथ उसकी गोद में बैठ गयी और धीरे-धीरे पूरा 'बन' खा लिया। इसके बाद अम्मासी बच्ची को उठाये हुए ही दूध के प्याले लौटाने गया। वहीं दुकान से एक कप दूध लेकर उसने बच्ची को भी पिलाया। स्वयं एक कप चाय पी। बच्ची प्रसन्न होकर उसके साथ खेलने लगी मानो बहुत दिनों से उसे जानती हो। उसने बच्ची के लिए एक खिलौना भी खरीदा। वह बतख का खिलौना था, जिसका पेट दबाने से 'किरीच-किरीच' की आवाज आती थी। खिलौना पाकर बच्ची जोर-जोर से हँसने लगी। अम्मासी बच्ची के खेल में इतना मग्न हो गया कि उसे दीन-दुनिया की कोई खबर नहीं रही। तभी अचानक गाड़ी ने सीटी दी। बच्ची को उठाकर जल्दी-जल्दी भागते हुए अम्मासी गाड़ी पर सवार हो गया। उस समय उसमें इतना जोश आ गया था कि उसे लगा, उसकी जवानी लौट आयी है।

बहुत देर तक उस जंक्शन पर रुकी रहने के बाद पैसेंजर गाड़ी धीरे-धीरे

सरकती हुई चल पड़ी।

भूख मिटने पर शरीर में फुर्ती आ जाने से और खिलौना पा जाने की खुशी में उस अनजान व्यक्ति की गोद में मुँह छिपाकर और उसकी ठोड़ी पकड़कर हँसती-खेलती अपनी बच्ची को देखकर माँ मुस्कराने लगी।

यह देखकर अम्मासी ने धीरे से बात शुरू की, ''चेन्नै में आपको कहाँ जाना है बहनजी?''

उसकी बात का जवाब देने से पहले युवती ने दुःख-भरी एक लम्बी साँस ली। फिर अपनी दुबली-पतली उँगलियों से माथे पर छलकता पसीना पोंछते हुए क्षीण स्वर में वह बोली, ''चेन्नै में परिचित लोग हैं...एक सहेली है...एक बार गाँव आने पर उसने बताया था कि वह नुंगमबाकम में रहती है। उसका पता ठीक तरह से नहीं जानती...मैं सोच रही थी कि इतने बड़े शहर में जाकर उसे कहाँ ढूँढूँगी...किन्तु अब तो ऐसा लगता है कि मैं वहाँ पहुँच ही नहीं पाऊँगी,'' इतना कहते ही उसका गला भर आया और आँखों से आँसू टपकने लगे।

अम्मासी ने उसे धीरज बँधाते हुए कहा, ''ऐसा क्यों कह रही हैं बहनजी? आपके जहाँ भी जाना हो, मुझे बताइए, मैं पहुँचा दूँगा।''

मन-ही-मन उस अनजान व्यक्ति के गुणों की तारीफ करती हुई वह माँ अपनी उस बच्ची को देखकर बहुत दुःखी हुई, जिसे वह बहुत जल्दी ही इस संसार में बिलकुल अकेली और निराधार छोड़कर जानेवाली थी।

अचानक उसके मुँह से ये शब्द निकले, ''आप कौन हैं, भैया, मैं नहीं जानती, पर इतना मानती हूँ कि भगवान ने ही आपको मेरे पास भेजा है...इस क्षण मेरा आधार, रिश्तेदार, सगा भाई—सबकुछ आप ही हैं।''

उसके शब्द सुनकर अम्मासी पुलकित हो उठा।

तभी उस बच्ची ने, जो अपनी माँ को पूरी तरह भूल चुकी थी, खेलनेवाली बतख उसके कानों के पास ले जाकर उसका पेट दबाकर जोर की आवाज की। अम्मासी ने सिर हिलाते हुए अपने दोनों कान बन्द कर लिये मानो वह उस आवाज को सह नहीं पा रहा। इसे देख बच्ची प्रसन्न होकर जोर-जोर से हँसने लगी। बच्ची के साथ खेलते हुए उस व्यक्ति को बच्ची की माँ बड़े ध्यान से देखने लगी।

अम्मासी समझ गया कि युवती उससे कुछ कहकर सान्त्वना पाने अथवा किसी प्रकार की मदद माँगने के लिए छटपटा रही है। वह उसके चेहरे को बड़े प्यार से देखने लगा मानो उससे कह रहा हो कि वह उसे ढाढ़स बँधाने अथवा उसकी मदद करने के लिए तैयार है।

बच्ची ने अम्मासी के प्रति इतना प्यार दिखाया जितना आज तक किसी ने नहीं दिखाया था। गोद में चढ़कर उसकी कमीज पकड़कर खींचती हुई वह जैसे उसके

दिल को भी अपनी ओर खींचती जा रही थी।

सहसा बच्ची की माँ ने फिर अपनी बात शुरू की, ''भैया! इस दुनिया में मेरा कोई रिश्तेदार नहीं है...'' कहती हुई वह फूट-फूटकर रोने लगी।

कुछ देर तक लगातार आँसू बहाने के बाद, उसने अपनी आँखें पोंछ लीं और अब तक रोने के कारण भर्रायी हुई आवाज में बोली, ''पिछले साल अपने पैदा होने के एक साल के अन्दर-ही-अन्दर इस मुई ने अपने बाप को खा लिया।''

युवती का प्रलाप सुनकर अम्मासी ने बच्ची को अपनी छाती से चिपटाते हुए पूछा, ''बहनजी, इसके लिए आप बच्ची को क्यों कोस रही हैं?''

यह सुनकर युवती ने सिर झुका लिया और दुःखी होकर कहा, ''बेचारी यह बच्ची क्या करती? उनके दिन पूरे हो चुके थे...शादी के समय भी उनकी उमर पचास के ऊपर थी...मेरे पिता बहुत गरीब थे! दहेज देने की स्थिति में नहीं थे, इसी से तीसरी पत्नी के रूप में उनके पल्ले बाँध दिया...अगले ही वर्ष मेरे पिता चल बसे। इसके पिता ने मुझे बड़े प्यार से रखा था, किन्तु भगवान से मेरा सुख देखा नहीं गया...अन्धा भगवान!'' युवती ने दाँत पीसते हुए जी-भरकर भगवान को कोसा।

नाक साफ कर वह आगे बोली, ''इसके पिता होटल में काम करते थे। उन्हें तपेदिक हो गया। फिर तो कोई भी उन्हें नौकरी देने के लिए तैयार नहीं हुआ...मैंने चार बच्चों को जन्म दिया। उन्हें पाल-पोसकर बड़ा किया। एक-एक करके वे भगवान को प्यार हो गये। यह सबसे बाद में जन्मी थी। यदि यह भी नहीं होती तो किसी नदी या तालाब में कूदकर जान दे देती...भैया, बीमारी का यह दुःख मुझसे सहा नहीं जाता, बिलकुल सहा नहीं जाता! अब जीवित रहकर क्या करूँगी? तिल-तिलकर मरने से कहीं अच्छा है कि एकबारगी मर जाऊँ...लेकिन मेरे सिर पर इस बच्ची का बोझ है न! अब आप ही देखिए, दाम्पत्य ने मुझे क्या सौगात दी है—इस बच्ची का बोझ और यह भयंकर बीमारी!'' क्रोध और आवेश से उसका शरीर काँपने लगा। उससे कुछ बोला न गया। साँस घुटने लगी। सूनी आँखों से उसे देखती हुई वह चुप बैठी रही।

पैसेंजर गाड़ी धड़धड़ आवाज करती दौड़ रही थी किन्तु उस डिब्बे में मानो सन्नाटा छाया हुआ था। उसने धीरे-धीरे अपनी आँखें बन्द कर लीं। गाड़ी के हिलने के साथ-साथ आँखें मूँदे सीट पर सिर टिकाये बैठी उस युवती का सिर कभी दायें तो कभी बायें झूल जाता था। उसकी यह दशा देखकर अम्मासी घबरा गया कि कहीं वह मर तो नहीं गयी!

तभी उसने अपनी शारीरिक या मानसिक पीड़ा को सह न सकने के कारण होठ काटते और मुँह बनाते हुए अपनी आँखें खोलीं। उसके चेहरे पर एक फीकी मुस्कान

थी।

"स्त्री के रूप में कभी पैदा नहीं होना चाहिए। स्त्री-रूप में पैदा होना पड़े तो गरीब के घर में कभी पैदा नहीं होना चाहिए," कहकर वह कुछ सोचने लगी। फिर मानो अपनी ही बात का विरोध करती हुई वह सिर हिलाती हुई बोली, "कोई गरीब घर में पैदा हो तो क्या? न जाने आप किस जाति में, किस कुल में पैदा हुए हैं? आपकी जाति की गरीब घर की लड़कियाँ क्या अपने-अपने ढंग से खुशी-खुशी जीवन नहीं बिताती हैं? भैया, कोई स्त्री-रूप में पैदा हो या गरीब घर में पैदा हो, हमारी जाति में कभी पैदा नहीं होना चाहिए। इससे अच्छा है किसी गन्दी बस्ती में पैदा होना।"

उसकी यह बात सुनकर अम्मासी के कानों में पिछली रात को बैलगाड़ी में बस्ती की ओर जाती हुई उस युवती की खिलखिलाती हँसी की आवाज गूँजने लगी।

युवती ने आँसू बहाते और लम्बी साँसें लेते हुए कहा, "न जाने मैंने कौन-से पाप किये हैं, खुद भी स्त्री के रूप में पैदा हुई और अब एक लड़की को जन्म दिया। न जाने इसे क्या-क्या सहना पड़ेगा?"

उसकी बात सुनकर अपनी गोद में लेटी बच्ची के कोमल बालों को सहलाते हुए अम्मासी बोला—"म्...म्...क्या आप सोचती हैं कि आपका जमाना जैसा था, वैसा ही इस बच्ची का जमाना भी होगा?"

"बाबूजी, अन्याय तो लोग करते हैं, उसके लिए जमाने को दोषी ठहराना कहाँ तक उचित है? मैं गाँव में पैदा हुई। शहर में आकर अच्छी तरह जान गयी कि जात-पाँत, आचार-विचार की बातें करना फिजूल है। अब आप ही बताइए, ऐसा कौन-सा व्यक्ति है जो निडर होकर अपनी जाति-धर्म को छोड़ दे? मैं नहीं जानती कि आप कौन हैं। आपने बहुत उदार होकर मुझे बेहोश पड़ी देखकर दूध लाकर दिया—मैंने आपके हाथों से वह दूध लेकर पी लिया। क्या मैं चार लोगों के सामने ऐसा कर सकती थी? क्या मैं ऐसा करती? अपनी मान-मर्यादा बनाये रखने के लिए 'हट जाओ, हट जाओ' यही कहती। यही कहती न? इसका क्या कारण है? कारण मैं नहीं जानती। हाँ, लोगों का डर ही इसका कारण हो सकता है। चार जने क्या कहेंगे, इस बात का डर सभी को है। इसके अलावा और कोई डर नहीं। मेरी तरह असहाय होने पर दूसरों को दोषी ठहरानेवाले इन चार लोगों में से तीन वही करते जो मैंने किया। यदि ऐसा नहीं होता, लोग जाति-पाँति, आचार-व्यवहार को किसी भी कारण से पूरे मन से, सचाई के साथ स्वीकार करते तो इनका रूप कभी का बदल गया होता। हर एक व्यक्ति उसे झूठे ही दिखावे के लिए अपनाता है। इसी से समाज में उसकी स्थिति बनी हुई है। ये बातें मुझ-जैसे गरीब बेसहारा लोगों को

परेशान करती हैं।''

कुछ देर पहले दूध पीने के कारण और शाम के समय ठण्डी-ठण्डी हवा के चलने से उसमें बोलने की कुछ शक्ति आ गयी थी किन्तु थोड़ी देर बोलने के बाद ही उसकी साँस घुटने लगी। उसे लगा कि इतनी देर बोलते रहने के बाद भी उसने अम्मासी को यह बात नहीं बतायी है, जिसे बताने के लिए उसने अपनी बात शुरू की थी। वह झटपट उठकर तनिक सीधी होकर बैठ गयी।

''आप मुझसे कह सकते हैं कि इतनी बातें बना रही है, कम-से-कम तू तो जात-पाँत के बन्धन से मुक्त होकर कुछ कर सकती थी। हाँ, अब मैंने ऐसा कुछ नहीं किया। मेरा पालन-पोषण इस ढंग से नहीं हुआ कि मैं ऐसा कुछ करती...किन्तु अब कुछ कर दिखाना चाहती हूँ...मुझे जो दण्ड मिला है, वह मेरी बेटी को नहीं मिलना चाहिए...क्यों, ठीक है न?'' इसके बाद दृढ़ निश्चय के साथ किसी से बदला लेने के लिए तैयार-सी वह युवती अपने होठ काटते और सिर हिलाते हुए बोली, ''मैं अवश्य कुछ करूँगी।''

इस बीच गाड़ी अनेक छोटे-छोटे स्टेशनों पर रुकती हुई धड़धड़ करती दौड़ती जा रही थी।

युवती अचानक उठी और अपना हाथ सीने पर दबाकर उलटी करने लगी। दो घण्टे पहले उसने जो दूध पिया था, वह हजम हुए बिना बाहर निकल गया। अम्मासी ने अपनी गोद में बैठी बच्ची को सीट पर बैठाया और उठकर जाकर उसके सिर को कसकर पकड़ लिया। कोने में बैठी बुढ़िया भिखारिन दौड़ी हुई आयी। उसके हाथ में एक कटोरा देखकर अम्मासी ने उससे पानी लाने को कहा। बुढ़िया ने बाथरूम से पानी लाकर युवती का मुँह साफ किया और उसे दो घूँट पानी पिलाने की कोशिश की। पानी मुँह के एक कोने से बहने लगा। पानी के साथ खून की एक धार मुँह और नाक से बह निकली...।

बुढ़िया चीखी, ''हाय राम! खून निकल रहा है!''

अम्मासी ने अपने कोट के किनारे से खून पोंछा और धीरे से उसे सीट पर लिटा दिया। उसके हाथ-पैर एक दम ठण्डे हो गये थे। उसे लिटाते समय अम्मासी जान गया कि केवल उसकी पीठ पर गर्मी बची है। उसे लिटाने के बाद उसने बच्ची को उसके पास बैठाया। बच्ची ने माँ की छाती पर अपना सिर टिका लिया और उसे देखकर हँसने लगी।

बच्ची की माँ ने अम्मासी की ओर अपना हाथ बढ़ाया। सीट के पास घुटनों के बल बैठे अम्मासी का हाथ कसकर पकड़ उसने इतने धीमे स्वर में उससे कुछ कहा मानो कोई रहस्य की बात बता रही हो, ''भैया, आप कोई भी हों, मेरे लिए तो साक्षात् भगवान हैं! अगले स्टेशन पर...मेरे इस शरीर को नीचे उतारकर विधिवत्

मेरा अन्तिम संस्कार कर दीजिए।....आप करेंगे न?" उसका प्रश्न सुनकर अम्मासी भी, जिसने अब तक कई मौतें देखी थीं, अपने आँसू नहीं रोक पाया। उसने हाथों से अपना चेहरा ढक लिया।

"आप उन लोगों में से हैं जो बिना कहे किसी की भी मदद करते हैं...मैं बहुत देर से आपसे...जो बात कहना चाहती थी...वह कह देती हूँ...इस...मेरी बच्ची को..." उसके आँसू कानों के किनारे से बह निकले, "इसे अपनी बच्ची समझकर... पाल लीजिए। मुझे विश्वास हो गया है कि यह अच्छी तरह पल जाएगी...मेरी बच्ची को अपनी बच्ची समझकर...अपने बच्चों में एक समझकर आप पालेंगे न भैया...?" उस युवती माँ ने आशा-भरी दृष्टि से उसे देखते हुए, उसका हाथ कसकर पकड़ते हुए उससे प्रश्न किया।

अम्मासी ने उसे प्रणाम किया।

ब्राह्मण युवती उसकी कलाई को कसकर पकड़े हुए थी...।

चेहरे पर फैली मुस्कान के लुप्त होने से पहले उसने अपनी आँखें मूँद लीं। ऐसा लगा मानो अभिनय-कला से अपरिचित कोई अभिनेत्री प्राण त्यागने का अभिनय कर रही हो। धीरे-धीरे उसके मुँह के खुल जाने से और उसके होठों पर मक्खी बैठ जाने से अम्मासी जान गया कि उसकी जीवन-यात्रा पूरी हो चुकी है। वह सिर झुकाकर खड़ा हो गया...।

किसी छोटे-से स्टेशन पर गाड़ी के रुकते ही बुढ़िया भिखारिन चीख मारकर रोने लगी। डिब्बे में लोगों की भीड़ जमा हो गयी। भीड़ को चीरता हुआ रेलवे का एक अफसर अन्दर आया।

तीसरे दिन दोपहर उस छोटे-से स्टेशन पर बच्ची को गोद में लिये हुए अम्मासी दक्षिण दिशा से आनेवाली दिन की पैसेंजर गाड़ी का इन्तजार कर रहा था।

अपनी माँ का क्रिया-कर्म करने में वह चूक गया था किन्तु उसने कल एक माँ का विधिवत् क्रिया-कर्म किया। उस बच्ची को अपने जीवन में मिली अनमोल सम्पत्ति समझकर उसे सारी रात अपनी छाती से चिपटाये हुए उस स्टेशन पर अम्मासी गाड़ी का इन्तजार करता रहा।

आज वह पैसेंजर गाड़ी ठीक समय पर आ गयी। अम्मासी सिर से लेकर पैरों तक काँप रहा था। बच्ची के साथ अपने थैले का बोझ उससे उठाया नहीं गया। उसने पहले बच्ची को खिड़की के जरिये अन्दर बैठी एक महिला के हाथ में दिया, फिर थैला उठाकर डिब्बे के अन्दर चला गया।

गाड़ी में बैठे सभी लोग बारी-बारी से उस बच्ची और बूढ़े को देख रहे थे।

शायद वे लोग सोच रहे थे कि सुन्दर-सी इस बच्ची का इस बूढ़े से क्या नाता हो सकता है?

जिस महिला ने खिड़की के जरिये उस बच्ची को अपने हाथों में लिया था, वह पूछने लगी, ''यह लड़की...आपकी बेटी है या पोती?''

जिन्दगी-भर कुँआरे रहे अम्मासी ने बिना कुछ सोचे-समझे झट से उत्तर दिया, ''पोती।''

बच्ची के गालों को प्यार से थपथपाते हुए उस महिला ने फिर प्रश्न किया, ''इसका नाम क्या है?''

उस समय रेलगाड़ी भी जोर से 'कू-ऊ-ऊ...' करती हुई हँस पड़ी थी। 'मैं बच्ची की माँ से इसका नाम पूछना तो भूल ही गया,' यह सोचकर अम्मासी ने अपने होठ काट लिये। गाड़ी की सीटी की आवाज रुकते ही अम्मासी ने उसके लिए अपना ईजाद किया नाम बता दिया। वह बोला, ''इसका नाम पापात्ति (ब्राह्मणी) है।''

''पापात्ति नाम बिलकुल जँचता है,'' कहकर उस महिला ने सराहना की।

जँचे या न जँचे—अब उस बच्ची का नाम यही रहेगा।

अपना-अपना दृष्टिकोण

राजलक्ष्मी अम्मा को लगा कि सहसा उसे गहन एकान्त में अकेले छोड़ दिया गया है। उसे धीरज बँधानेवाला कोई भी नहीं है।

आधे घण्टे से स्वागत-कक्ष के सोफे पर चिन्तित-सी बैठी अपनी मालकिन को देखकर मिसरानी शंकरी दादी धीरे-धीरे हॉल में आयी और उसके पास खड़ी हो गयी।

राजलक्ष्मी गहन चिन्ता में लीन थी। उसे पता नहीं लगा कि वह उसके पास खड़ी है। दादी ने उससे बड़े प्यार से पूछा, "राजम बेटी, तबियत कैसी है?"

राजलक्ष्मी बोली, "दादी-माँ, मैं बिलकुल ठीक हूँ। बस, यूँ ही बैठी हूँ। आप जाकर अपना काम पूरा कर लें।"

शंकरी दादी एक क्षण वहीं खड़ी रही और राजलक्ष्मी के चेहरे को गौर से देखने लगी। अगले ही क्षण मुस्कराते हुए, "अब मैं समझ गयी! लड़कियाँ और दामाद अपने बच्चों के साथ दो दिन के लिए आकर लौट जो गये? तेरी यह बात कहाँ तक ठीक है? अपने सुन्दर-से बेटे की शादी करके उसके बंच्चों को खिलाने की बात न सोचकर, नाती-नातियों के भरोसे रहना कहाँ तक उचित है?" कहते हुए दादी रसोईघर की ओर चल दी।

दादी-माँ का कहना ठीक था परन्तु राजलक्ष्मी अम्मा के चेहरे पर फैली चिन्ता की रेखाओं का मूल कारण यही नहीं था।

उसकी लड़कियाँ, नाती-नातिनें, कितनी ही बार, या यूँ कहिए कि अकसर ही उसके पास आ जाते थे। तीज-त्यौहार पर उसकी दोनों बेटियाँ और दामाद यहीं आ जाते थे। इससे उन्हें बहुत फायदा हो जाता था। राजलक्ष्मी अम्मा और उसका पुत्र मुरली दोनों बहुत प्रसन्न होते थे। मुरली उसका इकलौता बेटा था। वह घर में सबसे बड़ा था। पैंतीस साल की उम्र में भी वह कुँवारा था। उसकी मासिक आय डेढ़ हजार रुपये थी। कार, बँगला—सबकुछ था। ऐसे में उसकी बहनें अपनी ससुराल में बँधकर कैसे रह सकती थीं? माँ भी उन्हें इस तरह रहने के लिए कैसे छोड़ देती?

लड़कियाँ शहर में ही रहती थीं। आधे घण्टे पहले वे अपने बच्चों के साथ घर लौट गयी थीं। इसी से यह दुःखी है—ऐसा सोचते हुए भीतर की ओर जाती शंकरी दादी की पीठ पर दृष्टि फेरकर राजलक्ष्मी अम्मा उसकी अबोधता पर मन-ही-मन हँसने लगी।

उसने सोचा, यह अच्छा हुआ कि जब सुब्बुशास्त्री आये थे और जब यहाँ वह घटना घटित हुई थी, तब दादी-माँ दोपहर का अपना सारा काम निपटाकर पीछे के आँगन में पड़ी खर्राटे भर रही थी।

दादी-माँ से उसका दूर का रिश्ता था। चाहे कुछ भी हो, सेवक की पदवी पाते ही व्यक्ति में कुछ दुर्गुण आ ही जाते हैं। अच्छा यही है कि घर के सेवक घर की अतरंग बातों को न जानें।

परन्तु शंकरी दादी घर के लोगों की एक-एक चेष्टा से, उनके चेहरे पर दिखाई देनेवाले परिवर्तनों से, उनकी मानसिक स्थिति जान लेने की कला में अत्यन्त पटु थी। वह सारी बातें सहसा भाँप लेती थी। उनके बारे में एक धारणा भी बना लेती थी। परन्तु किसी भी विषय को लेकर किसी से अधिक बात नहीं करती थी। हाँ, वह मात्र नौकरानी न थी। कौन-सी नौकरानी भला अपनी मालकिन से इस तरह खुलकर बातें कर सकती है?

राजलक्ष्मी अम्मा के सामने मेज पर दो कॉपियाँ पड़ी हुई थीं—कापियाँ क्या, अलग-अलग दो जनों की जन्मपत्रियाँ थीं वे। उसने मेज पर पड़े चश्मेदान में से सुनहरे फ्रेमवाला अपना चश्मा निकाला और उसे पहनकर उन जन्मपत्रियों को उलट-पलटकर देखा। फिर दोनों में से एक को सावधानी से मेज की दराज में रख दिया और दूसरी को उपेक्षा और तिरस्कार-भरी दृष्टि से देखने लगी।

वह मन-ही-मन बड़बड़ायी, 'ऐसा नहीं होगा...ऐसा नहीं होना चाहिए।' चश्मा उतारकर आँखें ऊपर करते ही उसकी दृष्टि दीवार पर टँगे अपने स्वर्गीय पति के बड़े-से चित्र पर पड़ी। उसे लगा कि वे उसे ध्यान से देख रहे हैं।

चित्र को देखते ही उसे पुरानी बातें याद हो आयीं। पति की मृत्यु पर उसे लगा था कि वह सर्वथा बेसहारा हो गयी है। मीना और कमला उस समय क्रमशः दस और छह वर्ष की अबोध बालिकाएँ थीं। ऐसे समय मुरली ने ही उसे अपने दायित्वों का बोझ सँभालने और उन्हें पूरा करने में सहायता दी थी। इस समय मुरली का यह बालरूप सहसा उसकी आँखों के सामने झूलने लगा।

निर्धनता में जीवन बिताते हुए, अनेक दुःख झेलते हुए, मुरली आज इतने ऊँचे ओहदे पर पहुँचा था। उसने माँ के विश्वास, स्वप्न, आकांक्षाओं को साकार कर दिया। पच्चीस की आयु में ही उसने, एक जिम्मेदार पिता की तरह, सहनशीलता से अपनी छोटी बहनों के लिए योग्य वरों की खोज की। आज मीना और कमला

को ऊँचे-ऊँचे ओहदेवाले पति और सब प्रकार से सम्पन्न जीवन मिला है। उन दिनों क्या वे इस तरह के जीवन की कल्पना भी कर सकती थीं?

जिसने पापड़ बेलकर और शंकरी दादी के साथ मिलकर लोगों के घर भोजन बनाकर अपना और अपने बच्चों का पेट पाला था, आज उसे कार, बँगला, सरसराती रेशमी साड़ियाँ और सुनहरे फ्रेमवाला चश्मा—सबकुछ मिल गया था। जिस शंकरी दादी के भरोसे उसने अपने दिन काटे थे, उसी को आज अपने घर में मिसरानी बनाकर स्वयं उसकी मालकिन बन बैठी थी। इन सबका कारण कौन था?

इन सबका कारण होने से पुत्र होते हुए भी मुरली के प्रति राजलक्ष्मी के हृदय में आदर और सम्मान की भावना थी। पैंतीस वर्ष की आयु तक विवाह की चिन्ता किये बिना रात-दिन दफ्तर में काम कर वह धन और यश कमाते हुए अपने दिन काटता रहा। राजलक्ष्मी की हिम्मत नहीं हुई कि वह उससे विवाह के बारे में बातचीत करे।

उसके आदर और सम्मान के पात्र, उसके प्रिय पुत्र मुरली ने आज विवाह करने का निश्चय ही नहीं किया वरन् स्वयं एक लड़की की जन्मपत्री मँगवाकर अपनी जन्मपत्री से उसका मिलान भी करवा लिया था। सुब्बुशास्त्री के मुँह से यह सुखद समाचार सुनकर उसे लगा कि आज उसका जन्म सफल हो गया है।

सुब्बुशास्त्री इस परिवार के लिए मात्र एक ज्योतिषी ही नहीं थे, वरन् वह इस परिवार के हितैषी भी थे। वे मुरली के पिता के घनिष्ठ मित्रों में से थे। यही कारण है कि मुरली ने उनके माध्यम से इस समाचार को अपने परिवारवालों तक पहुँचाकर उनकी राय जानने का निश्चय किया था।

दोपहर को, जब कमला और मीना अपने पतियों के साथ घर आयी थीं, मुरली के कहे अनुसार सुब्बुशास्त्री ने सबकी राय जानने के लिए दोनों जन्मपत्रियों के परस्पर मिल जाने की बात कही। उन्होंने कदापि नहीं सोचा था कि जन्मपत्रियों के मेल बैठ जाने की बात कर देने भर से ही उनका कर्त्तव्य पूरा हो जाएगा।

जब सुब्बुशास्त्री ने यह कहा कि दोनों की जन्मपत्री अद्भुत ढंग से मिलती हैं तब राजलक्ष्मी ने यह जानने की भी परवाह नहीं की कि लड़की कौन है। आनन्द-विभोर होकर वह कहने लगी, "भगवान ने कम-से-कम अब तो इसे विवाह करवाने के लिए सद्बुद्धि दी।"

तभी सुब्बुशास्त्री ने देखा कि बड़ी लड़की कमला के पति का चेहरा क्रोध से लाल हो रहा है।

अपनी माँ और उनसे सलाह लिये बिना लड़की देखकर, बाहर के एक व्यक्ति के माध्यम से इसकी सूचना देनेवाले भाई की इस उपेक्षा का विचार करते ही कमला और मीना के चेहरे पर भी क्रोध की रेखाएँ खिंच गयीं।

राजलक्ष्मी को लगा कि उसकी प्रसन्नता में साथ देनेवाला कोई भी व्यक्ति वहाँ नहीं है। वह घबराकर उन सभी के चेहरों की ओर देखने लगी। चारों ओर फैली खामोशी को तोड़ते हुए मीना का पति बोला, "माँजी, आप सोचती हैं कि आपके दयालु भगवान ने आपके लड़के को विवाह करने की अक्ल दी है, परन्तु यह काम तो शनि देवता का है।"

"ऐसी अशुभ बात क्यों कह रहे हैं!" कहकर राजलक्ष्मी ने अपने दोनों कान बन्द कर लिये।

शास्त्री दु:खी स्वर में बोले, "मुरली ने मुझसे बस इतना ही कहा था कि मैं दोनों जन्मपत्रियों का मिलान करके अपनी राय दे दूँ। मुरली आज लोगों की नजर में चाहे बहुत बड़ा अफसर है परन्तु मेरे लिए तो अपने प्राणप्रिय मित्र शिवरामन का पुत्र ही है। शिवरामन एक गरीब क्लर्क थे, परन्तु इस बात को सभी जानते हैं कि उनका परिवार प्रतिष्ठित है। मैं भी यही चाहता हूँ कि उनकी प्रतिष्ठा पर कोई आँच न आये। दामाद ने भी सम्भवत: इसी बात को ध्यान में रखकर ये सभी बातें कहीं हैं। क्यों जी, मेरा कहना ठीक है न... ?"

वह अपनी बात पूरी भी नहीं कर पाये थे कि मीना का पति उनकी तरफ मुँह फेरकर, क्रोध से दाँत पीसते हुए उनसे कहने लगा, "इसमें रहस्य की कौन-सी बात है—उसे देखकर सारा शहर हँसता है। नाम पढ़कर यह मत सोचो कि यह कोई और लड़की होगी। जन्मपत्री के नीचे जो पता लिखा हुआ है, उसे तनिक गौर से देखो। यह लड़की हमारी कॉलोनी में, सिक्स्थ मेन रोड पर रहती है—चलचित्रों की पार्श्व-गायिका 'प्रमीला'। उसी को तेरे भाई ने अपने लिए चुना है।" इस तरह हाथ पटकते हुए मीना के पति ने उसे सारी बातें समझायीं!

"हाय रे दुर्भाग्य!" कहकर राजलक्ष्मी ने अपना सिर पीट लिया।

उस पार्श्व-गायिका प्रमीला के विषय में शहर में बहुत अधिक चर्चा थी। इन बातों में सचाई कितनी है, इसे जानने की चिन्ता कहने या सुननेवालों को कहाँ थी?

शाम को घर लौटने तक उसकी लड़कियाँ और दामाद उस प्रमीला के विषय में, जानी-अनजानी बातों को लेकर चर्चा करते रहे। मन्नारगुडी के रईसजादे राजगोपालन का उसके घर आकर रहना, शराब के नशे में चूर होकर उसका कार चलाना, गिण्डी में घोड़ों की रेस में अपना सारा पैसा खो देना, वहाँ से लौटते हुए सदमे के कारण और मदिरा के प्रभाव से अपनी चेतना खो बैठना, उसी हालत में सैदापेट के पुल के पास सामने से आती हुई एक लारी से जोर से टकरा जाना, और शरीर के बुरी तरह कुचले जाने के कारण उसका मर जाना, आदि-आदि। पत्नी-बच्चों के होते हुए भी प्रमीला से प्रेम होने के कारण सारी सम्पत्ति उसी पर खर्च कर देना आदि घटनाओं का वर्णन वे लोग इस तरह कर रहे थे मानो उन्होंने सब-

कुछ अपनी आँखों देखा हो। जिस समय वे लोग मनमाने ढंग से, नमक-मिर्च लगाकर इन घटनाओं का वर्णन कर रहे थे, उस समय चिन्ता में डूबी राजलक्ष्मी अम्मा ठोढ़ी पर हाथ धरे, सिर झुकाये चुपचाप उनकी बातें सुन रही थी।

जब वे सब उससे विदा लेकर चलने को हुए तब वह दामादों की ओर मुँह करके बोली, "अगले रविवार को मुरली का जन्मदिन है। आप लोग जरूर आइएगा।"

बड़े दामाद ने तीखे स्वर में जवाब दिया, "अब हमारा इस घर में आना इस बात पर निर्भर करता है कि आप इस विवाह-सम्बन्ध को ठुकराती हैं या स्वीकारती हैं।"

और फिर जब राजलक्ष्मी ने छोटे दामाद की ओर मुँह करके पूछा, "क्यों भई, मेरा कहना ठीक है न?" तो छोटे दामाद ने ही नहीं, राजलक्ष्मी की लड़कियों ने भी इस बात का समर्थन किया।

वे बोलीं, "माँ, आप भैया से यह कह दीजिए कि यदि वे इस लड़की से विवाह करने का अपना विचार नहीं छोड़ेंगे तो हमारा इस घर से नाता सदा के लिए टूट जाएगा।" ऐसा कहकर वे सब उसे गहन एकान्त में सर्वथा असहाय और दीन-हीन अवस्था में छोड़कर चले गये।

राजलक्ष्मी को लगा कि उन लोगों ने जो कुछ कहा है, वह बिलकुल ठीक है। वह सोचती रही कि अपने बेटे से विवाह-सम्बन्ध को पूरी तरह से भूल जाने के लिए कैसे कहे। इसी चिन्ता में डूबी हुई राजलक्ष्मी अम्मा बहुत देर तक अपने घर की बैठक में पड़े सोफे पर जड़वत् बैठी रही।

रसोईघर में खाना बना रही शंकरी दादी की नजर जब-तब राजलक्ष्मी पर पड़ जाती थी।

वह मन-ही-मन बड़बड़ाने लगी, 'छिः! नारी कितनी स्वार्थिनी होती है। वह चाहती है कि बस वह और उसकी लड़कियाँ सुखी रहें—परिवार के लिए मेहनत करते-करते बेटा चाहे बूढ़ा हो जाए, उसके विचार नहीं बदलेंगे। उसकी शादी की बात चलते ही लड़कियों का चेहरा कैसे बिगड़ गया था!—खैर, उनकी बात छोड़ो, वे तो परायी हो चुकी हैं। सगी माँ की भी यही दशा? यह तो इस तरह उदास बैठी है मानो इसका सबकुछ लुट गया हो! बेटे की शादी की इसे कोई खुशी नहीं है? हे ईश्वर! तूने नारी को इतना निर्बल क्यों बनाया है?" दोपहर को घर में जो कुछ हुआ था, उसे पूरी तरह समझे बिना दादी-माँ मन-ही-मन बड़बड़ाती रही।

जीवन में प्रायः हर व्यक्ति दूसरे को अपने दृष्टिकोण से देखता है। उसके एक पहलू को देखकर एक निर्णय पर पहुँच जाता है और उसी निर्णय को पूरी तरह से सही सिद्ध करने की कोशिश में लगा रहता है।

(2)

शंकरी दादी ने हमेशा की तरह साढ़े आठ बजे तक रसोईघर का सारा काम निपटा लिया और बरामदे में बिस्तर बिछाकर लेट गयी। बुढ़ापे में भी काफी काम करते रहने से बिस्तर पर लेटने के कुछ देर बाद ही वह खर्राटे भरने लग जाती थी। परन्तु आज दोपहर और इस समय भी वह सिर्फ खर्राटे भरती रही, लेकिन अच्छी नींद नहीं आयी।

रात के नौ बजे बँगले के अगले भाग के पेड़-पौधों को प्रकाश में डुबोती मुरली की कार गेट के पास आ खड़ी हुई। मुरली ने स्वयं कार से उतरकर गेट खोला। फिर कार को शेड में पहुँचाकर वह घर के भीतर गया, और सीधे ही ऊपर की मंजिलवाले अपने कमरे की ओर बढ़ गया। पन्द्रह मिनट बाद, कपड़े बदलकर जैसे ही वह डाइनिंग हॉल में पहुँचा, राजलक्ष्मी भी सोफे पर से उठकर उसके पास आ गयी।

खाना परोसते समय माँ की नजर बचाकर बेटा माँ को देख रहा था और खाना खाते समय बेटे की नजर बचाकर माँ बेटे को देख रही थी। दोनों एक-दूसरे के चेहरों से उनके मन की भावनाओं को जानने की कोशिश कर रहे थे।

कमरे में फैली खामोशी को तोड़ते हुए मुरली बोला, ''कमलू, मीनू और दामाद कितने बजे घर लौट गये?''

''सुबह तू यह कहकर गया था न आज कि तू देर से लौटेगा! इसी से वे लोग तेरी बाट देखे बिना, दिन रहते ही लौट गये...।''

डाइनिंग हॉल से इन दोनों के बोलने की आवाज आते ही बरामदे में लेटी दादी-माँ के खर्राटों की आवाज मन्द पड़ने लगी।

कुछ देर बाद राजलक्ष्मी गम्भीर स्वर में बोली, ''दोपहर को सुब्बुशास्त्री आये थे।''

सिर झुकाये हुए खाना खाते-खाते मुरली बोला, ''हूँ...।''

राजलक्ष्मी ने चारों ओर दृष्टि फेरकर यह निश्चय कर लिया कि दादी-माँ सो चुकी है! वह धीरे से मुरली से कहने लगी, ''वह उस लड़की की जन्मपत्री लेकर आये थे। उन्होंने बताया कि दोनों ही जन्मपत्री अच्छी तरह मिल रही हैं, लेकिन...''

खाना खाते-खाते मुरली ने सिर उठाकर माँ की तरफ देखा। उस समय तक बरामदे में गूँजती हुई खर्राटों की आवाज पूरी तरह बन्द हो चुकी थी।

राजलक्ष्मी बोली, ''शहर के लोग उस लड़की की बहुत बुराई कर रहे हैं...शायद तू इन बातों को नहीं जानता। तू बड़ा नादान है। तेरी नजर में सभी लोग अच्छे हैं। मीना का पति इस बात को लेकर बहुत दुःखी हुआ...उनमें से कोई भी इस विवाह के लिए राजी नहीं है। मुझे पहले नहीं पता था कि लड़की कौन है।

मैं भला यह कैसे सोच लेती कि तू ऐसी बदनाम लड़की की जन्मपत्री लेकर आएगा? मैं तो यही सोचकर खुश हुई थी कि इतने वर्षों बाद तेरे मन में विवाह करने की बात तो आयी। क्या तू उस लड़की के परिवार आदि के बारे में जानता है?'' इतना कहते ही उसका दिल जोर-जोर से धड़कने लगा।

मुरली ने मुस्कराते हुए शान्त भाव से उत्तर दिया, ''जो लोग कहते हैं कि वे उसके बारे में जानते हैं, वे उसे किस सीमा तक जानते हैं—यह मुझसे छिपा नहीं है। हाँ, तुम मुझे अपनी राय बताओ।''

''मीना जाते हुए यह कह गयी है कि भैया से कह देना कि यदि वे इस लड़की से विवाह का विचार नहीं छोड़ेंगे तो हमारा इस घर से सदा के लिए नाता टूट जाएगा!''

बहन की गुस्से से कही बात का रस लेते हुए और हँसते हुए मुरली बोला, ''अच्छा तो मीना ने ऐसा कहा!...खैर, कोई बात नहीं।''

''मीना ही नहीं—सभी लोग ऐसा कह रहे थे। उन सभी ने यही कहा कि वे इस घर की देहलीज पर भी पाँव नहीं रखेंगे। सुब्बुशास्त्री भी इस विवाह-सम्बन्ध के लिए सहमत नहीं हैं।''

माँ को और लोगों के असन्तोष और विरोध का वर्णन करते देख वह खीज उठा। उसे लगा कि वह अब अधिक देर तक उसकी बातों को सह नहीं सकेगा। एकाएक वह बोल उठा, ''माँ, सुब्बुशास्त्री और बब्बुशास्त्री की बात छोड़ो। मेरे लिए तो तुम्हारी राय ही महत्त्व रखती है। मुझे लगा कि तुम स्वयं अपनी राय मुझे बताते हुए हिचकोगी, इसी से मैंने सुब्बुशास्त्री को तुम्हारे पास भेजा था। अब तुमने बात तो शुरू कर ही दी, अपनी राय भी मुझे बता दो ताकि सिलसिला यहीं रुक जाए।''

वह कुछ देर तक गम्भीरता से सोचती रही, फिर बोली, ''मुझे लगता है कि उन लोगों की बात ठीक ही है। मेरी राय यही है कि ऐसे लोगों से सम्बन्ध नहीं जोड़ना चाहिए जिससे हमारी मान-मर्यादा को ठेस पहुँचे।'' अपनी बात पर बल देने के लिए उसने कहा, ''यही मेरा अन्तिम निर्णय है।''

''अच्छा, माँ! मैं तुम्हारे निर्णय के अनुसार ही सबकुछ करूँगा। यह विवाह अब नहीं होगा,'' यह कहकर मुरली उठा और उसने बरामदे में जाकर हाथ धोये।

क्षणभर के लिए मुरली सिर झुकाये कुछ सोचता रहा। थोड़ी देर बाद उसने नजर उठाकर माँ के चेहरे को गौर से देखा, मन-ही-मन कुछ सोचते हुए अपनी बात के समर्थन में उसने सिर हिलाया।

''बेटा, मैं बहुत देर तक इस बारे में सोचती रही। तू बुद्धिमान है। तुझमें दूसरों को उपदेश देने की शक्ति है। तूने छोटी आयु में ही बड़े लोगों की तरह बड़ी-

बड़ी जिम्मेदारियों को सँभाला है। मैं बार-बार यही सोचती रही कि तू कोई गलती कैसे कर सकता है। बड़े लोग जो किसी भी काम को एक बार बजाय चार बार सोचकर करते हैं, वे भी विवाह के मामले में कभी-कभी तनिक लापरवाह हो जाते हैं। इसी से मैंने जोर देकर कहा कि मैं इस विवाह-सम्बन्ध को स्वीकारने के लिए कतई तैयार नहीं हूँ। परन्तु...तेरा विवाह इसी महीने हो जाना चाहिए। तू नहीं जानता कि कितने सज्जन अपनी बेटी का हाथ तुझे थमाने के लिए एक-दूसरे से होड़ लगा रहे हैं।''

माँ के इन शब्दों को सुनते ही तौलिये से मुँह पोंछते हुए मुरली ने तौलिये को हाथों से मसलते हुए सिर झुकाये गद्‌गद् स्वर में कहा, ''माँ, मैंने तुम्हारे और घर के अन्य लोगों के विचारों को अच्छी तरह समझ लिया है। मैं तुम्हारे कहे अनुसार ही सब काम करूँगा। दूसरे लोगों की मुझे कोई चिन्ता नहीं। माँ, तुम्हें भी चाहिए कि तुम मुझे अच्छी तरह समझ लो। प्रेम के चक्कर में पड़कर दुखी होने के लिए मैं नादान बालक नहीं हूँ। यूँ ही मेरे मन में एक विचार आया था। यदि तुम इसे ठीक नहीं समझतीं तो कोई बात नहीं। किसी और लड़की से विवाह करने की इच्छा मेरे मन में नहीं है। इस मामले में तुम मुझसे जबरदस्ती मत करना।''

मुरली की इन बातों को सुनते ही राजलक्ष्मी का हृदय जोर-जोर से धड़कने लगा।

कातर स्वर में उसने पूछा, ''अभी नहीं तो फिर कब विवाह करने की इच्छा होगी?''

मुरली ने खीजकर कहा, ''यदि मैं विवाह न भी करूँ तो इससे क्या होगा?'' और तौलिये को कपड़े टाँगनेवाली रस्सी पर फेंककर हॉल की ओर चल दिया।

अपनी जगह खड़े-खड़े ही, सूनी आँखों से उसे देखती हुई राजलक्ष्मी के मन में तरह-तरह के विचार उठने लगे। उन विचारों के बोझ को वह सह न सकी। उनसे छुटकारा पाने के लिए वह हॉल की ओर दौड़ी।

वह सोफे पर आँखें मूँदकर बैठे मुरली के सामने जा खड़ी हुई और बोली, ''तुझे अपनी बात पर इस तरह अड़ा हुआ देखकर मुझे डर लग रहा है। तू ऐसा क्यों कह रहा है कि मैं शादी नहीं करूँगा? कहीं ऐसा तो नहीं कि तू शादी किये बिना ही उस गायिका के साथ...'' राजलक्ष्मी अपनी बात को पूरा नहीं कर पायी। उसकी आँखें भर आयीं।

''हाय माँ! तुमने मेरे बारे में ऐसा क्यों सोच लिया?'' कहकर प्यार-भरी दृष्टि से माँ की ओर देखते हुए मुरली उठ खड़ा हुआ। ''मैं शिवराम अय्यर का पुत्र हूँ...तुम्हें मेरे बारे में चिन्तित होने की आवश्यकता नहीं। अपने परिवार की मान-मर्यादा की रक्षा का दायित्व मुझ पर है। तुम मुझ पर विश्वास करो।'' इस तरह

माँ को धीरज बँधाकर वह पहली मंजिलवाले अपने कमरे की ओर चल दिया।

उस दिन रात को राजलक्ष्मी को नींद नहीं आयी। मन में रह-रहकर विचारों का तूफान उठता रहा।

अपनी इच्छा का विरोध होने पर भी मुरली का व्यवहार ऐसा था मानो उसे तनिक भी दुःख न हुआ हो।

माँ को चिन्ता थी कि वह विवाह न करवाकर संन्यास ले लेगा, परन्तु उसने ऐसा कोई निर्णय नहीं लिया। वह उस आयु को पार कर चुका था जब व्यक्ति इस तरह की मूर्खता करता है। घर से बाहर निकलते ही उसे व्यापार-जगत् की सैकड़ों चिन्ताएँ घेर लेती थीं। चिन्ताओं के बीच रहते हुए भी संगीत के प्रति अपार प्रेम होने के कारण उसकी उस गायिका से मित्रता हो गयी थी। किसी सन्दर्भ में उसके अकेलेपन का परिचय पाकर मुरली के मन में यह विचार आया कि इसे अपनी जीवन-संगिनी बना लिया जाए तो कैसा रहेगा? उसके अच्छे स्वभाव, आचरण और गुणों ने उसे अत्यधिक प्रभावित किया था। वह चाहता था कि सबकी सम्मति से वह उसे अपनी जीवन-संगिनी बना ले। बात बस इतनी ही थी कि उनके जीवन में नाटकीय ढंग से मिलन-प्रेम और प्रेम के विकास आदि घटनाएँ नहीं घटित हुई थीं।

प्रेमी-प्रेमिका जन्मपत्री के मिलने या न मिलने की चिन्ता कहाँ करते हैं?

(3)

प्रातःकाल प्रतिदिन की तरह उसके दफ्तर चले जाने के बाद घर में अकेली बैठी राजलक्ष्मी ने सोचा कि वह अपने उसी बेटे की इच्छापूर्ति में बाधा बन रही है जिसने स्वयं उसे और उसकी बेटियों को जीवन-दान दिया था और वह बहुत ही दुःखी हुई।

अपने काम से तनिक फुरसत पाकर, मौका देखकर दादी-माँ हॉल की ओर आयी। "अरी राजम! सुबह से बस गिलास-भर कॉफी पीकर चुपचाप कैसे बैठी है? नहा लिया?" पूछते हुए वह दरवाजे के पास सीमेण्ट के फर्श पर बैठ गयी।

राजलक्ष्मी ने दादी-माँ के चेहरे को गौर से देखा और गहरी साँस ली। वह कुछ भी नहीं बोली।

"बेटी, इस तरह क्यों देख रही हो?" कहती हुई दादी-माँ पास आ गयी और बड़े प्यार से उसका हाथ पकड़कर दबाने लगी। सहसा राजलक्ष्मी की आँखें भर आयीं। बस, दादी माँ का भी धीरज टूट गया। उसका शरीर काँपने लगा। वह सिसकने लगी। उसका गला भर आया। चेहरा लाल हो गया और अधर फड़कने लगे। आँचल खींचकर उसने आँखें पोंछीं और कहने लगी, "बेटी, मैं सब जानती

हूँ। तुम लोग परायी समझकर चाहे मेरी उपेक्षा करो, मैं चाहे भूत-प्रेत की तरह घर में अकेली पड़ी रहूँ, परन्तु मुरली मुझे अपने से कभी भी अलग नहीं कर पाया है। मैं भी अपने-आपको मुरली से अलग नहीं कर पायी हूँ। तू यह बात जान ले कि जब तक उसका विवाह न हो जाए, उन दोनों को एक साथ बैठाकर मैं अपने हाथों से खाना न परोस लूँ, तब तक मैं नहीं मरूँगी। मेरे जीवन में खुश होने लायक और क्या रह गया है? मेरे न कोई लड़की है, न लड़का,'' कहकर उसने मुरली और अपने बीच के निकट-सम्बन्ध को स्पष्ट कर दिया।

''कभी-कभी मुरली मेरे पास रसोईघर में आ जाता और पापड़ उठाकर खाते हुए मुझसे मजाक में ही पूछ बैठता कि 'दादी माँ, क्या कर रही हो?' तब मैं उससे कहती, 'अरे, तू तो बच्चों की तरह इस बुढ़िया से मजाक कर रहा है! न तो तू अपने लिए लड़की ढूँढ़ेगा और न ही तेरी माँ तेरे लिए कोई लड़की।' और हाँ, यदि उसकी शादी नहीं हुई तो इसका दोष मैं तुझे ही दूँगी।'' दीर्घ निःश्वास लेकर वह आगे बोली, ''आज सुबह मैंने उसे गुसलखाने से निकलकर बाल पोंछते हुए देखा। अरी! उसके तो सारे बाल सफेद हो गये हैं। तुझे तो बस बेटियाँ और धेवते-धेवतियाँ चाहिए!...

''तू तो इस तरह उदास बैठी है मानो तेरा सबकुछ लुट गया हो। उसने तेरी पसन्द की लड़की से शादी करने से इनकार कहाँ किया है? उसने अपने लिए जो लड़की पसन्द की है, उसे तुम्हीं लोग अपनाने के लिए तैयार नहीं हो। इसके पीछे अलग-अलग कारण हो सकते हैं। तू उसकी माँ है, इसी से उसकी बात का विरोध कर इस तरह दुःखी हो रही है,'' इतना कहते ही सहसा दादी के मन में यह विचार आया कि बेटे न होने से ही अपनी और उसकी स्थिति में आकाश-पाताल का अन्तर आ गया है। किसी तरह वह इस बात को पचा गयी और कहने लगी, ''तू बड़ी भाग्यवान् है। तुझे इस तरह रोते देखकर मेरा कलेजा काँप रहा है।'' और अधूरे काम को पूरा करने के लिए उठकर चल दी।

दादी-माँ केवल मिसरानी थोड़ी न है!

क्षणभर के लिए राजलक्ष्मी बैठी-बैठी उन दिनों की याद करती रही जब वह बहुत गरीब और बेसहारा थी। तब दादी माँ ने उसकी मदद की थी। वह तुरन्त उठी और हॉल से निकलकर सीधे रसोईघर पहुँच गयी।

''दादी-माँ, इसे जो लड़की पसन्द आयी है, शहर के लोग उसकी बहुत बुराई कर रहे हैं।''

उसकी यह बात सुनकर दादी-माँ क्षणभर चुप रही फिर कहने लगी, ''राजम! मुरली अबोध बालक थोड़े ही है! तनिक सोच, इस छोटी उमर में उसके बाल सफेद क्यों हो गये हैं? उसने कितनी बड़ी-बड़ी जिम्मेदारियाँ निभायी है! उसकी उमर

लड़कियों की सुन्दरता को देखकर रीझने की नहीं है! सब-कुछ जानते हुए भी उसने यदि इस लड़की को पसन्द किया है तो इसका कोई-न-कोई कारण अवश्य होगा। बाप रे! अपनी मर्जी से इसका विरोध करनेवाली कमला और मीना में कितनी हिम्मत है...!'' दादी-माँ आवेश में बोले जा रही थी।

बीच में ही राजम बोल उठी, ''दादी-माँ, ऐसा क्यों कह रही हो? भाई की शादी के बारे में क्या उन्हें कुछ कहने का अधिकार नहीं है?''

''अधिकार...अधिकार से तुम्हारा क्या मतलब? तुम लोगों को उसकी चिन्ता कहाँ है? यदि चिन्ता होती तो इतनी जल्दी उस लड़की की बुराई कर इस विवाह का विरोध क्यों करते? एक बात जान लो—लड़की को देखे बिना कुछ निश्चय करना मुकदमे की जाँच किये बिना निर्णय देने के समान ही है।''

दादी-माँ के सबल तर्कों को सुनकर राजलक्ष्मी जान गयी कि दादी-माँ के हृदय में मुरली तथा उसके परिवार के अन्य सदस्यों के प्रति अपार स्नेह है। उसे लगा कि उसकी बातें बहुत सीमा तक सही हैं। राजलक्ष्मी उसकी प्रशंसा करते हुए बोली, ''आपके पतिदेव वकील के यहाँ क्लर्क थे न, इसी से आपने अपनी बात को इतने सही ढंग से मेरे सामने रखा है,'' यह कहती हुई वह हॉल की तरफ लौट आयी।

उसी समय उसने मन-ही-मन एक अच्छा निर्णय ले लिया।

(4)

राजलक्ष्मी मन-ही-मन सोचने लगी, 'मुरली के मन में प्रमीला से विवाह करने की बात क्योंकर आयी होगी? यदि इसका कोई विशेष कारण है, यदि उसका ऐसा करना उचित है तो किसी को भी उसे प्रमीला से विवाह करने से रोकने का कोई अधिकार नहीं है। लोगों के कहने में आकर, उसके निर्णय को गलत बताकर मैंने उसे बहुत दुःख दिया है।' उस लड़की में अपने बेटे को प्रभावित करने लायक कौन-सी चीज है, यह जानने के लिए वह उसी दिन शाम को चुपचाप अपने घर से निकल पड़ी।

प्रमीला के घर की ओर जाते समय उसके मन में यह विचार आया, 'एक अनजान लड़की के कारण मेरी बेटियाँ, मेरे प्यारे धेवते-धेवतियाँ सदा के लिए मुझसे अलग हो जाएँगे।' उसने घर लौट जाने का निश्चय किया। क्षणभर के लिए वह किंकर्तव्यविमूढ़-सी खड़ी रही।

'क्या मुझे अपने बेटे से प्यार नहीं है? सुबह दादी-माँ ने कहा था कि तेरा प्यार तो कई दिशाओं में बँट गया है। उसकी यह बात रह-रहकर मेरे हृदय को साल रही है।'

जिस समय राजलक्ष्मी अम्मा ने उस घर में प्रवेश किया, उस समय प्रमीला

घर के अगले भागवाले कमरे में आँख मूँदकर बैठी हुई तानपूरा लिये गा रही थी। राजलक्ष्मी ने उसके गाने में दखल देना ठीक नहीं समझा। क्षणभर के लिए उसने चुपचाप खड़े-खड़े चारों तरफ दृष्टि घुमायी।

कमरे में 'उस व्यक्ति का' चित्र ऐसे स्थान पर टँगा था कि कमरे में प्रवेश करते ही लोगों की दृष्टि उस पर पड़ जाए। चित्र पर जरी की एक माला पड़ी हुई थी। पान की पीक से रँगे होठ, गले में सोने की चेन और केश-विन्यास में 'मन्नार-गुडी के मनचले पुरुष' को पहचानने में राजलक्ष्मी को अधिक कठिनाई नहीं हुई। दूसरी ओर कर्नाटक संगीत के कीर्तिस्तम्भ त्यागराज का चित्र टँगा था। चित्र के दोनों ओर छोटे-छोटे दीपक जल रहे थे। कोने की मेज पर फ्रेम में जड़ी एक तस्वीर थी—यह तस्वीर उसकी माँ की होगी। राजलक्ष्मी को इन सब बातों को समझने में एक क्षण भी नहीं लगा।

मोहन राग में 'तू मेरी रक्षा करने चला आया है,'—इस सुन्दर और अर्थपूर्ण भजन को गाती हुई प्रमीला को राजलक्ष्मी ने अर्थपूर्ण दृष्टि से देखा।

वह बहुत सुन्दर नहीं थी। रंग भी बहुत गोरा नहीं था। उसकी आयु तीस से कुछ अधिक थी। उसकी एकमात्र विशिष्टता गायन-पटुता को छोड़कर उसकी अन्य विशेषताओं को परखने का प्रयास कर रही राजलक्ष्मी को प्रमीला ने सहसा आँखें खोलकर देखा। उसने गाना बन्द कर, तानपूरे को दीवार से सहारे टिका दिया और उठकर उनका स्वागत किया। क्षणभर के अन्दर ही अन्दर यह सबकुछ हो गया।

"मुझे माफ कीजिए! मैंने आपकी ओर कोई ध्यान नहीं दिया। बैठिए!" कहकर उसने कमरे में पड़ी हुई एक कुर्सी की ओर इशारा किया।

राजलक्ष्मी बोली, "कोई बात नहीं बेटी, तुम गाओ।"

"यहाँ एकान्त में मैं दिनभर गाती ही रहती हूँ। मुझ जैसे लोगों का यह बहुत बड़ा सहारा है। क्या मैं आपका परिचय जान सकती हूँ?" प्रमीला ने बड़ी शालीनता से पूछा। मन-ही-मन उसने अनुमान लगाया कि वह किसी 'महिला समाज' के वार्षिकोत्सव पर उससे गाने का अनुरोध करने के लिए ही उसके यहाँ आयी है।

राजलक्ष्मी अपना परिचय देती हुई बोली, "मैं मुरलीधरन की माँ हूँ।"

क्षणभर के लिए प्रमीला स्तम्भित खड़ी रही, फिर हाथ जोड़कर प्रणाम करते हुए बोली, "यदि आप पहले से सूचना दे देतीं तो स्वयं ही आपको लेने आ जाती।"

राजलक्ष्मी ने कहा, "मैं स्वयं यहाँ आकर तुमसे मिलना चाहती थी, इसी से चली आयी।" और वह चुपचाप सिर झुकाकर खड़ी हो गयी।

अवसर का लाभ उठाते हुए प्रमीला कॉफी तैयार करने अन्दर चली गयी।

कुछ देर बाद दोनों ने बातें करना शुरू किया। दोनों जिस केन्द्रीय विषय को

स्पर्श करना चाहती थीं, उसके समीप पहुँचने पर भी संकोच के कारण अन्यान्य बातें करती रहीं।

प्रमीला ने बताया कि पाँच-छह साल पहले तक उसे सिनेमा में गाने के कई 'अवसर' मिलते रहे थे। आजकल उसे संगीत-सभाओं में गाने के 'अवसर' कम मिल पाता है परन्तु इसका उसे विशेष दुःख नहीं है। उसके लिए जितना मिल जाता है, वही पर्याप्त है—ऐसा कहकर उसने अपना सन्तोष व्यक्त किया।

इसके बाद राजलक्ष्मी ने उसके बारे में कई बातें पूछीं। माँ की मृत्यु के बाद से वह नौकरानी के साथ अकेले ही जीवन बिता रही है—यह जानते ही उसने मुस्कराते हुए पूछा, "हाँ, तो तुम मुरली को कैसे जानती हो?"

उसने शान्त भाव से तुरन्त उत्तर दिया, "एक बार उनके कार्यालय के वार्षिकोत्सव पर मैंने कुछ गीत गाये थे। इससे पहले भी मैंने उन्हें कई बार संगीत-सभाओं में देखा है। पहले मैंने यही सोचा था कि वे पहुँचे हुए रसिक हैं परन्तु बाद में उनसे परिचित होने पर ही मैं यह जान पायी कि वे महापुरुष हैं। जब माँ शय्याग्रस्त थीं, तब राजू मामा मेरी कार लेकर गये और एक दुर्घटना में मारे गये। उस समय यदि मुझे इनकी सहायता नहीं मिलती, तो न जाने मेरी क्या दशा होती! आपका बेटा मेरे लिए देवता-तुल्य है।" प्रमीला भाव विभोर होकर, कृतज्ञता-भरे स्वर में बोलती जा रही थी। राजलक्ष्मी मन-ही-मन प्रसन्न हुई कि 'राजू मामा' रूपी बाधा के दूर हो जाने से, उसे प्रमीला से बातचीत कर एक निर्णय लेने का अवसर मिल गया है। उसने बड़ी प्रसन्नता से उसकी ओर देखा। राजू मामा की बात का उन पर कितना असर पड़ा है—यह जानने के लिए ही प्रमीला ने उसकी चर्चा की थी।

राजलक्ष्मी ने धीरे से बात शुरू की, "राजू मामा तुम्हारे कौन लगते हैं?"

प्रमीला की बातों के जाल में वह फँस गयी थी।

प्रमीला ने दीवार पर टँगे चित्र की ओर संकेत करते हुए कहा, "मेरे और उनके बीच कोई रिश्तेदारी नहीं है। गाँव में ये मेरे पड़ोसी थे। मेरे गाने पर जान देते थे। उनके पास अपार सम्पत्ति थी। आपने मन्नारगुडी 'माइनर' राजगोपालन का नाम अवश्य सुना होगा। मेरे पिता की मृत्यु के बाद हमारी एकमात्र सम्पत्ति—एक मकान—ऋण चुकाने में हाथ से निकल गया। मैं और माँ बिलकुल बेसहारा हो गये। उस हालत में ये हमें इस शहर में ले आये और अपनी जान-पहचान के दो-चार लोगों से मेरा परिचय करवाकर मुझे चलचित्रों में गाने का 'चांस' दिलाया। उनकी कृपा से ही मैंने हजारों-लाखों रुपया कमाया था।" अतीत की इन घटनाओं का वर्णन करती हुई प्रमीला ने देखा कि राजलक्ष्मी के चेहरे और दृष्टि में परिवर्तन आता जा रहा है।

काफी देर तक मौन रहने के बाद जबरदस्ती मुस्कराते हुए राजलक्ष्मी बोली, "तू मेरी बातों का बुरा मत मानना। मैं तुम्हारे बारे में कुछ जानना चाहती हूँ इसी से तुमसे इतने प्रश्न पूछ रही हूँ।" चित्र की ओर इशारा करते हुए उसने पूछा, "शहरवाले इनके बारे में न जाने कैसी-कैसी बातें करते हैं। क्या मुरली को यह सब मालूम है?"

एक लम्बी साँस लेकर प्रमीला बोली, "शहर में इनकी निन्दा करनेवाले लोग न हों तो ही आश्चर्य है—उनके पास एक बुराई होती तो शायद लोग न जान पाते। सारी बुराइयाँ उनके जीवन में घर कर गयी थीं। क्या किया जाए? ये सब बातें तो व्यक्ति के घर-बाहर के वातावरण, मित्रों के प्रभाव आदि पर निर्भर करती हैं।"

अत्यधिक दुःख के कारण प्रमीला उनके बारे में मन-ही-मन कुछ बड़बड़ाती रही। सहसा राजलक्ष्मी अम्मा ने सहज आवेश से पूछा, "तुम उनके बारे में सब-कुछ जानते हुए भी उनके साथ किसी तरह का सम्बन्ध रखना क्यों उचित समझा? क्या इससे तुम्हें जीवन-नष्ट होने का भय नहीं हुआ?"

प्रमीला कुछ देर तक सिर झुकाये हुए गम्भीरता से सोचती रही। थोड़ी-सी देर में ही उसने राजलक्ष्मी की समस्याओं को और उसके वहाँ आने के कारण को पूरी तरह समझ लिया।

अपनी बात समझाते हुए वह बोली, "संसार में पूरी तरह से बुरे व्यक्ति भी नहीं या पूर्ण रूप से अच्छे व्यक्ति भी नहीं हैं। यहाँ बहुत-से बुरे व्यक्ति भी हैं, बहुत अच्छे व्यक्ति भी। आपके पुत्र अकसर कहते थे कि वह बुरे लोगों में से थे! लेकिन इस प्रकार के बुरे लोगों को पास से देखने पर हमें उनमें अवश्य ही कुछ उच्च गुण दिखाई देते हैं। इसका एक विशेष उदाहरण तो यही है कि नाना दुर्गुणों से पूर्ण राजू मामा ने इनके जैसे सज्जन व्यक्ति को मित्र रूप में पाया था। यदि कोई व्यक्ति बुरा है तो यह आवश्यक नहीं कि वह सबके लिए बुरा हो। मेरी दृष्टि में राजू मामा महान् हैं क्योंकि उन्होंने ठीक समय पर मेरी मदद की। शहरवाले कुछ भी कहें, इससे मुझे क्या...!"

राजलक्ष्मी बीच में ही बात काटते हुए बोली, "ऐसा नहीं हो सकता...बिना आग के धुआँ कैसा?"

"आपकी बात बिलकुल सही है। धुआँ है, इसी से आग भी है परन्तु लोग सिर्फ धुएँ को देखते हैं। आग भी है—इस बात को पूरी तरह से भूल जाते हैं। सारा शहर उनकी निन्दा करता है। वे अफवाहों के धुएँ से घिरे हुए हैं। वे चाहे कितने ही बुरे क्यों न हों, उनके पास भी एक मनुष्य का हृदय था। ठीक उसी तरह जैसे धुएँ के बीच आग की स्थिति होती है। क्या बुरे लोगों के पास हृदय नहीं होता? वास्तव में उनका मन बहुत दुर्बल होता है, इसी से बुराई का विरोध करने में वे अपने

आपको असमर्थ पाते हैं। राजू मामा के बारे में मैं बस इतना ही कह सकती हूँ। किसी जमाने में उन्होंने मेरी सहायता की। इस बात को भूलकर वे कहीं जाकर रहने लगे। पाँच साल बाद वे अपनी सारी सम्पत्ति खो बैठे। उन्होंने सुना कि मैं सुख-सुविधा में जी रही हूँ। एक अनाथ की तरह वे मेरे पास चले आये। मेरे मन में यही आया कि यह घर, यह कार, यह रुपया-पैसा—सबकुछ मुझे उन्हीं की कृपा से मिला है। इसी से उन्होंने जो कुछ माँगा, मैंने दे दिया। मेरी माँ ने मुझे फटकारा—'अरी पगली, सब कुछ उसे दे देगी तो तू कैसे जिएगी?' न जाने क्यों वे यह नहीं सोच सकीं कि यदि वे हमारी सहायता न करते तो हमें गाँव में दो-चार घरों में बर्तन माँजकर जीविका चलानी पड़ती।...

"वे मुझसे सिर्फ रुपये पाने की ही आशा करते थे। मेरे पास रुपयों की कोई कमी नहीं थी, इसी से मैंने उन्हें रुपये देती रही। लोग हजार कहें, मुझे क्या? सिर्फ धुएँ को देखनेवाले बुद्धिमान लोग यदि धुएँ को देखकर कह दें कि आग नहीं है तो मेरा क्या बिगड़ता है? एक बुरे व्यक्ति की सहायता से मैंने संसार में अच्छी स्थिति को पा लिया। यदि मैं कृतज्ञ होकर बदले में उनकी सहायता करूँ तो क्या मेरा जीवन कलंकित हो जाएगा? यदि ऐसा करने से मेरा जीवन कलंकित होता है तो हो जाए। मेरी माँ भी मुझे नहीं समझ सकी....परन्तु मुझे...मेरी भावनाओं को सिर्फ एक व्यक्ति, आपके बेटे ही अब तक समझ पाये...

"मैंने कल्पना भी नहीं की थी कि वे मुझे अपनाना चाहेंगे। उन्होंने जब मुझसे मेरी जन्मपत्री माँगी तो मुझे लगा कि देवताओं ने मुझ पर ढेर सारे फूल बिखेरकर मुझे आशीर्वाद दिया है। परन्तु...परन्तु मुझे विश्वास नहीं था कि यह विवाह होगा। उस दिन से मैं बराबर यही सोचती रही हूँ...मेरी जन्मपत्री ऐसे महापुरुष की जन्मपत्री से कैसे मिल सकती है? यदि जन्मपत्री मिल भी जाए तब भी विवाह होना जरूरी कहाँ है? वे मेरे-जैसे अनाथ थोड़े ही हैं? मन में रह-रहकर यही विचार आता था कि दूसरे लोग क्या कहेंगे? एक बात कहे देती हूँ कि यदि मेरा विवाह इनसे नहीं होवे तो भी मुझे खुशी ही होगी। इनके मन में मुझसे विवाह करने का एक विचार तो आया—यही मेरे लिए पर्याप्त है। इन्होंने मुझे ठीक तरह से समझा, मुझे इतना गौरव दिया—इस परम सुख के बल पर ही कई वर्ष जी लूँगी। मेरा मन अब पूरी तरह से सन्तुष्ट हो गया है मानो मुझे पूर्ण दाम्पत्य-सुख के उपभोग का अवसर मिल गया हो..." प्रमीला बोलती जा रही थी। अपने सामने बैठी राजलक्ष्मी अम्मा को सिसकते हुए और आँखें पोंछते हुए देख प्रमीला चौंक उठी। उसने सोचा—हाय! मैंने यह क्या कह दिया!

अपने दामादों और बेटियों के बारे में सोचती हुई राजलक्ष्मी एकाएक बोल उठी, "तुम जैसी गुणवती की लोग कितनी निन्दा करते हैं! हे ईश्वर! उन सबकी रक्षा

करना।'' और उसने प्रमीला के हाथों को पकड़ लिया।

''बेटी, तुम्हें देखकर मेरा मन बेचैन हो रहा है। तुम-जैसी गुणवती की इतनी दुर्गति नहीं होनी चाहिए थी। मेरी बेटियाँ और दामाद यह कहकर गये हैं कि यदि यह विवाह सम्पन्न हुआ तो उनका घर से नाता सदा के लिए टूट जाएगा। एक शुभ कार्य को करने से यदि ऐसा परिणाम निकले तो बताओ, कौन उस कार्य को करने के लिए तैयार होगा? अब मैं अच्छी तरह जान गयी हूँ कि मेरा बेटा गलती नहीं कर सकता। तुम दोनों की जन्मपत्री अच्छी तरह मिल रही है...'' अपनी आँखों में उमड़ते हुए आँसुओं को बड़ी कठिनाई से रोकते हुए उसने इस विवाह के लिए अपनी सम्मति देनी चाही, तभी प्रमीला ने उसे आश्वस्त करते हुए शान्त भाव से अपना निर्णय कह सुनाया :

''आपको इस तरह दुखी या भयभीत होने की आवश्यकता नहीं है। जन्मपत्री का मिलना ही पर्याप्त कहाँ है? यह विवाह अब नहीं होगा। पुराने सम्बन्धों को मजबूत बनाने के लिए और परिवार के विकास के लिए ही हमारे पूर्वजों ने विवाह-संस्था की नींव डाली थी। इसके द्वारा अपने पुराने सम्बन्धों को तोड़ना क्या अनुचित नहीं? मेरे लिए इस तानपूरे का—संगीत-कला का आधार पर्याप्त है। आप-जैसे भले लोगों का प्रेम और संरक्षण मिल जाए तो बताइए, फिर मुझे जीवन में किस वस्तु की आवश्यकता रह जाएगी?''

''बेटी! ऐसा मत कह। मैं यही चाहती हूँ कि यह विवाह अवश्य हो। सम्बन्ध इतनी जल्दी नहीं टूटेंगे...कुछ दिन बीतने पर सभी हमारी बातों को समझ लेंगे। मैं अभी जाकर मुरली से कह देती हूँ कि मैं इस विवाह-सम्बन्ध को स्वीकार करने के लिए तैयार हूँ,'' कहकर राजलक्ष्मी एकाएक उठ खड़ी हुई।

''माँ! ऐसा मत कीजिए। जो बात खत्म हो गयी, उसे दुबारा से शुरू मत कीजिए। आज सुबह आपका बेटा मेरी जन्मपत्री लौटाने आया था। हम दोनों ने स्वच्छ मन से यह निर्णय किया था कि यह विवाह अब नहीं होगा। आपका टूटता हुआ परिवार उनके परिश्रम से ही इतना उन्नत हो सका है। मैं नहीं चाहती कि मैं उनके हाथों ही उसे नष्ट करने का साधन बनूँ। मैं नहीं जानती कि शहर के लोग मेरे बारे में जो कुछ कहते हैं, वह सच है अथवा झूठ। परन्तु इतना सत्य है कि मैं निन्दा का शिकार बनी हूँ। यही कारण है कि हम दोनों ने मिलकर अपना निश्चय बदल लिया। हृदय का परिवर्तन सिर्फ एक ही बार सम्भव है। यदि वह एक तरफ से ही हुआ है तो भी कोई बात नहीं।'' उसके इस दृढ़ निश्चय को सुनकर राजलक्ष्मी की आँखों में आँसू आ गये। उन्हें छिपाने के लिए उसने दूसरी ओर मुँह फेर लिया।

(5)

उस रविवार को मुरली का जन्मदिन था।

राजलक्ष्मी का घर बेटियों, दामादों, धेवते-धेवतियों से भरा हुआ था।

शंकरी दादी ने मुरली के जन्मदिन के उपलक्ष्य में तरह-तरह की मिठाइयाँ बनायी थीं। उन्हें एक 'टिफिन कैरियर' में भरकर, उस कड़कती धूप में राजलक्ष्मी किसी से मिलने के लिए चल पड़ी।

रसोईघर में शंकरी दादी बड़बड़ा रही थी, "ये लड़कियाँ कितनी स्वार्थिनी होती हैं। हे ईश्वर! तूने लड़कियों को इतना निर्बल क्यों बना दिया?"

यह उसका अपना दृष्टिकोण और अपनी विचारधारा थी। जीवन को नाना दृष्टिकोणों से नाना रूपों में देखा जा सकता है। परन्तु जीवन इन सभी दृष्टिकोणों और रूपों को आत्मसात् करनेवाली एक पूर्णता है।

सत्य झुलसाता है

यह बात सोमनाथन की आँखों में खटक रही थी। रामकृष्ण परमहंस और स्वामी विवेकानन्द की तस्वीरों के बीच में अपने चित्र को टँगा हुआ देख वे कुछ सोच रहे थे। चश्मे को ऊँचा कर वे उठे और दीवार के पास जाकर उन चित्रों को बड़े ध्यान से देखने लगे।

तभी उनके लिए हॉर्लिक्स बनाकर लाने के लिए अन्दर गयी उनकी भानजी कोदै हाथ में कप लिये हुए हॉल में प्रविष्ट हुई। सोमनाथन ने मुड़कर उसकी ओर देखा।

अपनी उँगली से उन चित्रों की ओर संकेत करते हुए उन्होंने पूछा, ''यह किसका काम है?''

हाथ में पकड़े कप को मेज पर रखकर उनके पास खड़ी होकर चित्रों को देखते हुए कोदै बोली, ''मेरे इस घर में आने से पहले से ही ये चित्र यहाँ टँगे हुए हैं। इनका परिचय देते हुए वे सदा अपने मित्रों से यही कहते हैं कि ये सब मेरे आदर के पात्र महपुरुषों के चित्र हैं। मुझसे भी उन्होंने ऐसा ही कहा था...।''

उसकी बात पूरी होने से पहले ही चश्मा उतारकर उसे अपने दोशाले से पोंछते हुए व्यंग्य से हँसते हुए वे बोले, ''कैसा विचित्र मेल है...आस्तिक महात्माओं के बीच में मुझ-जैसे निरीश्वरवादी का चित्र?...'' धीमे स्वर में ऐसा कहते हुए, कलाई पर लटकती अपनी छड़ी को सीधे हाथ में लेकर, उसके सहारे चलते हुए सोमनाथन आकर सोफे पर बैठ गये!

कोदै ने मेज पर से हॉर्लिक्स का कप उठाकर उनके हाथ में दिया। बुढ़ापे के कारण दुर्बल हुए अपने काँपते हाथों में कप थामे हुए उन्होंने हार्लिक्स पिया। गरम-गरम पेय पीते ही उनके माथे पर पसीना झलकने लगा। इसे देख कौदे ने पंखा चलाया। हवा में उनके सफेद रंग के घने बालों की छोटी-छोटी लटें माथे पर झूलने लगीं। सोमनाथन की दृष्टि पूरे हॉल में घूम गयी। वहाँ रखे रेडियो, एक कोने में एक स्टैण्ड पर गौतम बुद्ध की प्रतिमा, खिड़की पर लटकता हलके नीले रंग का

परदा आदि को ध्यान से देखने के बाद उनकी दृष्टि कोदै पर आकर टिक गयी। उनकी आँखों में प्यार उमड़ आया। वे एक बच्चे की तरह मुस्कराने लगे।

अपनी उस मुस्कान के द्वारा वे यही कहना चाहते थे, 'अरी मेरी होशियार बेटी, तूने घर को बहुत सजा-सँवारकर रखा है।' या फिर 'बेटी, क्या तू खुश है?' कहकर उसकी कुशल-मंगल पूछना चाहते थें, मगर "तुझे देखकर मैं बहुत प्रसन्न हूँ," ऐसा कहकर अपने मन की अपार प्रसन्नता व्यक्त की।

इस पर कोदै ने संयत ढंग से, नारी-सुलभ सहज सुकुमारता के साथ एक हलकी मुस्कान बिखेरकर मानो उनके सभी प्रश्नों का उत्तर दे दिया। अपनी कलाई की घड़ी पर नजर डालते हुए सोमनाथन बोले, "अरे! पाँच बज गये। उसे कॉलेज से आने में इतनी देर हो जाती है! मुझे सात बजे की गाड़ी से जाना है..." यों कहते हुए उन्होंने बाहर झाँका।

उसी समय कम्पाउण्ड के गेट के खुलने की आवाज सुनकर कोदै बड़ी उत्सुकता के साथ बाहर की ओर चल दी। परमेश्वरन को अपनी भुजाओं में भर लेने के लिए उत्तेजित हो काँपते हुए से सोमनाथन उठ खड़े हुए।

"वे नहीं आये...डाकिया था...उनके लिए एक चिट्ठी लाया है," ऐसा कहकर लिफाफे को उलट-पलटकर देखती हुई कोदै भीतर चली गयी। सोमनाथन वहीं रखे फोटो-एलबम को पलटते हुए परमेश्वरन के आने का इन्तजार करने लगे।

इस समय परमेश्वरन जिस कॉलेज में तमिल-प्राध्यापक के रूप में कार्य कर रहे थे, वहीं आज से दस साल पहले सोमनाथन अँग्रेजी विभाग में आचार्य के रूप में कार्य कर चुके थे। उनके छात्र के रूप में शिक्षा प्राप्त कर उनके अवकाश प्राप्त करने से पहले ही परमेश्वरन उस कॉलेज में प्राध्यापक नियुक्त हो गये थे। उस समय उन दोनों में परस्पर इतना घनिष्ठ सम्बन्ध स्थापित हो गया, जितना उन लोगों का और किसी से नहीं हुआ था।

सोमनाथन ने कॉलेज से अवकाश प्राप्त कर अपने गाँव चले जाने के बाद उनके और परमेश्वरन के बीच पत्र-व्यवहार का क्रम चलता रहा। दो वर्ष पूर्व जब सोमनाथन किसी काम से चेन्नै आये, तब दस वर्ष के अन्तराल के बाद उन्हें परमेश्वरन से मिलने का अवसर मिला। परमेश्वरन को देखकर क्षणभर के लिए सोमनाथन चकित-से रह गये। इसका कारण छात्र से प्राध्यापक बने परमेश्वरन का इस समय आचार्य के रूप में पदोन्नति पा जाना ही नहीं था, वरन् बुश कोट और ऐनक पहनने से और कानों के पास के बालों के सफेद हो जाने से उन्हें प्रौढ़ घोषित करनेवाला उनका रूप भी था। इससे भी अधिक आश्चर्य की बात यह थी कि वे चालीस वर्ष की आयु पार करने के बाद भी ब्रह्मचारी के रूप में जीवन-यापन कर रहे थे।

अपने स्नेह और आदर के पात्र अपने गुरु को देखते ही परमेश्वरन ने उनके हाथों

को पकड़कर बड़े प्रेम के साथ आँखों से लगा लिया। ममता के वशीभूत हो उनकी पीठ थपथपाते हुए सोमनाथन अँग्रेजी में बोले, "आपको अब तक ब्रह्मचारी के रूप में जीवन-यापन करते देख मेरा मन अपराध की भावना से पीड़ित हो रहा है...क्या आप सोचते हैं कि मेरा इस प्रकार पीड़ित होना निरर्थक है?"

सोमनाथन हमेशा अपने विचारों को बड़ी दृढ़ता के साथ व्यक्त करते थे। ऐसा करके वे रुकते नहीं थे। वे चाहते थे कि जिसके सम्मुख वे अपने विचार व्यक्त करें, वह उनका अनुमोदन करे अथवा उनसे अपनी सहमति व्यक्त करते हुए अपने विचार प्रकट करे। परमेश्वरन जानते थे कि यह उनके श्रेष्ठ गुणों में से है।

इस समय परमेश्वरन के माता-पिता या निकट का कोई भी रिश्तेदार जीवित नहीं था। वे एकाकी थे। हमारे आज के समाज में परमेश्वरन जैसे संयमी और एकाकी व्यक्तियों के जीवन में विवाह नाम की महत्त्वपूर्ण घटना मित्रों की—विशेषकर अपना उत्तरदायित्व समझनेवाले और ऊँची पदवियोंवाले मित्रों की–सहायता से ही घटित हो सकती है! सोमनाथन उनके मित्र, पथप्रदर्शक, गुरु—सब कुछ थे। ऐसे में इस कार्य को सम्पन्न करना क्या उनका कर्तव्य नहीं था? परमेश्वरन जान गये कि यही सब-कुछ सोचकर उन्होंने उनसे वह प्रश्न किया था।

परमेश्वरन ने हँसते हुए पूछा, "क्या ब्रह्मचारी बना रहना अनुचित है?"

सोमनाथन ने उत्तर दिया, "ब्रह्मचारी बना रहना न अनुचित है, न उचित। दोषों से रहित किसी पुरुष को तभी ब्रह्मचर्य व्रत का पालन करना चाहिए जब उसके सामने कोई लक्ष्य हो। किसी लक्ष्य को सामने रखकर ब्रह्मचारी बना रहना उचित है। केवल ब्रह्मचारी कहलाने के लिए ब्रह्मचारी बना रहना अनुचित है। बाद में वह पाप भी बन सकता है। हमारे हर कार्य का कोई लक्ष्य होना चाहिए। लक्ष्य के बिना कोइ भी कार्य निरर्थक है। यदि आप किसी लक्ष्य से प्रेरित होकर ब्रह्मचर्य का पालन कर रहे हैं तो मैं अपने मत को बदल लेता हूँ।"

परमेश्वरन क्षण-भर के लिए कुछ सोचते रहे। ऐसा कहा जा सकता है कि वे कुछ सोच नहीं रहे थे, वरन् स्तम्भित-से खड़े थे। कुछ देर बाद वे मुस्कराये। उनकी मुस्कराहट शरणागति की सूचक थी।

इस बार दोनों ने एक-दूसरे से मिलते समय काफी देर तक बातचीत की। दस साल पहले सोमनाथन के सम्पर्क में आने पर परमेश्वरन ने उन्हें जितना समझा था और वे उनके प्रति जितना सम्मान रखते थे, आज दस साल की आयु बढ़ जाने के बाद अपने परिपक्व ज्ञान के सहारे उनसे बातचीत करते समय परमेश्वरन ने उन्हें पहले से कई गुना अधिक अच्छी तरह से समझ लिया। उनके प्रति परमेश्वरन का आदर-भाव भी कई गुना बढ़ गया और वे सोमनाथन के प्रति पूर्ण रूप से समर्पित हो गये।

परमेश्वरन से विदा लेकर गाँव लौटते समय सोमनाथन ने उन्हें छुट्टियों में

अपने गाँव आने का निमन्त्रण दिया।

"अपनी कर्तव्य-भावना से प्रेरित होकर मैं आपको यह निमन्त्रण दे रहा हूँ," इतनी बात अँग्रेजी में कहकर वे तमिल में बोले, "मेरी छोटी बहन की एक लड़की है। उसने बचपन में ही अपने माँ-बाप को खो दिया था। मैं ही उसका पालन-पोषण करता हूँ...अब तक वह भी शादी के लिए तैयार नहीं थी...लगता है कि उसका मन बदल गया है। आप एक बार हमारे यहाँ आइए। दोनों ने एक-दूसरे को पसन्द कर लिया तो शादी करवा देना मेरी जिम्मेदारी होगी..." किसी का कुल, गोत्र आदि पूछे बिना उसके स्वभाव और आचरण को ध्यान में रखते हुए उसके प्रति प्रेमपूर्ण व्यवहार करने के उनके गुण की परमेश्वरन ने मन-ही-मन सराहना की।

दो साल पहले यह विवाह सम्पन्न हुआ। विवाह से पहले परमेश्वरन के मन में केवल एक बात खटकती रही।

कोदै की उम्र बीस की थी और परमेश्वरन की चालीस साल की।

जब परमेश्वरन ने अपने मन की बात सोमनाथन से कही तो वे बोले, "यदि आप सोचते हैं कि पति-पत्नी की आयु में इतना अन्तर नहीं होना चाहिए तो आपकी व्यक्तिगत इच्छा के रूप में उसे ठीक कहा जा सकता है। इसका और कोई कारण न होने पर भी केवल यही सोचकर इस विचार को छोड़ा जा सकता है कि यह मेरा निजी विचार है। इस सम्बन्ध में आप ही को सोच-विचारकर कोई निर्णय लेना होगा।"

परमेश्वरन की समझ में नहीं आया कि उनसे समझौता करते हुए निष्कर्ष रूप में क्या कहें। वे भली प्रकार जानते थे कि सोमनाथन अपने विचारों को दूसरों पर थोपनेवालों में से नहीं हैं। उनकी धारणाओं का विरोध किये जाने पर दुखी होनेवालों में से भी वे नहीं हैं। वे यही सोच-विचारकर परेशान होते रहे कि क्या निर्णय लिया जाए।

सोमनाथन जान गये कि परमेश्वरन ऊपर से दुविधाग्रस्त होते हुए भी मन-ही-मन उनसे सहमत हैं अतः उनका निर्णय पूछते हुए से वे बोले, "हाँ, यह तो बताइए कि आपके संकोच का कारण क्या है?"

चालीस वर्ष की अपनी आयु को भूलकर, एक युवक की तरह संकुचित होकर सिर झुकाये खड़े परमेश्वरन ने धीरे से कहा, "आयु में इतना अधिक अन्तर..."

"अच्छा!" कहकर सोमनाथन हँस पड़े, फिर बोले, "मैंने तो पहले ही आपसे कह दिया था कि यदि आयु का यह अन्तर आपको अधिक लगता है तो इस बात को यहीं समाप्त किया जा सकता है। मन में इच्छा होते हुए भी, देखनेवाले क्या कहेंगे, यह सोचकर संकुचित होना, किसी कार्य को करते हुए घबराना अनावश्यक

है, निरर्थक है...।''

''हमें संसार के बारे में भी कुछ सोचना पड़ता है न?'' ऐसा कहकर परमेश्वरन ने हथेली पर रेखा खींचते हुए जैसे मन की दुविधा को व्यक्त किया।

''हाँ-हाँ, संसार के बारे में थोड़ा क्यों, बहुत-कुछ सोचना चाहिए। किन्तु परमेश्वरनजी! यह जान लीजिए कि आप जिस घेरे में घिरे हुए हैं, यह संसार उतने में सीमित नहीं है। यह न जाने कितने भूखण्डों और देशों में फैला हुआ है। तनिक इस ओर ध्यान देने पर पता चलता है कि दूसरे देशों में इस आयु-भेद को बहुत महत्त्व नहीं दिया जाता, उलटे वहाँ इसे अच्छा समझा जाता है! यदि आप अपनी सुविधा के लिए अपने संसार को सीमित करना चाहें तो कर सकते हैं। व्यर्थ की बकवास करनेवाले थोड़े-से लोगों के झुण्ड को संसार मत समझिए। अपने भीतर अपने हृदय के पास साधारण लोगों के संसार के रूप में उसके दर्शन कीजिए! उसे ध्यान में रखते हुए जो निर्णय लेना चाहें, लीजिए...'' ऐसा कहकर सोमनाथन चुप हो गये और आँखें मूँदकर कुछ सोचने लगे।

परमेश्वरन ने मन-ही-मन सोचा, 'इनके पास किसी व्यक्ति के मन में प्रवेश कर उसे सूक्ष्म रूप से परखने की कितनी शक्ति है!' और चकित होकर उन्हें देखने लगे।

अपनी आँखें खोले बिना सोमनाथन ने फिर से अपनी बात शुरू की, ''जब कोई लड़का विवाह करता है तो वह सोचता है कि यह काम वह अपने लिए कर रहा है; लड़की भी ऐसा ही सोचती है। हर काम जो हम अपने लिए करते हैं, उसमें असन्तोष ही हमारे हाथ लगता है। विवाह का वास्तविक अर्थ यह नहीं है। अपने लिए जीनेवाला कोई लड़का या लड़की जब दूसरे के लिए जीना प्रारम्भ कर देते हैं, उसी को विवाह कहा जाता है। दाम्पत्य जीवन सामाजिक जीवन का लघु रूप है, उसी को विवाह कहा जाता है। सामूहिक जीवन के आधार दाम्पत्य जीवन में त्याग-भावना के होने पर ही सामाजिक जीवन सुन्दर बन सकता है। आज लड़के-लड़कियाँ 'मेरे लिए, मेरे सुख के लिए' इस तरह की स्वार्थ-भावना से प्रेरित होकर विवाह के बन्धन में बँधते हैं, अतः उनके पारिवारिक और सामाजिक जीवन में असन्तोष और दुःख की प्रधानता दिखाई देती है...आप यह मत सोचिए कि आप अपने लिए उससे विवाह कर रहे हैं, वरन् यह सोचिए कि उसके लिए ऐसा कर रहे हैं! यही बात मैंने उससे भी कही है...क्या आप नहीं सोचते कि परस्पर एक-दूसरे के विषय में सोचना ही हर सम्बन्ध का आधार है...?''

परमेश्वरन क्षण-भर कुछ सोचते रहे। वस्तुतः वह कोई सोच नहीं था...

दो साल के वैवाहिक जीवन ने उन्हें जीवन का सही अर्थ समझा दिया था। उनके मन में यह भावना जागी अथवा कोदै ने यह भावना जगायी कि अब उसके बिना वे जी नहीं सकते। यह जानकर सोमनाथन ने उन्हें पूर्ण मनुष्य बना दिया और कोदै ने उनके जीवन को पूरी तरह सार्थक सिद्ध कर दिया है, परमेश्वरन ने सोमनाथन को अपना सम्माननीय मार्गदर्शक और कोदै को प्राणप्रिय जीवनसंगिनी स्वीकार कर लिया।

एक दिन अपने और कोदै के बीच आयु का अधिक अन्तर होने की बात उससे कहने पर उसने जो उत्तर दिया, उसे सुनकर परमेश्वरन जान गये कि उनका दाम्पत्य जीवन आनन्दमय, सन्तोषप्रद और सभी दृष्टियों से परिपूर्ण है।

शयनकक्ष में जलते हुए छोटे से बल्ब के मन्द प्रकाश में, उस एकान्त वातावरण में, उनके समीप लेटी उनकी छाती पर चित्र खींचते हुए, उनके कानों के पास मुँह ले जाकर कोदै ने अत्यन्त रहस्यमय वाणी में जब उनसे कुछ कहा, तब उनका सारा शरीर रोमांचित हो उठा।

"शुरू-शुरू में मैं भी आपकी तरह इसे अनुचित समझती थी...किन्तु,...अब लगता है कि यदि संसार के सभी लोग आयु के ज्यादा अन्तर से विवाह करेंगे तो सभी का जीवन स्वर्ग बन जाएगा...पति-पत्नी की आयु समान होने पर न तो दोनों एक-दूसरे का लिहाज करेंगे और न ही मिल-जुलकर रह सकेंगे। आयु का अधिक अन्तर होने पर उनमें घनिष्ठता और एक प्रकार की...मेरी समझ में नहीं आता कि कैसे उसे स्पष्ट करूँ...मैं बहुत प्रसन्न हूँ। इतना ही मैं कह सकती हूँ।" इस प्रकार बहुत देर तक परिश्रम करके शब्दों को ढूँढ़-ढूँढ़कर जब उसने उनके प्रश्न का उत्तर देकर अपने हृदय की भावनाओं को उनके हृदय तक पहुँचा दिया, तब दोनों के हृदयों में जैसे आनन्द का सागर उमड़ने लगा।

काश्मीर से लेकर कन्याकुमारी तक फैले इस विस्तृत देश के विभिन्न शहरों में भ्रमण करते हुए उन दोनों ने मिलकर अनेक छायाचित्र उतरवाये थे। फोटो के अलबम के पन्ने पलटते हुए सोमनाथन को उनके सुखद पारिवारिक जीवन का परिचय मिला।

अलबम का आखिरी पन्ना पलटकर उसे बन्द करते ही बड़ी उत्कण्ठा के साथ "आप कब आये?" पूछते हुए हॉल के दरवाजे के पास मुस्कराते हुए हाथ जोड़े खड़े परमेश्वरन को देखकर सोमनाथन दोनों बाँहें फैलाकर खड़े हो गये और बच्चे की तरह हँसने लगे। फिर पास आये परमेश्वरन से हाथ मिलाकर उनके कन्धे को थपथपाया।

"अचानक किसी जरूरी काम से आया था। सात बजे की गड़ी से वापस लौटना है।"

उनकी यह बात सुनकर परमेश्वरन का चेहरा कुम्हला गया। अपनी घड़ी पर दृष्टि डालते हुए वे बोले, "इस समय साढ़े पाँच बज चुके हैं। अच्छा, मैं आपके साथ स्टेशन तक चलता हूँ।"

"हाँ-हाँ, चलिएगा! इसकी जल्दी कहाँ है? अभी गाड़ी छूटने में डेढ़ घण्टा बाकी है। आप कपड़े बदलकर, कॉफी पीकर चल सकते हैं।"

थोड़ा-सा समय भी नष्ट करने की इच्छा न होने के कारण परमेश्वरन ने हॉल में खड़े-खड़े सोमनाथन की ओर देखते हुए अपना कोट उतारा। पास आकर अपना हाथ बढ़ाकर झटपट उनसे कोट लेकर कोदै अन्दर चली गयी। लौटते समय वह एक तौलिया ले आयी। तौलिया कन्धे पर डालकर सोफे पर बैठकर जूते उतारते हुए परमेश्वरन से हॉल में लगे उन चित्रों को देखते हुए सोमनाथन बोले, "यह कैसा विचित्र मेल है...इन चित्रों को देखकर मुझे आश्चर्य होता है!"

परमेश्वरन ने सिर उठाकर उनकी ओर देखा और बोले, "इसमें आश्चर्य की क्या बात है? इनमें से एक सज्जन वे हैं, जिन्होंने मेरे मन में ईश्वर के प्रति अटल विश्वास की भावना जगायी थी। दूसरे वे हैं जिन्होंने मुझे ब्रह्मचर्य का महत्त्व समझाया। बीचवाले महापुरुष ने ब्रह्मचर्य का अर्थ समझाकर जीवन में मेरा पथ-प्रदर्शन किया...माता-पिता के स्नेह से वंचित मुझ अनाथ के लिए वे माता-पिता भी हैं और गुरु भी। मेरे पास अपने माता-पिता की कोई तस्वीर नहीं है। इस तस्वीर ने उस कमी को भी पूरा कर दिया है...ये तीनों विद्वान् मेरी श्रद्धा के पात्र हैं।"

"ओह! इट इज टू मच! आप मेरी बहुत ज्यादा तारीफ कर रहे हैं," कहकर उन्होंने अपने कन्धे हिलाये और मन-ही-मन लज्जित होते हुए हँसने लगे।

"नहीं, ऐसी बात नहीं। मैं निश्छल हृदय से आपकी पूजा करता हूँ," यह कहकर श्रद्धा से हाथ जोड़े हुए परमेश्वरन उठ खड़े हुए।

"पूजा?" सोमनाथन ने अपनी भौंहें ऊँची कीं। फिर बोले, "मुझे विश्वास नहीं होता।"

"पूजा करते समय पूजा करनेवाले के मन में ही तो विश्वास होना चाहिए। ऐसा करने से मुझे एक प्रकार की मानसिक शक्ति मिलती है...क्या आपको इसमें किसी तरह की आपत्ति है?" इस तरह प्रश्न करते हुए परमेश्वरन अन्दर चले गये।

सोमनाथन ने फुसफुसाते हुए कहा, "बड़े भावुक व्यक्ति हैं!"

कुछ देर बाद सफेद धोती और पूरी बाँह की कमीज पहने, माथे पर विभूति का आड़ा तिलक लगाये परमेश्वरन हॉल में आये और सोफे पर बैठ गये। कोदै ने हॉर्लिक्स से भरा कप और कुछ देर पहले डाक से प्राप्त हुआ पत्र उनकी ओर बढ़ा दिया। परमेश्वरन ने निश्चिन्त होकर हॉर्लिक्स पिया, फिर लिफाफा फाड़कर पत्र पढ़ने लगे :

आचार्य परमेश्वरनजी,

'इस गुमनाम पत्र को फाड़कर फेंक देने से पहले यह जान लीजिए कि गुमनाम पत्र भी सचाई को प्रकट कर सकते हैं।

'आपका जीवन-रूपी भवन एक बहुत बड़े झूठ की आधार-शिला पर खड़ा है। जिस व्यक्ति को आप पूजनीय, देवता-तुल्य मानते हैं, सोमनाथन नामक वह व्यक्ति किस तरह का है, इसे आप नहीं जानते! कोदै-जैसी जिस गुणवती युवती को पत्नी रूप में पाकर आप प्रसन्न हो रहे हैं, उसके अतीत के बारे में आप कुछ नहीं जानते! विवाह से पहले वह किसी से प्रेम करती थी। गर्भधारण करने पर उसके प्रेमी ने उसे छोड़ दिया। प्रभु की कृपा से अथवा उस महापुरुष के प्रयत्नों से उसका गर्भपात हो गया। आपके गुरुजी ने आपको धोखा देकर उसे आपके पल्ले बाँध दिया। आप कोदै के साथ खुशी-खुशी जीवन बिता सकते हैं। यह खुशी आपका अपने-आपको धोखा देने का परिणाम ही है।'

इस गुमनाम पत्र को पढ़ चुकते ही उसे फाड़कर फेंक देने के लिए उनके हाथ मचलने लगे। क्षण-भर कुछ सोचते रहने के बाद जाने क्यों उन्होंने उस पत्र को मोड़कर अपनी जेब में रख लिया।!

सोमनाथन ने पूछा, "क्या कोई विशेष समाचार है?"

"ऊँ हूँ...कुछ नहीं..." कहकर परमेश्वरन झूठमूठ में हँस पड़े। उन्होंने उस पत्र को कोई महत्त्व न देते हुए उसे पूरी तरह भूल जाने की कोशिश की। उनकी दृष्टि हॉल में टँगे उन चित्रों पर और फिर हाथ में एक पत्रिका लिये दीवार से सटकर खड़ी देवी-सी प्रतीत होनेवाली कोदै पर पड़ी। अन्त में जब उनकी नजरें सोमनाथन पर पड़ीं, जो उनके मौन और छटपटाहट का अध्ययन करते हुए उन्हें बड़े ध्यान से देख रहे थे, तब उनके मन में अचानक यह भय जागा कि कहीं यह सज्जन मेरे मन की भावनाओं को न जान लें।

अचानक पति के चेहरे पर झलकती बेचैनी देखकर कोदै उनके पास आयी। उसने पूछा, "क्या सिर में दर्द हो रहा है?"

"नहीं," कहकर उन्होंने अपनी आँखें ऊँची कर उसकी ओर देखा। उनकी आँखें एकदम लाल हो गयी थीं।

इसे देख कोदै बोली, "आपकी आँखें अचानक लाल क्यों हो गयी हैं?" और उसने उनके माथे को छूकर देखा, फिर कहने लगीं, "आपको तो हलका-सा बुखार भी है।"

"जरा मैं भी तो देखूँ!" कहकर सोमनाथन उठकर परमेश्वरन के पास आये। उन्होंने उनके माथे को छूकर देखा। फिर बोले, "डरने की कोई बात नहीं है...आप जरा थके हुए हैं। आप आराम कीजिए...मैं चलता हूँ। अगले हफ्ते जब आऊँगा तब

दो दिन आपके यहाँ ठहरूँगा...'' ऐसा कहकर उन्होंने परमेश्वरन की पीठ थपथपायी।

''मुझे कुछ नहीं हुआ है...तनिक बाहर जाने पर सब ठीक हो जाएगा...मैं आपके साथ स्टेशन तक चलूँगा...अभी तो काफी समय है...मैं अभी आता हूँ,'' ऐसा कहकर बड़ी मुश्किल से मुस्कराकर परमेश्वरन उठे और उन्होंने शीशे के पास जाकर एक बार अपने चेहरे की ओर देखा। इसके बाद थोड़ी देर तक अकेले रहने की इच्छा से वे छत पर गये और सूनी आँखों से आकाश की ओर देखते खड़े रहे। उन्होंने कमीज की जेब में पड़े पत्र को फिर एक बार खोलकर पढ़ा : ''यह जान लीजिए कि गुमनाम पत्र भी सत्य को प्रकट कर सकते हैं...आपका जीवन एक बहुत बड़े झूठ की आधारशिला पर टिका है,'—पत्र की इन दो पंक्तियों ने उन्हें दुविधा में डाल दिया। वे न तो पत्र की बातों पर विश्वास कर सके, और न ही उसकी उपेक्षा कर सके।

अचानक उन्होंने पत्र से प्रश्न किया :

'यदि ऐसा ही हो तो क्या? कोदै का अतीत कैसा था, इस बारे में तू क्यों चिन्तित होता है? आज वह मेरी योग्य पत्नी है। हमारे दाम्पत्य जीवन में किसी प्रकार की कमी नहीं है। यदि किसी से कोई भूल हो जाए तो क्या उसका जीने का अधिकार सदा के लिए समाप्त हो जाता है?' उनके जोश-भरे इन शब्दों को सुनकर हवा में वह पत्र फड़फड़ाने लगा। यदि वे अपनी पकड़ कुछ ढीली कर देते तो वह उड़ जाता...किन्तु वे उसे अपनी उँगलियों में कसकर पकड़े हुए थे। उनके मन में एक ओर इतना क्रोध था कि उस पत्र को कई टुकड़ों में फाड़कर फेंक दें तो दूसरी ओर कोई भावना उन्हें ऐसा करने से रोक रही थी।

'यह पत्र मेरी पत्नी के विषय में कुछ कह रहा है...इसका कहना चाहे सच हो, चाहे झूठ, हमारे सम्बन्धों में किसी तरह की कटुता नहीं आ सकती। हाँ, उसके बिना मैं नहीं जी सकता। जो कुछ हुआ है, उसकी मुझे चिन्ता नहीं हैं,'—इस तरह के आत्मविश्वास के साथ सिर उठाकर उन्होंने आकाश की ओर देखा। अगले ही क्षण उनके माथे पर बल पड़ गये...आँखें सिकुड़ गयीं...भीतर से एक धीमी आवाज आयी : 'ऐसा कुछ हुआ था या नहीं, इसकी जानकारी मुझे होनी चाहिए! सत्य क्या है, यह मुझे जान लेना चाहिए।'

इस तरह का विचार रह-रहकर उनके मन में उठता रहा। 'छिः, इस मामूली पत्र की यह मजाल कि मेरी इतनी दुर्दशा कर दे?'...ऐसा सोचकर उन्होंने उसे फाड़ना शुरू किया। बीच में ही उनके हाथ रुक गये। अब तक उन्होंने पत्र के आधे हिस्से का एक-चौथाई भाग ही फाड़ा था। उसमें यह पंक्ति लिखी हुई थी :

'गुमनाम पत्र भी सत्य को प्रकट कर सकते हैं!'

'क्या तू सच कह रहा है? किन्तु जैसे ही यह पता लग जाएगा कि यह सब

किसी ईर्ष्यालु व्यक्ति का काम है, मैं और कोदै मिलकर तुझे फाड़ डालेंगे अथवा हे बीते दिनों की यादो! तुम हमारे जीवन से दूर हो जाओ—ऐसा कहकर दोनों मिलकर तुझे जला डालेंगे।' उन्होंने मन-ही-मन एक निश्चय कर लिया था।

'मुझे सचाई कौन बताएगा? क्या वे इस पत्र को झूठा साबित करने के लिए ही आज यहाँ आये हैं?' ऐसा सोचकर उत्कंठित होकर परमेश्वरन बड़ी तेजी के साथ सीढ़ियों से नीचे उतर आये।

टैक्सी में दोनों स्टेशन की ओर जा रहे थे। अपना मौन छोड़कर परमेश्वरन ने ही बात शुरू की, "आप मुझे जानते हैं...आप जानते हैं कि हम दोनों—मैं और कोदै—आपके आशीर्वाद से कितनी पवित्रता से जीवन-यापन कर रहे हैं..." इसके आगे कुछ बोल न सकने के कारण उन्होंने जेब से वह पत्र निकाला।

सोमनाथन एक क्षण के लिए चकित हुए।

परमेश्वरन ने स्विच दबाकर टैक्सी के अन्दर का वह छोटा बल्ब जलाया और पत्र को उनकी ओर बढ़ाते हुए वे बोले, "बिना किसी भूमिका के संक्षेप में इतना बता दीजिए कि पत्र की बात सच है या झूठ। मैं आपको विश्वास दिलाता हूँ कि सचाई के साथ कहा गया आपका उत्तर, चाहे वह कुछ भी हो, किसी को भी हानि नहीं पहुँचाएगा।"

सोमनाथन ने देखा कि पत्र को उनकी ओर बढ़ाते हुए परमेश्वरन का हाथ काँप रहा है। उन्होंने बड़ी शान्ति के साथ बिना किसी घबराहट के आधा फटा हुआ वह पत्र उनके हाथ से लेकर पढ़ा।

बराबर उनके चेहरे को घूरते हुए परमेश्वरन बुदबुदाये, "मैं सचाई जानना चाहता हूँ, हाँ! इसके अतिरिक्त और कुछ नहीं।"

सोमनाथन उन्हें देखकर बच्चे की तरह हँसे। उनकी हँसी मानो यह कह रही थी कि 'पत्र की सचाई जानने की छटपटाहट में ही आपकी दुर्बलता छिपी हुई है।'

परमेश्वरन की पीठ थपथपाकर उन्हें शान्त करते हुए वे बोले, "मैंने कदापि नहीं सोचा था कि आप इतने भावुक होंगे। यह आपके लिए ठीक नहीं...इसी तरह भावुक बने रहे तो आपको 'ब्लड प्रेशर' हो जाएगा।"

परमेश्वरन गिड़गिड़ाते हुए बोले, "मैं सचाई जानने के लिए तड़प रहा हूँ।"

"आप सचाई जानना चाहते हैं? उसे जानकर हम क्या करेंगे? सत्य की खोज तो उन संन्यासियों का काम है जिन्होंने अपना सबकुछ त्याग दिया है!" ऐसा कहकर सोमनाथन हँस पड़े।

सोमनाथन की मजाक की बातें सुनकर परमेश्वरन को उन पर तनिक क्रोध भी आया, किन्तु वे चुप रहे।

"मिस्टर परमेश्वरन! आप सबसे पहले यह समझ लीजिए कि किसी ने नीच

भावना से प्रेरित होकर ही यह पत्र भेजा है,'' ऐसा कहकर सोमनाथन ने अपनी बात शुरू की।

उनको बीच में ही टोकते हुए तनिक कठोर स्वर में परमेश्वरन बोले, ''इस सम्बन्ध में मात्र एक शब्द में मैं आपका जवाब चाहता हूँ—यह बात सच है अथवा झूठ?''

उनके स्वर में निहित कठोरता और उसके माध्यम से व्यक्त होती हुई उनकी मन:स्थिति को समझते हुए सोमनाथन ने पूछा, ''एक शब्द में?'' और उनके चेहरे की ओर देखने लगे।

''हाँ, एक ही शब्द में! आप जो कुछ कहेंगे, उस पर मैं अवश्य विश्वास करूँगा।''

सोमनाथन अविश्वास से हँसे, मानो उन्होंने किसी बच्चे से अथवा शराबी से वचन देने के लिए कहा हो।

''इस पत्र ने आपको इतना बदल दिया है, यह देखकर मुझे दु:ख हो रहा है...अच्छा, तो मेरा उत्तर भी सुन लीजिए! एक शब्द में मेरा उत्तर है—झूठ!'' फड़कते हुए होठों से इतना कहकर सोमनाथन ने वह पत्र उन्हीं को लौटा दिया।

इसके बाद दोनों एक शब्द भी नहीं बोले।

सोमनाथन को गाड़ी पर चढ़ाकर उन्हें विदा देते समय भी उन्होंने परमेश्वरन से उस पत्र के सम्बन्ध में 'यह झूठ है'—इन शब्दों के अतिरिक्त और कुछ नहीं कहा।

किन्तु परमेश्वरन को लगा कि सोमनाथन ने अब तक उनसे जो कुछ कहा है, उनमें उनके द्वारा इस समय कहा गया 'झूठ' शब्द ही झूठा है। अगले ही क्षण वे अपने-आपको कोसने लगे कि उनके मन में इस प्रकार का विचार क्यों आया।

'छि:, इस पत्र ने मुझे कितना बदल दिया। कितना तुच्छ और दुर्बल बना दिया! मैंने यह पत्र उन्हें दिखाकर, उनका जवाब माँगकर भारी भूल की...मुझे वे कितना नीच समझ रहे होंगे!' इस तरह अपने किये पर पछताते हुए और दु:खी होते हुए परमेश्वरन घर लौट आये।

जब उन्होंने घर में प्रवेश किया, उस समय कोदै ऊपरवाले कमरे में थी। आम तौर पर ऐसी परिस्थितियों में परमेश्वरन सीधे ऊपर चले जाया करते थे; किन्तु आज वे नीचे हॉल में पड़े सोफे पर बैठकर सामने दीवार पर टँगी उन तस्वीरों को ध्यान से देखने लगे।

कुछ देर तक पति के ऊपर आने की प्रतीक्षा की, लेकिन उनके ऊपर न आने पर कोदै नीचे हॉल में आ गयी।

''क्यों, क्या हुआ? आपकी तबियत ठीक है न?'' कहते हुए उसने पास

आकर उनका माथा छूकर देखा। इस समय उनका माथा गर्म नहीं था। अपने माथे पर रखे उसके हाथ को परमेश्वरन ने कसकर पकड़ लिया। उस समय उनका हाथ काँप रहा था।

कोदै ने घबराते हुए पूछा, ''क्यों...क्या हुआ आपको?'' और उनका चेहरा ऊपर किया। ऐसा लगा कि वे अभी रो पड़ेंगे। दृष्टि दीन-भाव से जैसे किसी वस्तु की याचना कर रही थी। उसी समय उनके भीतर से एक आवाज आयी, 'मैं महामूर्ख हूँ। मेरे सामने सत्य की साक्षात् मूर्ति, मेरी पत्नी खड़ी है। इसे वह पत्र दिखाकर मैं पूछ सकता हूँ कि सत्य क्या है। ऐसा न कर मैं व्यर्थ ही छटपटा रहा हूँ!'

अचानक उनका चेहरा खिल गया। वे मुस्कराते हुए बोले, ''मुझे कुछ नहीं हुआ है। मेरे पास बैठ...मेरे मन में एक प्रश्न है, उसका उत्तर तू ही दे सकती है...तू मुझे अच्छी तरह जानती है...तू जानती है कि तेरे बिना मैं जी नहीं सकता...'' इतना कहते-कहते उनका गला भर आया। बड़ी मुश्किल से उन्होंने दोबारा अपनी बात शुरू की, ''इस पत्र को पढ़ ले...बिना टाल-मटोल किये एक शब्द में तू उत्तर दे दे कि पत्र की बात सच है या झूठ। मैं तुझे विश्वास दिलाता हूँ कि तेरा उत्तर चाहे जो हो, वह हमें या किसी दूसरे व्यक्ति को किसी भी तरह प्रभावित नहीं करेगा। मैं सचाई जानना चाहता हूँ...मैं आश्वस्त होना चाहता हूँ कि मेरा जीवन झूठ की आधारशिला पर नहीं टिका है...'' इतना कहकर पत्र उसके हाथ में पकड़ाकर वे कुछ-कुछ बोलते रहे। कोदै ने बड़ी शान्ति के साथ वह पत्र पढ़ा, फिर आँखें बन्द कर दिल को कड़ा करके संयत एवं गम्भीर स्वर में वह बोली, ''यह सच है।''

उसका उत्तर सुनकर परमेश्वरन जड़-से खड़े रह गये। कोदै ने संयत स्वर में अपनी बात पूरी की, ''वह मेरे जीवन में घटित एक दुर्घटना है। इसके लिए मैं किसी को भी दोष नहीं दूँगी। मैंने सोचा था कि मेरा जीवन कलंकित हो गया है अत: मैं एकाकी ही जी लूँगी। जब-जब मौका मिला, मेरे मामा मुझे समझाते रहे कि मेरा निर्णय गलत है। ऐसे ही मौके पर मैंने आपसे विवाह करने के लिए अपनी सहमति दे दी।

''मामाजी ने मुझसे कहा था—'जो बात झूठी हो चुकी है, उसे उसी आधार पर जीवित रखना ठीक नहीं कि किसी समय वह बात सच थी। कुछ सत्य अग्नि की तरह दाहक होते हैं, उन्हें सहने के लिए विशेष शक्ति की आवश्यकता होती है। अग्नि का काम है जलाना। उसके ताप को सहन करने की आत्मिक शक्ति सभी लोगों के पास नहीं होती,'—यही मामाजी का कहना था। हममें से किसी ने भी नहीं सोचा था कि इस बात को छिपा लें अथवा इस पत्र में लिखे-अनुसार आपको धोखा दें। मैं आपकी पत्नी हूँ। अपने को आपकी जीवनसंगिनी मान लेने के बाद आपसे कोई भी बात छिपाना उचित नहीं होगा—यही सोचकर मैंने ये सारी बातें

आपसे कहीं। इस सत्य से आप झुलस सकते हैं, इस बात को मैं समझती हूँ; किन्तु मैं जानती हूँ कि सत्य के ताप को सहने की शक्ति आपमें है।''

उसकी इन बातों को सुनकर परमेश्वरन की आँखों से आँसू बहने लगे। उनका शरीर काँपने लगा। 'सोमनाथ ने मुझसे झूठ बोलकर मेरे प्रति अन्याय किया है'—यह विचार मन में आते ही उन्हें लगा कि उन्होंने उनका दिल जला दिया है। वे चिल्लाकर बोले, ''कोदै! मैं तुझे माफ करता हूँ...किन्तु...एक घण्टा पहले भी जिन्होंने इस पत्र को पढ़कर पत्र की बात को झूठ बताया, स्वयं झूट बोला, उस महान् व्यक्ति को—उनकी धोखेबाजी को मैं माफ नहीं कर सकता...'' ऐसा कहते हुए परमेश्वरन सोफे पर से उछलकर खड़े हो गये और भागकर दीवार पर टँगी तस्वीरों में से बीच की तस्वीर, अपने आदर के पात्र सोमनाथन की तस्वीर, को उन्होंने वहाँ से उतारकर फेंक दिया।

हॉल के कोने में जाकर गिरी वह तस्वीर टुकड़े-टुकड़े हो गयी। 'छिः, मैं इन्हें विद्वान् समझता था...ज्ञानी कहता था'—यह सोचकर परमेश्वरन को अपने पर क्रोध आया। अपने-आपको कोसते हुए वे ऊपर की ओर दौड़े।

अपने कमरे में जाकर जोर से दरवाजा बन्द करने और चिटखनी लगाने की आवाज कोदै ने हॉल में खड़े-खड़े ही सुन ली।

कोदै फुसफुसाते स्वर में बोली, ''हाय! सत्य की आग में झुलस गये हैं।''

उधर परमेश्वरन किंकर्तव्यविमूढ़-से, इस मायामय संसार के प्रति कड़वाहट और विरक्ति की भावना लिये, किसी से मिलने की इच्छा न होने के कारण एकान्त में खड़े कुछ देर तक भीतर-ही-भीतर उबलते रहने के बाद शान्त हो गये, फिर कमरे में पड़े पलँग पर बेहोश जैसे होकर गिर पड़े।

तभी किसी ने धीरे से कमरे का दरवाजा खटखटाया।

उस आवाज को सुनकर भी वे विचलित हुए बिना छत पर दृष्टि गड़ाये हुए लेटे रहे। उन्होंने सोचा कि दोबारा कोई खटखटाएगा। फिर से खटखटाने की आवाज न आने पर वे एक क्षण चुप पड़े रहे, फिर स्वयं उठकर जाकर दरवाजा खोल दिया।

दरवाजे के बाहर हाथ में एक छोटा-सा सूटकेस लिये कोदै उनसे विदा लेने के लिए तैयार खड़ी थी। कुछ देर तक दोनों खड़े-खड़े एक-दूसरे को देखते रहे। इसके बाद उसने स्पष्ट शब्दों में परमेश्वरन से कहा, ''अब तक मैं भी यही सोचती थी कि मामाजी के प्रति आपके हृदय में एक गूढ़ भक्ति है। आपके द्वारा उनकी तस्वीर को फेंके जाने के बाद ही मैं यह जान पायी हूँ कि वे बड़े विद्वान् हैं। उनके पास मानव-मन के सभी अँधेरे कोनों को देखने की शक्ति है। उस महापुरुष ने आपसे कहा था कि सत्य झुलसाता है। वे भी यह जानते थे कि सत्य के ताप के

सहने की शक्ति आपमें नहीं है...मुझे माफ करने की बात कहकर वस्तुतः आप अपने-आपको ही धोखा दे रहे हैं। यदि आप ऐसा सोचते हैं कि मैंने कोई गलत काम किया है तब मुझे दण्ड देना ही उचित होगा न?...आप मुझे दण्ड नहीं दे सकते...आपका दिल इतना मजबूत नहीं...उस अपराध के लिए किसी-न-किसी को दण्ड दिये बिना भी आप नहीं रह सकते। इसीलिए आपने मामाजी को दण्ड दिया। माँ की मार खाकर बच्चा उससे बदला न ले सकने के कारण अपने छोटे भाई को चिकोटी काट लेता है। इसी तरह अपनी दुर्बलता और स्वाभिमान के कारण आप मुझे दण्डित नहीं कर पा रहे हैं। अब यदि हम दोनों मिलकर जीवन-यापन करते हैं तो यह हम दोनों के लिए दण्ड-रूप ही होगा। आपके प्रति मेरे मन में कोई मैल नहीं है। जिस महापुरुष ने आपसे कहा था कि सत्य झुलसाता है, मैं उनसे यह कहकर माफी माँगने जा रही हूँ कि सत्य झुलसाता ही नहीं, कुछ लोगों को पूरी तरह जला देता है—इस सत्य को जाने बिना मैंने एक व्यक्ति को जला डाला है..." ऐसा कहकर उनके उत्तर की प्रतीक्षा किये बिना सीढ़ियों से उतरती हुई कौदे को परमेश्वरन चुपचाप खड़े देखते रहे।

इसके बाद सोमनाथन द्वारा मजाक में कहे गये, 'आप सचाई जानना चाहते हैं? उसे जानकर हम क्या करेंगे? सत्य की खोज तो उन संन्यासियों का काम है जिन्होंने अपना सबकुछ त्याग दिया है!'—इन शब्दों को याद कर वे उनका अर्थ खोजने में लग गये।

वस्तुतः वे कुछ सोच नहीं रहे थे—वरन् स्तम्भित-से खड़े थे। कुछ देर बाद वे मुस्कराए। उनकी मुस्कराहट शरणागति की सूचक थी।

उस समय कोदै हॉल के अन्दर के दरवाजे के पास खड़ी बाहर का जालीदार दरवाजा खोल रही थी।

"कोदै!" परमेश्वरन की यह पुकार सुन उसने मुड़कर देखा।

दीवार पर खाली पड़ी जगह पर अपनी श्रद्धा और आदर के पात्र उस महापुरुष के चित्र को दोबारा टाँगते हुए परमेश्वरन मुड़कर उसकी ओर देखकर निश्छल भाव से मुस्करा रहे थे।

अपने जीवन के आधार-रूप एक महत्त्वपूर्ण प्रश्न के सन्दर्भ में झूठ बोलनेवाले सोमनाथन को जब परमेश्वरन ने पुनः अपनी श्रद्धा और आदर का पात्र स्वीकार कर लिया था, तब क्या उसी सन्दर्भ में सच बोलनेवाली अपनी प्रिय पत्नी को त्याग सकते हैं?

अन्त:करण पवित्र होता है

"एक मिनट ठहरिए! बुलाता हूँ...आप कौन बोल रहे हैं?"

इस प्रश्न को सुनते ही दाँत पीसते हुए उसने उत्तर दिया, "मैं...उनका बेटा हूँ—वेणु!"

थोड़ी देर के बाद फोन पर उसके पिता की आवाज सुनाई दी, "हेलो! मैं सुन्दरम बोल रहा हूँ...।"

आवाज सुनते ही वेणु के मन का धैर्य, क्रोध और घृणा का भाव न जाने कहाँ लुप्त हो गया। उसके होठ काँपने लगे, दिल जोर-जोर से धड़कने लगा, जबान लड़खड़ाने लगी। जैसे-तैसे अपने-आपको सम्हालते हुए वह बोला, "मैं वेणु बोल रहा हूँ...मैं आपसे कुछ बातें करना चाहता हूँ...हाँ...अकेले में बातें करना चाहता हूँ।"

"अच्छा! बस थोड़ी ही देर में मैं घर पहुँचा, जाऊँगा...।"

"नहीं! इस सम्बन्ध में घर बैठकर आपसे बातें करने की मेरी इच्छा नहीं है...यदि आप मेरा इन्तजार करेंगे तो दस मिनट में मैं वहीं आ जाता हूँ...।"

'ओ, आई सी। ठीक है, यहीं आ जाओ...।"

"थैंक्स...।"

रिसीवर को नीचे रखकर वेणु ने माथे पर आये पसीने को पोंछ डाला। अब भी उसका दिल जोर-जोर से धड़क रहा था। उसे अपने पिता से बहुत-कुछ कहना था। किसी महत्त्वपूर्ण कार्य को करने के लिए अपने-आपको तैयार करता सा हथेली पर मुक्का मारते हुए वह बड़बड़ाया, "हूँ...यह मेरा कर्तव्य है! इस परिवार को नष्ट करने से बचाना मेरा कर्तव्य है! क्या पिताजी को इस बात का अहसास नहीं करना चाहिए कि उनका चरित्र इतना गिर गया है कि एक लड़के को, स्वयं अपने पुत्र को, उन्हें भर्त्सना देना पड़ रहा है? छि:, कितने शर्म की बात है! मुझे क्रोधित हुए बिना शान्त भाव से उनसे बातें करनी होंगी...। उनके सामने उनके घृणित और रहस्यपूर्ण कर्मों का भण्डाफोड़ करना होगा...। 'ऐसी कोई बात नहीं, तुम व्यर्थ ही

शक कर रहे हो'—यह कहकर वे मुझे टालने की कोशिश करेंगे...मैं उनकी बातों में नहीं आनेवाला। मुझे उनकी मेज की दराज में से निकले वे पत्र...छिः, बेशर्मी की हद हो गई! प्रेमपत्र याद से अपने साथ ले जाने होंगे...उन्हें देख वे जरूर बिगड़ेंगे...पूछेंगे, 'तुमने चोरी-छिपे नकली चाबी लगाकर मेरी मेज की दराज क्यों खोली?' चोरी-छिपे ये जो प्रेम-लीला रचा रहे हैं, उसका पता लगाने के लिए मेरे द्वारा की गयी चोरी घृणित अपराध थोड़े ही है...परसों भी मैंने उन्हें उस औरत के साथ रात का दूसरा शो देखने के लिए जाते देखा था। प्रत्यक्ष प्रमाण पाने के बाद ही उनके सम्बन्धों को पूरी तरह से जानने के लिए मैंने उनके कमरो में तलाशी ली थी...''

झटपट कपड़े बदलकर जिस समय वेणु घर से बाहर निकल रहा था, उसी समय लेडीज क्लब जाने के लिए खड़ी उसकी माँ रमणी अम्माल उसके सामने पड़ गयीं।

उनका मातृ-हृदय इस बात को समझ रहा था कि कुछ दिनों से उसका व्यवहार और उसकी बातें कुछ विचित्र-सी हो गयी हैं। इस समय अचानक सामने पड़ जाने पर उसके गम्भीर रूप को देखकर वे घबरा गयीं।

उसके कुम्हलाये चेहरे को देखकर उनके मन में सन्देह जागा, 'क्या यह ठीक तरह से खाता-पीता है, ठीक से सोता है? शरीर दुबला होकर काला पड़ गया है। शेव न करने के कारण उसके ऊपरी होठ, ठोड़ी और गालों के छोरों पर बाल बढ़ आये थे।' उसकी थकी-थकी आँखें और उनके नीचे उभर आये काले घेरे को देखकर वे समझ गयीं कि किसी बात को लेकर वह बहुत चिन्तित है।

वह अब जवान हो गया है। उसके सामने उसके निजी जीवन से सम्बन्धित सैकड़ों समस्याएँ हो सकती हैं। उसके निजी मामलों में दखल देना मेरे लिए उचित नहीं होगा—ऐसा सोचते हुए वे उसके पास आयीं।

''क्यों वेणु, कहाँ जा रहे हो?'' कहकर उन्होंने बड़े प्यार से उसके कन्धों पर हाथ रखा।

लज्जा के कारण उसका शरीर सिकुड़ने लगा। उसने दबे स्वर में जवाब दिया, ''कोई जरूरी काम है इसलिए बाहर जा रहा हूँ।''

माँ ने अँग्रेजी में कहा, ''व्हाट इज रॉंग विद यू? खैर...जो भी हो, यदि तुम सोचते हो कि मैं तुम्हारी मदद कर सकती हूँ तो मुझे बता दो।''

''थैंक्स!'' कहकर उसने आगे बढ़ने की कोशिश की किन्तु माँ ने उसे रोक लिया।

बेटे से मिन्नत करती हुई वे बोलीं, ''जा बेटे! अन्दर चलो। मिसरानी ने नाश्ते में कोई चीज बनायी है, उसे खाकर चले जाना...'' घड़ी पर नजर पड़ते ही वे जान

गयीं कि उन्हें देर हो गयी है, अतः वे बाहर की ओर चल दीं।

वेणु क्षणभर के लिए सिर झुकाये खड़े-खड़े कुछ सोचता रहा।

सहसा उसके मन में यह विचार आया, 'मेरी इस नादान माँ को पिताजी किस तरह धोखा दे रहे हैं; छल रहे हैं!' दूसरे ही क्षण प्रौढ़ावस्था में भी माँ का बनाव-शृंगार, पाउडर, रूज, लिपस्टिक आदि का प्रयोग, बिना बाजू का ब्लाउज पहनना, पैनी आवाज में अँग्रेजी बोलना आदि बातों की याद आते ही उसके मन में अपार क्रोध और घृणा का भाव भर गया।

बैठक में अभी-अभी कॉन्वेण्ट स्कूल से लौटे उसके दोनों छोटे भाई और छह वर्षीया बहन सोफे पर बैठकर अपने जूते-मोजे उतार रहे थे। उन्हें देखकर वेणु के मन में एक साथ दुःख और सहानुभूति जागी। उसे लगा कि अपनी जिम्मेदारी न समझनेवाली माँ और आचरण-भ्रष्ट पिता इन बच्चों का भविष्य भी मिट्टी में मिला देंगे। वह बराबर यही सोचता रहा कि इस मामले में वह क्या कर सकता है।

उसने मन-ही-मन एक निश्चय किया, 'इस विषय में मुझे कुछ करना होगा, यह मेरा कर्तव्य है...मैं अब दूध-पीता बच्चा थोड़े ही हूँ? मैं इक्कीस साल का हो गया हूँ...लीगली आइ एम एन एडल्ट।'

अचानक उसे अपने दादा-दादी की याद आयी जिन्होंने उसे पाल-पोसकर बड़ा किया था। उसने सोचा, 'अच्छा हुआ, मुझे इस दूषित वातावरण में नहीं पलना पड़ा।'

वेणु के पिता सुन्दरम और माँ रमणी पच्चीस साल पहले एक साथ कॉलेज में पढ़ते थे। उन दोनों ने प्रेम-विवाह किया था। दोनों अलग-अलग जाति के थे, अतः माता-पिता ने इस विवाह के लिए अपनी सहमति नहीं दी थी। माँ-बाप की अनुमति की चिन्ता किये बिना सुन्दरम ने रमणी अम्माल का हाथ थाम लिया था।

रमणी अम्माल बचपन में कॉन्वेण्ट स्कूल में पढ़ती थीं। उनका पालन-पोषण पश्चिमी ढंग से हुआ था। उन दिनों उनका पूरा परिवार पश्चिमी संस्कृति के रंग में रँगा हुआ था। शायद इसी कारण सुन्दरम उनकी ओर आकृष्ट हुए थे।

रमणी अम्माल के प्रति अपार प्रेम होने के कारण सुन्दरम ने माता-पिता की इच्छा के विरुद्ध उनसे अन्तर्जातीय विवाह कर लिया। इसके बाद दो साल तक उनका अपने माता-पिता से किसी प्रकार का सम्पर्क नहीं रहा। इसके बाद वेणु का जन्म हुआ।

पुत्र-मोह को तिलांजलि देकर गाँव में रहनेवाले पिता गणपति पिल्लै और

विशालम पोते के जन्म की सूचना पाकर उसे देखने के लिए रेलगाड़ी पर सवार होकर गाँव से शहर की ओर चल दिये। वेणु के कारण ही सुन्दरम और उनके माता-पिता के बीच का वैमनस्य दूर हुआ। इस तरह दोनों के बीच फिर से रिश्ते का पुल बनाने का काम वेणु ने ही किया।

जब वेणु छह साल का हो गया तो गणपति पिल्लै ने उसे अपने साथ ले जाने की इच्छा प्रकट की। धार्मिक वातावरण और पुरानी परम्परा में स्नेह से पाले-पोसे पुत्र को किसी अनजान और विदेशी संस्कारों में पली युवती के हाथों गँवा देने का जो दुख गणपति पिल्लै के हृदय को बराबर साल रहा था, उसकी भरपाई करने के विचार से उन्होंने पोते को गाँव ले गये। दादाजी के घर पलते हुए वेणु की शिक्षा-दीक्षा का कार्य सम्पन्न हुआ। माँ-बाप का घर उसके लिए किसी रिश्तेदार के घर की तरह था जहाँ वह कभी छुट्टियाँ बिताने चला जाता था।

सुन्दरम के पिता गणपति पिल्लै शैव सम्प्रदाय को माननेवाले थे। वे तमिल के प्रकाण्ड पण्डित थे और शिव के अनन्य भक्त थे। उनकी पत्नी विशालम को उन्नीसवीं शती के तमिल नारी-समाज की अन्तिम प्रतिनिधि कहा जा सकता है; वे पति के सामने मुँह तक नहीं खोलती थीं।

छुट्टियों में जब कभी वेणु घर आता, उसे अपने माता-पिता के रहन-सहन, उनके व्यवहार, उनकी वेशभूषा—सभी में विदेशीपन की बू आती। वे उसे पराये-से लगने लगते। बचपन में माता-पिता के यहाँ रहते हुए जो कुछ अनुभव करता था, उसका वर्णन हँस-हँसकर दादा-दादी के सामने करके जैसे वह अपने माता-पिता का मजाक उड़ाया करता था। कुछ बड़े होने पर वह अपने माता-पिता की तुलना दादा-दादी से करने लगा। उसकी दृष्टि में दादा-दादी आदर्श दम्पती थे और भारतीय सभ्यता और संस्कृति के प्रतिरूप थे। माता-पिता ने उसे अपार स्नेह दिया, किन्तु फिर भी वेणु के मन में उनके प्रति आदर या सम्मान की भावना नहीं जागी।

हाईस्कूल की परीक्षा पास करने के बाद वेणु पास के शहर चिदम्बरम में एक कॉलेज में दाखिल हो गया। उसकी पढ़ाई भले ही आधुनिक ढंग से हुई थी किन्तु आधुनिक रीति-रिवाजों ने उसके जीवन को बिलकुल प्रभावित नहीं किया।

कॉलेज की पढ़ाई समाप्त करके चेन्नै आये हुए उसे अभी कुछ ही महीने हुए थे।

दादा-दादी से बिछुड़ना उसे बहुत कठिन प्रतीत हुआ। उसने कई तरह से अपने दादाजी को समझाया, ''मुझे नौकरी करने की आवश्यकता नहीं है...हमारे देश में लोग पढ़-लिखकर शहरों की ओर भागते हैं, नौकरी करते हैं, इसी से हमारे देश की इतनी दुर्गति हुई है। मैं यहीं गाँव में रहकर खेती-बाड़ी करूँगा, जमीन की देखभाल करूँगा।''

दादी को उसका सुझाव अच्छा लगा।

काफी देर तक आँखें मूँदे आरामकुर्सी पर बैठे रहने के बाद दादाजी पत्नी से बोले, "तू आज भी अपने पोते का पक्ष ले रही है? तनिक यह सोच, जब तुझे अपने बेटे से बिछड़ना पड़ा था तब तेरा मन कितना दुखी हुआ था? आज इसके माता-पिता भी तो तेरी तरह दुखी हो रहे होंगे। पढ़ाई के बहाने हमने इतने वर्षों तक इसे अपने पास रख लिया। अब इसे इसके माता-पिता के हाथ सौंप देना ही हमारे लिए उचित होगा।"

उनकी बात काटते हुए वेणु बोला, "मेरे वहाँ न जाने से कोई दुखी नहीं होगा।"

"वेणु! क्या मुझे यह बताना होगा कि तुम्हारे यहाँ रहने से तुमसे ज्यादा खुशी हम लेगों को होगी? इस समय तू थोड़े दिनों के लिए वहाँ चला जा। बाद की बाद में देखी जाएगी...मैं तुझसे जाने के लिए अवश्य कह रहा हूँ, किन्तु मैं नहीं जानता कि तेरे गाड़ी पर सवार हो जाने के बाद मैं और तेरी दादी किस तरह अपने दिन बिताएँगे? खैर, जैसे तू छुट्टियाँ बिताने वहाँ जाया करता था, वैसे ही थोड़े दिनों के लिए वहाँ चला जा। क्यों, मेरी बात ठीक है न?" ऐसा कहकर दादाजी उसे समझाते रहे, तब कहीं जाकर वह चेन्नै जाने के लिए तैयार हुआ।

पहले छुट्टियों में घर जाने पर पूरे दो महीने माता-पिता के साथ बिताने पर भी उसे ऐसी उकताहट नहीं हुई थी जैसी इस समय दो सप्ताह के बाद ही उसे होने लगी थी। उसे यहाँ कुछ भी अच्छा नहीं लगा।

अपने माता-पिता का डाइनिंग टेबल पर एक-दूसरे के सामने बैठकर भोजन करना, सुबह के आठ बजे तक माँ का सोते रहना, पिता का भाग-भागकर माँ की सेवा-टहल करना आदि बातों ने उसके मन में घृणा जगा दी।

अकसर उसके मन में साठ साल की आयु में भी तड़के उठकर स्नान करके माथे पर हल्दी-कुंकुम से सुशोभित लक्ष्मी-सी अपनी दादी-माँ का रूप उभर आता था। इस आयु में भी वे बड़ी निष्ठा के साथ दादाजी की सेवा किया करती थीं। दादा-दादी के जीवन की याद करते हुए वह अपने माता-पिता के जीवन से उनकी तुलना किया करता था।

उसके मन में बराबर यही विचार आता, 'ये जो बाबूजी हैं, वे तो जोरू के गुलाम हैं। यह जो माँ हैं, जब चाहे सिनेमा देखने जाती हैं, लेडीज क्लब की मीटिंग में जाती हैं, लेकिन बाबूजी उनसे कुछ नहीं कहते। इसी तरह बाबूजी चाहे कुछ भी करें, चाहे कहीं जाएँ—माँ कभी उनसे कुछ नहीं कहतीं। छिः, इनमें परस्पर किस तरह का सम्बन्ध है? यह जीना भी कोई जीना है?' ऐसा सोचते ही वेणु का मन घृणा से भर उठा।

जैसे-तैसे वेणु ने अपने मन को समझाया, 'यहाँ कुछ भी हो, मुझे इससे क्या लेना-देना?...दादाजी का मन रखने के लिए मैंने थोड़े दिन यहाँ रहकर फिर गाँव लौट जाऊँगा।' इस इरादे के साथ दिन काट रहे वेणु के मन में क्रोध और जुगुप्सा पैदा करनेवाली एक घटना पिछले हफ्ते घटित हुई।

रात के लगभग आठ बजे थे। अचानक टेलीफोन की घण्टी बजी। सुन्दरम उस समय ऊपरवाले कमरे में थे। वेणु ने रिसीवर उठाया।

"हेलो!" कहकर उसने अपना टेलीफोन-नम्बर बताया।

दूसरी तरफ से आवाज आयी, "मैं वत्सला बोल रही हूँ...मैं आपसे मिलने कॉलेज आयी थी...तब तक आप जा चुके थे...आज 'साउण्ड ऑफ म्यूजिक' का आखिरी दिन है...नाइट-शो देखने चलें?...अरे, आप इस तरह चुप क्यों हैं?"

पहले वेणु की समझ में कुछ नहीं आया। फिर उसे लगा कि यह एक राँग नम्बर कॉल है किन्तु 'मैं आपसे मिलने कॉलेज आयी थी,' इस वाक्य को सुनते ही उसका सन्देह पूरी तरह मिट गया। उसकी समझ में नहीं आया कि वह क्या करे। वह रिसीवर को टेलीफोन पर रखकर कमरा छोड़कर भाग गया। पासवाले कमरे में अकेले बैठे हुए वेणु के मन में तरह-तरह के विचार उठने लगे।

कुछ देर सोच-विचार करने के बाद वह इस निष्कर्ष पर पहुँचा कि वह महिला अवश्य ही इस विश्वास के साथ प्रतिदिन यहाँ फोन करती होगी कि इस घर में पिताजी के अतिरिक्त दूसरा कोई पुरुष नहीं है।

थोड़ी देर बाद फिर टेलीफोन की घण्टी बजी। घण्टी बजती रही। वेणु चुपचाप अपनी जगह पर बैठा रहा।

ऊपरवाले कमरे से नीचे उतरकर सुन्दरम ने रिसीवर उठाया।

"हेलो!" कहकर उन्होंने अपना टेलीफोन-नम्बर बताया।

वेणु धीरे से अपनी जगह से उठा और टेलीफोनवाले कमरे और अपने कमरे के बीचवाले दरवाजे से कान लगाकर उनकी बातचीत सुनने लगा। उसने उनकी बातों को बड़े ध्यान से सुना। उसके पिता सुन्दरम अँग्रेजी में बोल रहे थे :

"नहीं तो...मैं तो ऊपरवाले कमरे में था...हूँ...अच्छा..."

"... ... ..."

"इट इज ऑल राइट..."

"... ... ..."

"शायद मेरा बड़ा बेटा होगा...हाँ, वह अब तक गाँव में था...अभी थोड़े दिनों पहले ही..."

"... ... ..."

"और कोई एडल्ट नहीं है।"

"... ... ..."

"ठीक है...मैं सँभाल लूँगा...ओ.के.?"

"... ... ..."

"नाइन-थर्टी...अच्छा! ठीक है!"

"... ... ..."

"डोंट वरी!"

"... ... ..."

"ओ...व्हाट आर यू टॉकिंग?..."

"... ... ..."

"बाइ..."

उनकी बातचीत पूरी होते ही वेणु चुपचाप कमरे से बाहर खिसक गया।

उस घटना के बाद आज तक वेणु ने अपने बाबूजी की सूरत नहीं देखी थी। एक ही घर में रहते हुए भी वह बड़ी चतुराई से उनकी नजरों से बचता रहा।

कुछ दिन पहले जब घर में कोई नहीं था, वेणु ऊपरवाली मंजिल में स्थित अपने पिता के निजी कमरे में चला गया। अपने पिता को लेकर उसके मन में जो सन्देह जागा था, उसे पक्का करने के लिए उसे कुछ सूचनाओं की जरूरत थी।

डुप्लीकेट चाबियों की सहायता से उसने मेज की दराजों और अलमारियों को खोलकर उनकी तलाशी ली। चोर की तरह कमरे की छानबीन करते हुए वह बिलकुल लज्जित नहीं हुआ। उस घर में उसे अत्यधिक लज्जित करनेवाली जो घटनाएँ घटित हुई थीं, उन्हें देखते हुए कमरे की छानबीन करने का अपना काम उसे बिलकुल गलत नहीं लगा।

'मैं किसी से क्यों डरूँ? गलती करनेवाले अपने पिता की नजरों से बचने का प्रयास क्यों करूँ? इस विषय में मुझे उनसे साफ-साफ बातें करनी होंगी, उन्हें सही रास्ते पर लाना होगा...यह मेरा कर्तव्य है। किसी तरह...कहाँ जाकर मैं उनसे इस बारे में बातचीत करूँ? घर में बैठकर बातचीत करने पर माँ को सबकुछ पता लग जाएगा!...बाबूजी से कहीं बाहर मिलकर बातें करना ही ठीक रहेगा...यदि वे मेरी बातों को मानने से इनकार कर दें, तो?...इस बारे में बाद में सोच लूँगा। सबसे पहले मुझे बड़ी हिम्मत के साथ इस सम्बन्ध में उनसे खुलकर बातें करनी होंगी...' वेणु इस बात को लेकर रात-दिन अपने-आपसे जूझता रहा। आखिरकार कल वह उस निर्णय पर पहुँचा था।

'जैसे भी हो, कल मैं उनसे स्पष्ट रूप से सारी बातें कर लूँगा। मुझे घबराने की क्या आवश्यकता है? मैं क्या दूध-पीता बच्चा हूँ? आइ एम एन अडल्ट।'

समुद्र तट के पास हाल ही में बिछायी गयी उस पक्की सड़क पर सुन्दरम ने अपनी मौरिसमाइनर कार खड़ी की। बगल में बैठा वेणु झटपट कार का दरवाजा खोलकर नीचे उतरा। उसकी नजर दूर दिखाई देनेवाले समुद्र पर पड़ी। हवा में तेजी से उड़ते धोती के किनारों को घुटनों के पास बाँधकर वह कुछ दूर चलकर रेतीले तट पर खड़ा हो गया। पिछले दस-पन्द्रह मिनट में, कॉलेज में पिताजी से मिलकर उनके साथ यहाँ पहुँचने तक वह इसी उलझन में पड़ा रहा कि किस तरह अपनी बात शुरू करे। पिता से चाहे कितनी ही भारी गलती क्यों न हो गयी हो, पुत्र होने के नाते उसका संयमित रहना आवश्यक था। वह बराबर डर रहा था कि क्रोध में आकर कहीं अपनी मर्यादा का उल्लंघन न कर बैठे।

कार से उतरते ही सुन्दरम ने अपना कोट उतारा और उसे तह करके कार की सीट पर रख दिया। शीशों को ऊँचा करके सभी दरवाजे बन्द किये और ताला लगाकर चल दिये।

बेटे के पास पहुँचकर अपनी घड़ी पर दृष्टि फेरते हुए उसे सुनाते हुए से सुन्दरम तनिक ऊँचे स्वर में बोले, "अभी तो पाँच ही बजे हैं।"

वेणु ने जबरदस्ती हँसते हुए उत्तर दिया, "तभी तो यहाँ भीड़ नहीं है।"

समुद्र के रेतीले तट पर अभी तक सन्ध्या का साया नहीं फैला था।

दोनों अचानक मौन हो गये और रेतीले मैदान पर चलते हुए समुद्र की ओर बढ़ गये। उन्हें देखकर कोई भी यह नहीं सोच सकता था कि उनमें बाप-बेटे का रिश्ता है। वे परस्पर भाई-भाई से या गुरु-शिष्य-से लग रहे थे। दोनों के चेहरों में काफी समानता थी। ऊँचाई में वेणु पिता के बराबर था, किन्तु उनके समान मोटा न होने के कारण उनसे ऊँचा लग रहा था।

वह सिर झुकाये चल रहा था और रेत में गड़ते अपने पैरों की ओर देख रहा था।

मन का बोझ हर क्षण बढ़ता जा रहा था। अत्यधिक क्रोध के कारण वह बोल नहीं पाया। ऐसा लगा मानो गले में कोई चीज अटक गयी हो। चेहरा एकदम लाल हो गया। वह रह-रहकर अपने होठ काटने लगा।

जैसे ही उसने सिर उठाकर दूर उठती हुई समुद्र की लहरों को देखा, उसकी आँखों के दोनों कोनों में झलकती आँसू की बूँदें तेज हवा के झोंकों में पड़कर फैल गयीं और उन्होंने उसकी पलकों को पूरी तरह भिगो दिया।

सुन्दरम ने उसे बड़े प्यार से देखा। एक बार खाँसकर गला साफ किया। जब वेणु ने मुड़कर उनकी ओर देखा, वे उसे शान्त करने के विचार से धीरे से मुस्कराने लगे। उसके होठ काँपने लगे।

उन्होंने पूछा, "क्यों, यहीं बैठ लें?"

उनके प्रश्न का उत्तर दिये बिना वह बैठ गया।

वह सोचने लगा कि किस तरह अपनी बात शुरू की जाए।

वह उनके चेहरे की ओर देखता, फिर सिर झुकाकर कुछ सोचने लगता, रेतीली धरती पर आड़ी-तिरछी रेखाएँ खींचकर जैसे अपनी विवशता और क्रोध को व्यक्त करता। थोड़ी देर तक यही सबकुछ होता रहा।

सुन्दरम भली भाँति जानते थे कि उनका बेटा किस विषय को लेकर उनसे एकान्त में मिलकर बात करना चाहता है। उन्हें इस बात का ध्यान था कि 'टेलीफोन कॉल' वाली घटना के बाद इधर एक सप्ताह से वे अपने पुत्र से नहीं मिले हैं। उन्होंने यही सोचा था कि उस घटना के कारण काफी परेशान होने पर भी वेणु युवकोचित स्वाभाविक झिझक के कारण ही उस बात को लेकर उनसे मिलने या बातचीत करने से कतरा रहा है।

इस समय उस घटना को लेकर उसका अत्यधिक परेशान होना और इस सम्बन्ध में उनसे बातचीत करने के लिए तैयार हो जाना उन्हें कुछ अच्छा नहीं लगा। कायरों की तरह पुत्र से मिलने से इनकार कर देना उचित नहीं होगा, यही सोचकर वे उसके इच्छानुसार उसके सामने आये हैं।

किन्तु अपनी ओर से बात शुरू करने की उनकी इच्छा नहीं हुई।

वेणु अचानक बड़बड़ाने लगा, मानो अपने-आपसे ही कुछ कह रहा हो। वह अँग्रेजी में बोला, "आई एम सॉरी—यह बात सचमुच लज्जित होने और घृणा करने योग्य है।" कुछ रुककर उसने उनसे पूछा, "क्या आप समझ रहे हैं कि मैं किस बात की ओर संकेत कर रहा हूँ?"

उन्होंने तनिक भी विचलित हुए बिना, "हाँ, समझ रहा हूँ," कहकर अपना सिर हिला दिया।

उनको इस प्रकार शान्त देखकर वह आवेशित हो उठा और बोला, "मैंने कभी कल्पना भी नहीं की थी कि आप इस तरह के इनसान होंगे...।" अत्यधिक आवेश में आ जाने के कारण उसकी भुजाएँ तन गयीं, वह अपने हाथ मलने लगा। हवा में उसके बाल बिखर गये थे। अपने हृदय में भावनाओं के उमड़ते तूफान को दबाने की कोशिश करते हुए वह हाँफने लगा।

"वेणु! डोंट वी सिल्ली...क्या तू नादान बालक है?...तनिक शान्त होकर सोच..." ऐसा कहकर सुन्दरम ने उसके कन्धों को थपथपाया।

वेणु ने दाँत पीसते हुए उत्तर दिया, "येस...येस...आइ एम एन अडल्ट।" इसके बाद वह अँग्रेजी में अपनी बात जारी रखी।

शायद वह सोचता था कि उस विदेशी भषा में ही पिता-पुत्र ऐसे नाजुक मामले पर बहस कर सकते हैं!

''क्या आपको टेलीफोनवाली घटना याद है? उसी दिन से मैं आपको ध्यान से देखता आ रहा हूँ...मैंने कभी नहीं सोचा था कि मेरे पिता इस तरह स्त्री-लम्पट होंगे। क्या यह हमारे परिवार की मर्यादा का प्रश्न नहीं है? क्या आपका यह व्यवहार आपकी आयु और सामाजिक प्रतिष्ठा के अनुरूप है? मेरी माँ बिलकुल मूर्ख हैं। आप उन्हें जीवनभर इसी तरह धोखा देते आये हैं।''

सिगरेट सुलगाकर धीरे-धीरे कश भरते हुए उसकी बातों को सुनते आ रहे सुन्दरम अचानक उसे टोकते हुए बोले, ''प्लीज, वेणु! अपनी माँ को इन बातों में मत घसीटो। तुम अपने विचारों को मेरे सामने रख दो। वे कितने भी अनुचित क्यों न हों, मैं उन्हें सुनूँगा...अपनी माँ को उनसे मत जोड़ो। मैं उसे तुझसे कहीं अधिक जानता हूँ। तुम मुझे जितना जानते हो, उससे कहीं अधिक वह मुझे जानती है। हम लोग पिछले पच्चीस वर्षों से पति-पत्नी के रूप में जीवन बिताते आये हैं...मरते दम तक हम साथ-साथ रहेंगे...अब तुम्हें जो कुछ कहना है, कह दो!''

''आप माँ से छल कर रहे हैं, उन्हें धोखा दे रहे हैं, और एक खोखला जीवन जी रहे हैं! आप मुझे धोखा नहीं दे सकते...''

वे हँसने लगे, मानो यह कह रहे हों कि मुझे तुम्हें धोखा देने की कोई आवश्यकता नहीं है।

''यह मत सोचिए कि केवल उस टेलीफोनवाली घटना को ध्यान में रखते हुए मैंने आपके बारे में यह धारणा बनायी है...आपने दोबारा उस महिला से फोन पर जो बातचीत की, उसे भी मैं सुन रहा था...इसके बाद रात के नौ बजे आप कार लेकर घर से बाहर चले गये...मैंने आप दोनों को थियेटर में बैठे देखा। केवल इसी आधार पर किसी व्यक्ति पर सन्देह कैसे किया जा सकता है?...इसी से मैं आपके कमरे में गया और आपकी मेज की दराजों और अलमारियों की छानबीन की। वहीं मुझे आपके प्रेम-पत्रों की एक फाइल मिली...उसी में से निकाला एक पत्र यह रहा!'' कहकर उसने बड़े क्रोध के साथ अपनी कमीज की जेब से एक पत्र निकाला और उनके ऊपर फेंक दिया।

इसके बाद वेणु ने दूसरी ओर मुँह फेर लिया। अचानक उसकी आँखें सजल हो उठीं और गला भर आया।

समुद्र-तट के पास की उस सड़क पर नीली बत्तियाँ जलने लगीं। रेतीले तट पर लोगों की अच्छी-खासी भीड़ जमा हो गयी थी। एक छोटा-सा झुण्ड उन लोगों की तरफ बढ़ता आ रहा था। उस झुण्ड के पास से निकल जाने तक वे दोनों चुपचाप बैठे रहे।

इसके बाद वेणु ने बात शुरू की, ''आप मेरे पिता हैं। मुझे यह सोचकर बड़ा दुःख हो रहा है कि मेरे सामने आपको ये सब बातें समझाने की नौबत आ गयी

है...कम-से-कम अब तो आपको अपनी भूल सुधार लेनी चाहिए...इसीलिए मैं आपसे ये सब बातें कह रहा हूँ...।''

इसके आगे वह क्या कहे, यह समझ में न आने के कारण वेणु खामोश हो गया। सुन्दरम चुपचाप बैठे लम्बी साँसें लेते हुए आकाश की ओर देख रहे थे। इस सम्बन्ध में वेणु से क्या कहा जाए, इसकी अपेक्षा उससे क्या नहीं कहा जाना चाहिए, इसकी ही उन्हें अधिक चिन्ता थी।

अचानक वेणु ने उनकी ओर देखते हुए कहा, ''दादाजी ने बताया था कि आपने और मेरी माँ ने प्रेम-विवाह किया था। इस तरह प्रेम-विवाह का क्या यही परिणाम होता है?'' अपने व्यंग्य-भरे शब्द-बाणों से उन्हें तनिक भेदकर वह उनके चेहरे की ओर बड़े ध्यान से देखने लगा।

सुन्दरम थोड़ी देर तक सिगरेट पीते हुए सिर झुकाये कुछ सोचते रहे, फिर उन्होंने एक गहरी साँस लेकर सिर उठाकर वेणु की ओर देखा। उनके मन में उससे किसी विषय पर विस्तार से चर्चा करने का विचार जागा। किन्तु उन्होंने यह सोचकर अपना विचार बदल लिया कि आयु की अधिकता का अनुभव से कोई सम्बन्ध नहीं है। अनुभव और उससे प्राप्त होनेवाली परिपक्वता एक-दूसरे से भिन्न हैं। वे किसी और विषय को लेकर वेणु से बातचीत करने लगे।

''अच्छा, तो यह बताओ कि मेरे इस व्यवहार से तुम्हें क्या हानि हुई है?''

उनके इस प्रश्न को सुनते ही वेणु को एक ओर क्रोध आया और दूसरी ओर यह सोचकर उन पर दया आयी कि, 'हाय, इस व्यक्ति की क्या दशा हो गयी है!' उसने धीरे-से मुस्कराते हुए अपनी बात शुरू की, ''बाबूजी! आप एक प्रोफेसर हैं। प्रतिष्ठित परिवार में उत्पन्न हुए हैं। चार-चार बच्चों के पिता हैं। इतनी आयु हो जाने के बाद आपके आवारा बनकर फिरने से आपकी पारिवारिक मर्यादा, सामाजिक प्रतिष्ठा मिट्टी में मिल रही है। यह देखकर यदि आपका जवान बेटा चिन्तित होता है तो इसमें उसकी गलती कहाँ है? क्या आप सोचते हैं कि इन बातों से उसका कोई सम्बन्ध नहीं है?''

जब वह बोल रहा था तब सुन्दरम उसके चेहरे को बड़े गौर से देख रहे थे। उसका आधा चेहरा उजाले में था और आधे चेहरे पर अँधेरा फैला हुआ था। फिर भी उन्होंने इस बात को अच्छी तरह जान लिया कि उनसे आँख मिलाते हुए वह कतरा रहा है। इसी से उसकी आँखें चारों ओर घूम रही हैं।

''वेणु! तुम कहते हो कि तुम अब जवान हो गये हो। यह बात सच है। किन्तु जवान लोगों में जो परिपक्वता होती है, वह तुममें नहीं है। पहली बात तो यह है कि मैं तुम्हारा पिता हूँ अतः अपने निजी मामलों को लेकर, आन्तरिक विषयों को लेकर, तुमसे बातचीत करना आवश्यक नहीं समझता। तुम कहते हो कि तुम्हें मेरी

पारिवारिक प्रतिष्ठा और सामाजिक प्रतिष्ठा की चिन्ता है, यह बहुत अच्छी बात है। हाँ, मेरी प्रतिष्ठा पर कोई आँच नहीं आएगी। अपनी मर्यादा की रक्षा की चिन्ता मुझे तुझसे कहीं अधिक है। यदि किसी कारणवश मेरे सम्मान को ठेस लगे तो परिस्थितियों का विरोध करते हुए उसकी रक्षा करने की शक्ति मुझमें है—यह बात मैं तुम्हें कैसे समझाऊँ? और हाँ, तुम्हें समझाने की आवश्यकता भी कहाँ है?''

उनके स्वर में दृढ़ता भी थी और गम्भीरता भी। उन्हें बिलकुल भी विचलित हुए बिना, किसी अपराध-भावना से पीड़ित हुए बिना अपने से बातचीत करते देख वेणु को तनिक भय हुआ कि शायद वह कोई गलत काम कर रहा है। दूसरे ही क्षण उसके मन में यह विचार आया, 'इतनी आयु हो जाने के बाद भी यह आदमी परस्त्री के प्रेम में पड़ा है। फिर भी कितनी हिम्मत के साथ अपनी वाक्-चातुरी से मुझे दबाने की कोशिश कर रहा है!' तब उसे बड़ा क्रोध आया।

उसने दाँत पीसते हुए अँग्रेजी में कहा, ''आप मुझसे पूछ रहे हैं कि मेरे सामने यह सब प्रमाणित करने की आवश्यकता क्यों है? इसलिए कि मैं आपकी पत्नी का बेटा हूँ! आप उसके साथ विश्वासघात कर रहे हैं!''

उन्होंने शान्त भाव से पूछा, ''अच्छा...तो क्या उसने मेरे बारे में तुझसे शिकायत की है?''

''नहीं...''

''फिर तुम अपनी सीमा लाँघकर हमारे दाम्पत्य जीवन में दखल देने की कोशिश क्यों कर रहे हो?''

''आइ एम योर सन!...मैं आपका बेटा हूँ—ऐसा करना मेरा कर्तव्य है!''

''नहीं मेरे बेटे! ऐसा करना तुम्हारा कर्तव्य नहीं है। पति-पत्नी के मामले में दखल देने का अधिकार किसी भी पुत्र को नहीं होता बेटे!''

वेणु ने अपने होठ काट लिये। उसे रोना आ गया। उसकी इच्छा हुई कि वह उन्हें जी भरकर कोसे और उनसे सदा के लिए नाता तोड़कर वहाँ से दूर भाग जाए ताकि उस दिन के बाद उसे कभी उनकी सूरत न देखनी पड़े।

उसकी छटपटाहट और व्याकुलता देखकर उन्हें बहुत दुख हुआ। अपने से सम्बन्ध न रखनेवाली अथवा स्वयं को असहनीय प्रतीत होनेवाली बातों की उपेक्षा करने या उन पर से अपना मन हटाने की शक्ति न होने के कारण इसका युवा हृदय अत्यन्त पीड़ित हो गया है—यह सोचकर उन्होंने बड़े प्रेम से उसका हाथ पकड़ लिया।

''वेणु...''

छोटे बच्चे की तरह उसने झटका देकर अपना हाथ छुड़ा लिया। अब तो उसे रोना ही आ गया। अत्यन्त भाव-विह्वल होकर भर्रायी आवाज में उसने कहा,

"बाबूजी!...ये बातें मुझे बहुत अपमानजनक लगती हैं...आप...किसलिए...इस तरह का व्यवहार कर रहे हैं?..."

वे मन-ही-मन हँसने लगे।

"माइ बॉय! मैं जवान हो गया हूँ, यह कहकर तुम अपनी मूँछें मरोड़ रहे हो। क्या तुम्हारा मुझसे यह प्रश्न करना उचित है? मैं तुम्हारी सद्‌भावनाओं को समझता हूँ। मेरा कोई काम गलत लगे तो अपने विचारों को अपने मन में ही रख लो। समय के बीतने के साथ-साथ तुम यह समझ जाओगे कि कौन-सी बात सही है और कौन-सी गलत—और यह भी कि कौन-सी बात किस सीमा तक गलत है और किस सीमा तक सही। तुम अब तक बहुत-सी गलतियाँ कर चुके हो। तुम्हारा पिता होने के नाते, तुमसे प्यार होने के नाते मैं तुम्हें माफ करता हूँ। तनिक सोचकर देखो! पिता के निजी मामलों के बारे में जानने के लिए स्वयं उसके पुत्र का उसकी जासूसी करना, चोरी-छिपे उसके आन्तरिक क्षेत्रों में प्रवेश करना कितनी अपमानजनक बात है?...यदि मैं तुम्हारी जगह होता तो अपने किये के लिए जीवन-भर लज्जित होता..."

वेणु की समझ में नहीं आया कि पिताजी उससे एक ओर माफ करने की और दूसरी ओर अपनी गलतियों के लिए लज्जित होने की बात क्यों कह रहे हैं? हाँ, वह इतना अवश्य समझ गया कि पिताजी से बात करके उन्हें सुधारना अथवा अपनी गलती मानने के लिए उन्हें विवश करना उसकी सामर्थ्य के बाहर है।

"माँ!..."

उनके सभी बच्चों में रमणी अम्माल को 'माँ' और सुन्दरम को 'बाबूजी' पुकारनेवाला सिर्फ वेणु ही था। बाकी बच्चों के लिए वे 'मम्मी' और 'डैडी' थे।

ऊपरी मंजिल के बरामदे में खड़े होकर जब वेणु ने 'माँ' कहकर रमणी अम्माल को पुकारा, उस समय वे निश्चिन्त होकर आरामकुर्सी पर बैठी जूलियस हक्सले की एक पुस्तक के पन्नों को पलटती हुई उसमें दिये गये एक रोचक प्रसंग को पढ़ रही थीं।

वेणु ने बड़े ध्यान से उस पुस्तक की ओर देखा और मन-ही-मन उसका शीर्षक पढ़ा : 'नॉलेज, मॉरैलिटी एण्ड डेस्टिनी।'

"माँ, क्या मैंने आपकी पढ़ाई में बाधा तो नहीं डाली?..."

"छि:-छि:! कैसी बातें कर रहे हो। आ...इधर बैठो!" कहकर रमणी अम्माल ने बड़े प्यार से उसे अपने पास बुलाया।

वेणु ने बरामदे में पड़ी एक कुर्सी खींच ली और उस पर बैठ गया।

उसकी समझ में नहीं आया कि वह क्या बात करे। रमणी अम्माल ममता-भरी आँखों से उसे देख रही थीं। अचानक यह ध्यान आ जाने से कि उनका इतना बड़ा बेटा है, वे मन-ही-मन बहुत प्रसन्न हो रही थीं। वेणु हाथ की उँगलियों के नाखूनों को कुतरता हुआ सिर झुकाये बैठा कुछ सोच रहा था।

रमणी अम्माल मन-ही-मन यह सोचकर अत्यन्त प्रसन्न हो रही थीं कि उनका बेटा इतने दिनों से अपने मन को मथती आ रही अपनी किसी समस्या के बारे में उनसे बहस करने अथवा सलाह-मशविरा करने उनके पास आया है।

उसे कुछ कहते हुए झिझकता देख स्वयं उन्होंने बात शुरू की, "क्यों वेणु! क्या तुम यहाँ बहुत 'बोर' हो गये हो?"

"हूँ..." कहकर वेणु ने सिर उठाया और बोला, "बोर होने की कोई बात नहीं...मुझे यहाँ की 'लाइफ' बिलकुल अच्छी नहीं लगी...चाहे कुछ हो, मैं तो देहाती ही हूँ न? आप लोग आधुनिक ढंग से—अल्ट्रा मॉडर्न होकर जीवन-यापन कर रहे हैं...यह सब मुझे अच्छा नहीं लगता," ऐसा कहकर उसने सिर झुका लिया और कुछ सोचता हुआ-सा हथेली पर आड़ी-तिरछी रेखाएँ खींचने लगा।

कुछ देर मौन रहने के बाद रमणी अम्माल ने बात शुरू की, "मैं ठीक तरह से नहीं समझ पायी कि तुम्हारी समस्या क्या है...मैं सोचती हूँ कि हम इतने वर्षों तक जिस तरह जीवन बिताते आये हैं, उसी तरह आज भी बिता रहे हैं। मुझे नहीं लगता कि हमने ऐसी किसी नयी या अनुचित बात को अपना लिया है जिससे तुम्हें हमारा जीवन 'अल्ट्रा मॉडर्न' लग रहा है...तुम अपने मन की बात साफ-साफ कहोगे तभी तो मैं उसे समझ पाऊँगी..." ऐसा कहते हुए उनके मन में उस बात को जानने की तीव्र इच्छा उत्पन्न हुई जो उनके पुत्र के मन को बराबर मथ रही थी।

"मेरे मन में रह-रहकर यही विचार जागता है कि यहाँ आकर मैंने भारी भूल की है...मुझे लगता है कि मैं जैसे किसी पराये घर में रह रहा हूँ।"

"यहाँ के रीति-रिवाज मुझे बड़े विचित्र लगते हैं। आप सब लोग दिखावे का खोखला जीवन जी रहे हैं। मैं सोचता हूँ कि मैं फिर से दादाजी के घर चला जाऊँ..." वह रुक-रुककर किन्तु स्पष्ट शब्दों में जो कुछ कह रहा था, उसे रमणी अम्माल बड़े धैर्य के साथ सुनती रहीं।

इसके बाद दोनों थोड़ी देर के लिए चुप रहे। दोपहर होने को था। दिन के ग्यारह बज रहे थे अतः घर में शान्ति थी। नीचे रसोईघर में मिसरानी भी सो गयी थी। घर में और बाहर गली में बिलकुल सन्नाटा था।

"वेणु! अचानक तुम्हें यहाँ रहना भारी क्यों लगने लगा है?...मैं जानती हूँ कि दादाजी के घर के वातावरण और यहाँ के वातावरण में बहुत अन्तर है। सच पूछो तो तुम जैसे जवान लोगों का उस वातावरण में 'बोर' होना ही सहज स्वाभाविक

है। आखिर व्यक्ति की पसन्द-नापसन्द उसकी आदतों पर, अभ्यास पर ही तो निर्भर है...तनिक यह सोचो, यही तो तुम्हारा घर है। तुम्हें यहाँ अपने इच्छानुसार जीवन बिताने से कौन रोकता है? यहाँ और कुछ हो या न हो, इतना निश्चित रूप से कह सकती हूँ कि दूसरों की स्वतन्त्रता में दखल देना, उन पर अधिकार जमाना, उनसे जबर्दस्ती कोई काम करवाना आदि आदतें हमारे घर में किसी में भी नहीं हैं। न जाने तुम्हें वह बात याद है अथवा नहीं—तुम्हारे दादा-दादी यहाँ कुछ दिन रहकर लौट रहे थे...तुम उनके साथ गाँव जाने के लिए जिद करने लगे! वे भी चाहते थे कि तुम्हें अपने साथ ले जाकर अपने घर रख लें...तुम्हारी इच्छा पूरी करने के लिए मैंने अपनी भावनाओं को कुचलकर तुम्हें उनके साथ भेज दिया...बच्चों की आजादी को भी इस घर में हमेशा इतना महत्त्व दिया जाता रहा है...यहाँ अपनी इच्छानुसार जीवन बिताने में तुम्हारे सामने कौन-सी बाधा है? बताओ वेणु!'' ऐसा कहकर जब उन्होंने उसकी ओर देखा, उस समय वह चुपचाप उन्हें गौर से देख रहा था।

रमणी अम्माल ने धीमे से हँसते हुए कहा, ''मुझे लगता है कि तुम किसी और कारण से गाँव लौट जाना चाहते हो...क्यों, मेरा अनुमान ठीक है न?''

''हाँ...किसी और कारण से ही लौटना चाहता हूँ,'' ऐसा कहकर वह चुप हो गया। पिता के निजी जीवन से सम्बन्धित जो बातें उसके दिल को कचोट रही थीं, उन्हें अभिव्यक्त करने के लिए उपयुक्त शब्द न मिल पाने के कारण वह छटपटाने लगा।

''वेणु!...तुम और भी कुछ बातें कह रहे थे! तुमने हमारे जीवन को झूठा और खोखला कहा था...इसका क्या कारण है? तुम हमारे बारे में जल्दबाजी में इस तरह का निर्णय कैसे ले सकते हो...हमारे जीवन में दिखावा कहाँ है? वैसे हर व्यक्ति के जीवन में एक सीमा तक किसी-न-किसी प्रकार का दिखावा अवश्य रहता है। वेणु, तुम किस दिखावे की बात कर रहे हो? मुझे लगता है कि तुम्हारे दिल पर कहीं गहरी चोट लगी है, इसी से तुम इस प्रकार के शब्दों का प्रयोग कर रहे हो...यहाँ क्या हुआ है, मुझे कुछ बताओ न!''

अब उसने कमीज की जेब से रूमाल निकालकर अपनी आँखें पोंछी, नाक साफ की। उस समय उसका चेहरा एकदम लाल हो गया था।

उसने मुँह फेरकर आकाश की ओर देखते हुए कहा, ''माँ! मुझे बाबूजी का आचरण ठीक नहीं लगा।'' माँ ने जब कोई उत्तर नहीं दिया तो इससे उसकी हिम्मत बँधी। मुड़कर उनकी ओर देखे बिना वह आगे बोला, ''इतने दिन मैं यही सोचकर चुपचाप परेशान होता रहा कि मेरे कुछ बोलने से आपके और बाबूजी के बीच कुछ मनमुटाव हो जाएगा और परिवार की शान्ति भंग हो जाएगी। किन्तु नष्ट होते हुए एक परिवार की शान्ति कब तक सुरक्षित रह सकती है?...माँ, वे तुम्हें धोखा दे

रहे हैं। सबकुछ जानकर यदि मैं चुप रह जाऊँ, तुम्हें कुछ न बताऊँ तो इसका अर्थ होगा कि धोखे के इस काम में मैं भी उनका साथ दे रहा हूँ...यही कारण है कि इस अपमानयोग्य परिवार में मैं नहीं रहना चाहता...मैं उन्हें कहाँ सुधार सकता हूँ? हो सके तो तुम उन्हें सुधार लेना...यह तुम लोगों का निजी मामला है...मैं चलता हूँ...'' एक ही साँस में इतना सब कहकर, इसके बाद माँ की ओर देखने की हिम्मत न होने के कारण वह वहाँ से भाग जाने के लिए छटपटाने लगा।

वह मन-ही-मन डर रहा था कि उसकी बात सुनकर माँ रो पड़ेंगी और रोते-रोते उससे पिता के उस अपमानजनक व्यवहार के बारे में विस्तार से पूछताछ करेंगी या क्रोध में आकर विश्वासघात करनेवाले अपने पति को शाप देंगी अथवा अपने अपमान के डर से जिस रहस्य को वे इतने दिनों तक छिपाये रहीं और भीतर-ही-भीतर घुटती रहीं, वही रहस्य अपने पुत्र को मालूम हो गया है—यह जानकर वे अत्यन्त लज्जित होंगी। यह सब सोचकर एक अपराधी की भाँति उसने वहाँ से भाग जाने की कोशिश की।

''वेणु!'' अत्यन्त शान्त किन्तु भावातिरेकता के कारण भर्रायी हुई माँ की आवाज ने उसे रोक लिया।

उनके चेहरे पर वे भाव नहीं थे जिनकी उसने कल्पना की थी। वे बड़े प्यार से मुस्कराती हुई बोलीं, ''बैठ जाओ!''

उनके शब्दों को सुनकर वेणु फिर से कुर्सी पर बेठ गया।

''मैंने सोचा था कि तुम अपने जीवन की किसी समस्या के बारे में मुझसे चर्चा करने जा रहे हो। अच्छा, तो समस्या तुमसे नहीं, तुम्हारे बाबूजी से सम्बन्धित है!...अच्छा मजाक है!'' यह कहकर वे जोर से हँस पड़ीं।

वेणु ने फुसफुसाते स्वर में पूछा, ''क्या तुम इस विषय में सबकुछ जानती हो?''

उन्होंने गम्भीर होकर कहा, ''इस विषय में कुछ भी जानना नहीं चाहती, वेणु!'' कुछ रुककर वे बोलीं, ''देखो वेणु! वे तुम्हारे पिता हैं, मेरे पति है—यह बात जितनी सच है उतनी ही सच यह बात भी है कि वे एक प्रोफेसर हैं, बुद्धिजीवी हैं और समाज के अत्यन्त प्रतिष्ठित व्यक्ति हैं—क्यों, ठीक है न?''

उसने कोई उत्तर नहीं दिया।

आगे वे बोलीं, ''पिताजी की जिन बातों को लेकर तुम गर्व कर सकते हो, उन्हें भूलकर उनसे सम्बन्धित जिन बातों की तुम्हें पूरी जानकारी नहीं है, जो उनके नितान्त अन्तरंग जीवन से सम्बन्धित हैं, उनकी छानबीन कर तुम्हारा दुखी होना, अपमानित अनुभव करना क्या तुम्हें उचित प्रतीत होता है?''

अचानक क्रोध से उबलते हुए वेणु ने उत्तर दिया, ''माँ, उनके बारे में सब-

कुछ जानकर ही मैं बोल रहा हूँ। आइ हैव प्रूफ्स! मैं सबकुछ प्रमाणित कर सकता हूँ...उस दिन उनके लिए जो फोन-कॉल आया था, मैंने उसकी सारी बातें अपने कानों से सुनी थीं। रात को थियेटर जाकर मैंने अपनी इन आँखों से उन दोनों को साथ-साथ बैठे देखा था। उनके कमरे में पड़ी मेज की दराज में उनके प्रेम-पत्रों की एक फाइल है...जब मैंने उनमें से निकाला एक प्रेम-पत्र उनके मुँह पर दे मारा तो वे भी मेरी बात को नकार नहीं सके थे माँ।''

''ओह! इट इज ए शेम ऑन यू! क्या कहा, तेरे पास प्रूफ्स हैं, प्रूफ्स? बड़े लोगों को, प्रतिष्ठित व्यक्तियों को बदनाम करने का काम करनेवाली जो घटिया पत्रिकाएँ होती हैं, उनके पास भी प्रूफ्स होते हैं! सज्जन लोग केवल इसीलिए इन पत्रिकाओं को घटिया कहकर उनकी उपेक्षा नहीं करते कि इन पत्रिकावालों के पास पत्रिका में छपी खबरों के लिए कोई आधार नहीं है। ये पत्रिकाएँ व्यक्ति के गौरव, उसके गुणों की उपेक्षा कर उसके व्यक्तिगत जीवन से सम्बन्धित सनसनीखेज खबरें छापना ही अपना धर्म समझती हैं। इससे हमारे समाज और सभ्यता को हानि ही पहुँचती है, लाभ नहीं होता। यही कारण है कि हम घटिया किस्म की पत्र-पत्रिकाओं को घृणा की दृष्टि से देखते हैं...अब तुम यह बताओ कि तुमने जो काम किया है, उसमें और इन पत्रिकाओं के काम में क्या अन्तर है? तुम भी उन्हीं लोगों की तरह कह रहे हो कि तुम्हारे पास प्रमाण हैं...वेणु! तुम्हारे बारे में सोचकर मुझे बहुत दु:ख हो रहा है...शेम...इट इज ए शेम ऑन यू!'' ऐसा कहकर रमणी अम्माल ने अपने कानों पर हाथ रख लिया।

''वेणु! क्या तुमने सचमुच यह सब किया था?...इतने महान् व्यक्ति से तुमने इतनी अभद्रता का व्यवहार किया?'' ऐसा कहते हुए उनके हाथ-पाँव भी काँप उठे और मन भी।

'यह कैसी औरत है! यह कैसी पत्नी है!' यह सोच-सोचकर वेणु चकित हो रहा था।

''माँ! तुम्हारी भलाई के लिए, इस परिवार की भलाई के लिए ही मैंने यह जानते हुए भी कि यह काम गलत है, बाबूजी से इस तरह का व्यवहार किया था,'' ऐसा कहकर उसने माँ के क्रोध को शान्त करने की कोशिश की।

''वेणु! मुझे सचमुच बहुत दु:ख हो रहा है—उनके बारे में सोचकर नहीं, तुम्हारी दशा देखकर मुझे बहुत दु:ख हो रहा है...क्या तुम्हें ऐसा करना चाहिए था? एक पिता से उसका पुत्र पूछताछ करे—हाय! मैं तो इसकी कल्पना भी नहीं कर सकती वेणु!''

''वे तुम्हारे साथ विश्वासघात कर रहे हैं, यही सोचकर मैंने...''

''इट इज माइ प्रॉब्लम,'' कहकर रमणी अम्माल ने उसे बीच में टोका। फिर

उन्होंने बड़ी उपेक्षा से कहा, "यह मेरी समस्या है...हमारे दाम्पत्य जीवन में, हमारे अन्तरंग जीवन में दखल देने का तुझे क्या अधिकार है?" ऐसा कहते हुए उनका सारा शरीर काँपने लगा। वे फिर बोलीं, "मेरी बात सुनो! हम लोगों ने जीवन के पच्चीस वर्ष बड़ी शान्ति के साथ बिताये हैं। अन्तिम समय तक इसी तरह जीवन बिताएँगे...उस शान्ति को...उस आनन्द को नष्ट करनेवाली किसी भी बात में पड़ने की मेरी जरा भी इच्छा नहीं है...मुझे इन बातों की थोड़ी-बहुत जानकारी है...किन्तु इससे क्या होता है?...उन्हें मुझसे अधिक प्यारा जीवनसाथी नहीं मिल सकता...तुमने जिस बात की चर्चा की है, उसे लेकर मेरे मन में गहरा दुःख है," ऐसा कहते हुए उनके द्वारा अपनी भावनाओं को दबाने का बहुत प्रयत्न किये जाने पर भी, उनके मन में व्याप्त वह गहन वेदना जैसे पिघलकर बाहर निकलने लगी जिसे वह इतने दिनों तक किसी रहस्य की भाँति अपने हृदय में छिपाये थीं और जो उन्हें पत्थर की तरह बोझिला प्रतीत हो रहा था। चश्मा उतारकर अपनी आँखों से बहती आँसुओं की धार को पोंछते हुए वे उठकर बरामदे तक गयीं। क्षणभर के लिए वहाँ खड़े होकर अपने दिल को कड़ा करके वे फिर से आकर अपने पुत्र के सामने बैठ गयीं।

"वेणु! जीवन इतना सरल नहीं है जितना तुम समझते हो...वह बहुत जटिल है। उसमें बहुत-सी उलझनें हैं। इन जटिलताओं, उलझनों के होते हुए भी बड़ी शान्ति के साथ और हँसी-खुशी अपनी गृहस्थी चलाना ही जीवन की कला है! यदि हममें धीरज न हो, सहनशीलता न हो, तो प्रेम, अनुराग आदि शब्दों का कोई अर्थ नहीं होगा। यदि मैं भी तुम्हारे-जैसा व्यवहार करती तो मैं इस परिवार की शान्ति और उनकी प्रतिष्ठा को नष्ट करने का कारण बन जाती...अपने 'पॅजेस्सिवनेस'—एकाधिकार की प्रवृत्ति से प्रेरित होकर यदि मैं यह सोचती कि वे सदा मेरी मुट्ठी में ही रहें तो मुझे इस परिवार की शान्ति, उनकी प्रतिष्ठा और अपने बच्चों के भविष्य के रूप में उसका भारी मूल्य चुकाना पड़ता। मेरा इतना स्वार्थी बन जाना कितनी बुरी बात होती!...मेरी इन बातों को सुनकर तुम यह मत समझ लेना कि किसी गहन वेदना को अपने मन में छिपाये हुए जी रही हूँ! हाँ, मेरे मन में थोड़ी-सी कसक अवश्य है। जीवन में हर तरह की खुशी पा लेना क्या इतना आसान है?...

"यहाँ प्रश्न यह नहीं है कि मुझे बोलने का अधिकार है या नहीं...क्या हमें यह नहीं सोचना चाहिए कि हमारे बोलने से क्या परिणाम होगा? इस समय मैंने यही सोचा कि मेरे बोलने से कितनी हानि हो सकती है...इस सम्बन्ध में मेरा चुप रहना मेरी कुलीनता का परिणाम है...हाँ, वेणु!...हम कहते हैं कि अमुक व्यक्ति का आदर करते हैं, तो इसका तात्पर्य क्या है? इसका तात्पर्य है जबरदस्ती उनके प्राइवेट मामलों को—आन्तरिक विषयों को जानने का प्रयत्न न करना। किसी व्यक्ति से प्यार करने का मतलब क्या है? उनकी किसी आन्तरिक कमजोरी के बारे में

जानते हुए भी, उनकी अन्य अच्छाइयों और गुणों को नष्ट करने की चेष्टा न कर उस कमजोरी के साथ ही उन्हें अपनाने के लिए तैयार होना...!

"बेटा! व्यक्ति का अन्त:करण बड़ा पवित्र होता है। इट इज समथिंग सेक्रेड वेणु! उसमें किसी दूसरे व्यक्ति का प्रवेश, चाहे वह कोई भी क्यों न हो, असभ्यता की, बर्बरता की निशानी है। यह एक घृणित कार्य है..."

"माँ! तुम उनकी पत्नी हो..."

"सो व्हाट?...यदि मैं अपने इस अधिकार का दुरुपयोग करूँ तो मेरा यह अधिकार छिन भी तो सकता है!"

"क्या वे तुमसे इस प्रकार का व्यवहार करेंगे?"

"तुम पूछते हो कि ऐसा व्यवहार करेंगे? वे ऐसा ही करते आ रहे हैं...एक पति अपनी पत्नी पर या एक पत्नी अपने पति पर सन्देह करे और दोनों अपनी-अपनी सीमाओं का अतिक्रमण कर परस्पर एक-दूसरे के आन्तरिक जीवन की छानबीन करें—इसका कोई कारण नहीं होता...यदि कारण होता है तो केवल यही कि वे सोचते हैं कि उन्हें ऐसा करने का अधिकार है।

"पति-पत्नी, पुत्र और माता-पिता—सभी एक रिश्ते के सूत्र में बँधे होते हैं। किन्तु क्या वे स्वतन्त्र व्यक्ति नहीं, उनका निजी व्यक्तित्व नहीं? प्रत्येक व्यक्ति का अपना एक आन्तरिक पक्ष होता है, हमें उसका आदर करना चाहिए वेणु! हम जिनका सम्मान करते हैं, उनके आन्तरिक पक्ष की रक्षा हमें बड़ी सजगता से करनी चाहिए...तुमने अपने पिता को क्या समझ लिया?...क्या मैं उनसे वह सबकुछ पूछ सकती हूँ जो तुमने उनसे पूछा था...मैं तो इसकी कल्पना भी नहीं कर सकती...हाय राम! तूने यह क्या किया?

"कोई बात नहीं। तेरे पिता का दिल बहुत मजबूत है! वे इन बातों को सह लेंगे...वे अपनी दुर्बलताओं पर भी विजय पा लेंगे...अवश्य विजय पा लेंगे...वेणु, जीवन बहुत जटिल है। जीवन को ठीक तरह समझ लेना चाहिए। इस किताब को पढ़ो, इसमें दिये गये विचार तुम्हें व्यापक दृष्टि प्रदान करेंगे।"

वेणु भारी उलझन में पड़ गया। उसकी दृष्टि में उसके दादा-दादी ही आदर्श दम्पती थे।

उसकी समझ में कुछ भी न आया। उन्होंने दादा-दादी के रूप में ही विवाह नहीं किया था और न ही केवल दादा-दादी बनकर अपना जीवन-यापन किया था।

कुछ दिन बीतने के बाद एक दिन शाम को ज़ब सुन्दरम कॉलेज से घर लौटकर कपड़े बदल रहे थे, रमणी अम्माल ने उनके हाथ में एक चिट्ठी लाकर रख दी। दो दिन

पहले किसी को बताये बिना घर छोड़कर निकले वेणु का पत्र था।

पत्र की अन्तिम पंक्तियाँ इस प्रकार थीं :

'मैं दादाजी का पोता बनकर ही रहने लायक हूँ। इसी से मैं यहाँ से जा रहा हूँ। आपकी जीवन-पद्धति को न समझ पाने के कारण यदि मुझसे कोई भूल हो गयी हो तो मुझे क्षमा कर देना।

आपका

वेणु'

पत्र पढ़ने बाद दोनों ने एक-दूसरे को बड़ी अर्थपूर्ण दृष्टि से देखा।

सुन्दरम ने हँसते हुए कहा, "यह जरूरी नहीं कि सत्तर साल की आयु से ऊपर के व्यक्ति ही पुरातनपन्थी हों...बीस साल के युवक भी पुरातनपन्थी हो सकते हैं..."

रमणी अम्माल अत्यन्त व्याकुल होकर थोड़ी देर तक उनके चेहरे को गौर से देखती रहीं...उनकी आँखें लाल होकर भर आयीं।

अपनी मुस्कान में अपने गहरे दुख को छिपाते हुए उन्होंने पूछा, "क्या अब भी आप...आप..." उनके होठ काँपने लगे।

सुन्दरम ने उन्हें अपनी भुजाओं में भर लिया। उनके काँपते होठ उनके गालों में धँस गये।

इसके बाद वहाँ जो कुछ हुआ, वह उनका अन्तरंग मामला था!

अधूरे मनुष्य

कण्णन राजम को अपने साइक्याट्रिस्ट मित्र के पास ले जाने का निर्णय कर चुका था। आज इस बात को दस दिन से अधिक हो चले थे। उसे अपने साथ चलने के लिए कैसे मनाया जाए, इसी उधेड़बुन में उसके दिन बीतते जा रहे थे।

नादान होती तो उसे कोई-न-कोई बहाना बनाकर ले जाया जा सकता था, किन्तु राजम पढ़ी-लिखी थी। इस मामले में बहुत-कुछ जानती थी। कहीं बिगड़ पड़े कि 'मैं बिलकुल ठीक हूँ। क्या आप मुझे पागल सिद्ध करने पर तुले हुए हैं?' तो स्थिति और बिगड़ जाएगी। शायद किसी ने कण्णन को बताया था या उसने कहीं पढ़ा था कि डॉक्टर के पास जाने से इनकार करना ही मनोव्याधि का पहला लक्षण है।

दस दिन पहले जब कण्णन ने यह निश्चय किया कि वह किसी-न-किसी तरह से उसे समझा-बुझाकर अपने साथ ले जाएगा तभी उसने उसे बातों ही बातों में बताया कि उसका एक मित्र डॉक्टर है, मित्रता के नाते उससे एक बार मिल लेना आवश्यक है। वह सामान्य डॉक्टर नहीं, एक साइक्याट्रिस्ट है। यह सब कहकर वह चोरी-छिपे उसके मुख पर झलकते हुए भावों का अध्ययन करने लगा। उसके चेहरे पर विशेष कोई परिवर्तन नहीं दिखाई दिया। उसने सोचा, चलो, आज के लिए इतना ही काफी है।

इसके बाद प्रतिदिन मौका पाकर वह उससे उस डॉक्टर की चर्चा करता रहा। वह जान-बूझकर ही उस प्रसंग को उठाता। उसने सोचा कि उसके मन को सब प्रकार से तैयार करने के लिए ऐसा करना बहुत आवश्यक है।

राजम ने उसकी बातों पर अधिक ध्यान नहीं दिया। यों उसकी किसी भी बात पर उसने कभी अधिक ध्यान नहीं दिया था। 'मूड' में आने पर वह बड़े उत्साह से कुछ कह दिया करता था। इन पाँच सालों के वैवाहिक जीवन में उसने राजम को अनेक बार कई वादे किये थे जो कभी पूरे नहीं हुए। उसकी अनेक झूठी प्रतिज्ञाएँ राजम के मन में घर किये हुए थीं। शुरू-शुरू में इस बात को लेकर उसने अपने पति से कुछ कहा-सुना, झगड़ा किया और रोयी भी, किन्तु वह कभी भी अपने

उद्देश्य में सफल नहीं हुई।

कण्णन जान गया कि डॉक्टर मित्र से मिलाने की बात को भी वह उसकी झूठी प्रतिज्ञा ही समझ रही है। उसने सोचा, चलो, यह भी अच्छा ही है। किन्तु पिछले दस दिनों से वह बराबर राजम के विषय में ही सोचता रहा है।

राजम की स्थिति इतनी नाजुक नहीं है कि उसे तुरन्त किसी डॉक्टर के पास ले जाने की आवश्यकत हो, यही सोचकर उसने कुछ धैर्य धारण किया। उसके हिसाब से उसे बहुत ही मामूली चिकित्सा की और कुछ 'ट्रांक्विलाइजर्स' की आवश्यकता थी। वह जानता था कि उससे बातचीत करके वह स्वयं उसकी मन:स्थिति को सुधार सकता है परन्तु उसने सोचा कि डॉक्टर की सहायता से इस कार्य को करना अधिक सरल होगा। उसमें दिखाई देनेवाले परिवर्तनों पर और रोग के लक्षणों पर उसने एक डॉक्टर से भी अधिक सूक्ष्मता से गौर किया। इस रोग के बारे में उसने थोड़ा-बहुत पढ़ रखा था। कुछ पुस्तकों की सहायता से उसने उसमें दिखाई देनेवाले लक्षणों की छानबीन की। वह जान गया था कि वह रोग की पहली अवस्था में ही है।

पिछले दस दिनों से उसने स्वयं जागकर यह पता लगाया था कि वह हर रात जागती रही है। उसने जब-जब उससे उसकी नींद के विषय में पूछा, उसने झूठ ही कह दिया कि वह अच्छी तरह सोयी थी। यही उसकी चिन्ता का कारण था।

वह सो रही है अथवा नहीं, यह जानने के लिए वह ऐसी कोई हरकत करता था जिसने गहरी नींद सोया हुआ व्यक्ति नहीं जाग सकता। कभी गिलास को जमीन पर धीमे से बजाता, तो कभी पलँग के किनारों को उँगलियों से थपथपाता। उसके अनुमान के अनुसार ही आँखें खोलकर उससे पूछती, "क्या आप नहीं सोये?" वह भी उससे वही प्रश्न करता था। वह बड़बड़ाती, "सोती हुई को जगाकर इस तरह प्रश्न करने का क्या मतलब?" और वह फिर सो जाती। कण्णन हर दिन उसकी जाँच-पड़ताल करता रहा और परिणामों को मन-ही-मन नोट करता रहा।

उसे पूरा विश्वास था कि कोई गहन चिन्ता राजम के मन को मथ रही है। विवाह के पाँच साल बाद भी उसके कोई बच्चा नहीं था। उसकी मनोवेदना का यह भी एक कारण हो सकता था। परन्तु उसका भी निष्कर्ष यही था कि उसकी मनोवेदना का यही एकमात्र कारण है। बच्चे के विषय में चर्चा करते हुए ही उसे पहली बार उसे मानसिक संघर्ष का आभास हुआ था।

एक दिन दोनों सहज ढंग से बातचीत कर रहे थे। कण्णन ने कोई मजाक या हँसने लायक बात नहीं की फिर भी वह सहसा जोर से हँस पड़ी। उसकी हँसी बड़ी विचित्र थी। लगा, जैसे उसे हिस्टीरिया का दौरा पड़ा हो! वह जान गया कि वह अपनी हँसी को नहीं रोक पा रही है। अपनी घबराहट को उसके सम्मुख प्रकट

किये बिना वह उसकी हँसी रोकने और उसे चुप कराने का प्रयास करने लगा। तभी उसने निर्णय कर लिया कि उसे फिर कभी इस प्रकार हँसने का मौका नहीं देगा।

इसके कुछ दिन बाद एक बार कण्णन को दफ्तर से लौटने पर घर के भीतर किसी के बोलने की आवाज सुनाई दी। उसने दीवार से कान लगाकर राजम को अपने-आपसे कुछ बोलते हुए सुना। उसका एकाएक बिना किसी कारण के क्रोधित होना, अकारण ही बड़बड़ाना, कुछ कह देने पर फफक-फफककर रो पड़ना, बात करने पर मौन रहना मानो किसी गहन चिन्ता में लीन होने के कारण उसे कुछ भी सुनाई न दिया हो—इन सभी बातों से उसकी इस धारणा को बल मिल रहा था कि उसकी मनोव्याधि की चिकित्सा अवश्य ही की जानी चाहिए। कण्णन उससे बड़ी सतर्कता से और प्रेमपूर्वक व्यवहार करने लगा। दस दिन से वह बड़ी चतुराई से उससे बातचीत करता आ रहा था। यही कारण था कि आज शाम को उसने स्वयं कण्णन से पूछा, "आप कब से कह रहे हैं कि डॉक्टर मित्र से मिलने जाना है। मैंने स्वयं ही निर्णय कर लिया है कि आज आपके दफ्तर से लौटते ही मैं आपको उनके पास ले जाऊँगी।" राजम ने केवल ऐसा कहा ही नहीं अपितु वह बाहर जाने के लिए पूरी तरह से तैयार खड़ी थी।

कण्णन को इस बात की बिलकुल आशा नहीं थी। वह मन-ही-मन यह सोचकर प्रसन्न हुआ कि दस दिनों के उसके प्रयत्न का अच्छा फल मिल रहा है। उसे लगा कि इस समय इसकी हिचकिचाहट से उसका मन बदल सकता है और वह उस डॉक्टर के घर जाने से सदा के लिए इनकार कर सकती है।

उस समय राजम शीशे के सामने खड़ी होकर बिन्दी लगा रही थी। कण्णन ने अपने बैग को वहीं रख दिया और शीघ्र ही टैक्सी लाने के लिए उसी वेश में लौट पड़ा। शीशे में कण्णन का रूप देखकर वह हँस पड़ी। उसकी जिस हँसी को देखकर कण्णन एक बार भयभीत हुआ था, उसी तरह की विचित्र हँसी। कण्णन की यह योजना विफल हो गयी कि उसके दोबारा भयंकर हँसी हँसने से पहले उसे एक डॉक्टर के पास ले जाना चाहिए। इसी से वह कुछ घबरा गया। वह अब भी शीशे में उसकी सूरत देखकर हँस रही थी। जब वह रोती या क्रोध में आकर चीखते-चिल्लाते हुए उससे झगड़ती थी तब जितनी तेजी से वह उसके पास जाकर उसे शान्त करने की कोशिश करता था, उतनी ही तेजी से उसके पास जाकर उसकी हँसी को रोकने के लिए 'प्लीज, प्लीज' कहकर अनुनय-विनय करने लगा।

उसमें इतना धैर्य नहीं था कि उससे पूछे, 'तू इस तरह क्यों हँस रही है?' वह इसका कारण जानता था।

राजम बोली, "उस मित्र के घर मैं अकेले कहाँ जाऊँगी? आप भी मेरे साथ चलिए।"

"हाँ-हाँ, मैं क्यों नहीं चलूँगा? परन्तु...तूने यह प्रश्न क्यों किया?" ऐसा कहकर कण्णन उसकी आँखों में झाँकने लगा। कण्णन ने देखा कि उसकी आँखों का सामना न कर पाने के कारण उसने अपनी दृष्टि फिरा ली। उसने फिर उससे पूछा, "तूने यह प्रश्न क्यों किया?"

वह बारम्बार अपने प्रश्न को दोहराता रहा। कारण, उसे राजम का प्रश्न बड़ा अटपटा लगा। उसने सोचा कि स्थिर बुद्धिवाला कोई भी व्यक्ति इस तरह का प्रश्न नहीं कर सकता है। वह उसके डॉक्टर मित्र से सर्वथा अपरिचित थी। उसका पता भी नहीं जानती थी। फिर भी जब उसने यह प्रश्न किया कि 'आप भी मेरे साथ चलेंगे?' तब वह जान गया कि उसकी स्थिति पहले से बहुत अधिक बिगड़ चुकी है। इसी से वह डॉक्टर के पास जाने के लिए शीघ्रता करने लगा।

"आपको जल्दी मचाते देख मुझे हँसी आ रही है। मैंने सोचा था कि आपके दफ्तर से लौटने से पहले मैं बिलकुल तैयार हो जाऊँगी ताकि आपको मेरा इन्तजार न करना पड़े। आप हैं कि बिखरे हुए बालों और मुड़े-जुड़े हुए कपड़ों की परवाह किये बिना टैक्सी लाने चल दिये। आपको भी मेरे साथ चलना है...आपने मुँह-हाथ भी नहीं धोया...शेव किये शायद दो-तीन दिन हो गये हैं...क्या इसी रूप में मेरे साथ चलेंगे?" ऐसा कहकर हँसते हुए उसने हाथ में पकड़े हुए शीशे को उसके सामने रख दिया ताकि वह अपनी शक्ल-सूरत को अच्छी तरह देख सके।

उसने शीशे में अपना चेहरा देखा। वास्तव में उसने दो दिनों से शेव नहीं की थी। उसने दाढ़ी खुजलाते हुए अपने गालों पर हाथ फेरा। बिखरे हुए बालों को हाथों से ठीक किया।

"अच्छा, मैं अभी मुँह धोकर आता हूँ। शेव करने के लिए समय नहीं है। मैंने डॉक्टर से छह बजे का अप्वॉइण्टमेण्ट लिया है," इस तरह झूठ बोलते हुए उसने रिस्ट वाच की तरफ देखा फिर उसे उतारकर, उसके हाथों में पकड़ाकर मुँह-हाथ धोने गुसलखाने की ओर दौड़ा।

राजम ने अपनी दो उँगलियों से उस घड़ी को पकड़ लिया। खड़ी-खड़ी वह उसे अपनी आँखों के सामने झुलाने लगी और मन-ही-मन हँसती रही। मुँह धोते हुए कण्णन ने उसे और उसके इस खेल को देखा। उसे उसकी यह क्रिया भी अस्वाभाविक लगी।

उसने सोचा कि कहीं इसे पता तो नहीं लग गया कि उसने झूठ-मूठ ही डॉक्टर से अप्वॉइण्टमेण्ट लेने की बात कही थी! उसने कई बार सोचा था कि डॉक्टर से अप्वॉइण्टमेण्ट लेना चाहिए किन्तु वह ऐसा न कर सका। उसे डर था कि अप्वॉइण्टमेण्ट लेने के बाद यदि राजम को उनके पास नहीं ले जा सका तो क्या होगा? इसका एक अन्य कारण भी था। राजम के कहे अनुसार वह डॉक्टर उसका

मित्र नहीं था अपितु उसके दफ्तर में काम करनेवाले राघवन का मित्र था। उसने मन-ही-मन सोचा, 'इससे क्या? राघवन का नाम लेने पर सारा काम बन जाएगा।'

मुँह धोकर उसने थोड़ा-सा पाउडर लगाया। उँगलियों में घड़ी को पकड़े हुए, अपनी आँखों के सामने उसे झुलाते हुए मन-ही-मन प्रसन्न होती हुई राजम से घड़ी लेकर अपनी कलाई पर बाँधी। उन कपड़ों पर दृष्टि फेरकर, ये कपड़े ठीक ही हैं, यह सोचकर उसने शीशे में अपना चेहरा देखा और टैक्सी लाने दौड़ पड़ा।

टैक्सी लेकर लौटने पर उसे टैक्सी से नीचे उतरने की आवश्यकता नहीं पड़ी। राजम घर के दरवाजे पर ताला लगाकर, चाबी हाथ में लिये हुए, उसके साथ बाहर जाने के लिए तैयार खड़ी थी। उसकी वेशभूषा किसी विवाह-समारोह या सिनेमाघर या उसके कहे अनुसार किसी मित्र के घर जाने लायक थी।

उसके बैठते ही टैक्सी चल पड़ी। घर की चाबी को हैण्डबैग में रखते हुए वह बोली, "रास्ते में कहीं टैक्सी रुकवाकर फल-फूल आदि ले लेंगे। उनके घर बच्चे हैं क्या? यदि हैं तो बिस्कुट भी खरीद लेंगे।" राजम की वाणी में काफी उत्साह था।

कण्णन धर्मसंकट में पड़ गया। उसका सिर चकराने लगा। डॉक्टर के घर बच्चे हैं? पत्नी हैं? इस समय घर में हैं या नहीं? क्या डॉक्टर का घर भी वहीं है? वह तो नर्सिंग होम-सा लग रहा था...आदि-आदि।

कण्णन बोला, "नहीं, इसकी कोई आवश्यकता नहीं। वे मेरे मित्र ही नहीं, डॉक्टर भी हैं...डॉक्टर के रूप में ही हम उनसे मिलने जा रहे हैं।" कण्णन को लगा कि ऐसा कहकर उसने बड़ी चतुराई से उसे कुछ संकेत दे दिया और सब-कुछ सहने के लिए उसे तैयार कर लिया है।

राजम कुछ देर मौन रही, फिर पूछने लगी, "तो क्या हमें डॉक्टर को फीस देनी पड़ेगी?"

कण्णन बोला, "हाँ! तो क्या हुआ, दे देंगे।"

राजम मौन बैठी सोचती रही। कण्णन को लगा, वह घबरा रही है। अतः हलके से उसका हाथ पकड़कर, प्यार से उसे सहलाते हुए धीरे से बोला, "यह जरूरी नहीं कि रोगी ही डॉक्टर के पास जए। स्वस्थ व्यक्ति भी डॉक्टर की राय लेने के लिए उसके पास जा सकते हैं। हमारा मन भी तो शरीर के समान ही है। तुम्हारे मन में व्याप्त व्याकुलता, भय, चिन्ता तथा अबूझ समस्याएँ इस तरह के डॉक्टर से बातचीत करने से काफी सीमा तक दूर हो सकती हैं!" यह कहकर कण्णन ने उसे डॉक्टर से मिलने के लिए तैयार कर लिया। वह चुप रही।

वह उसकी गम्भीर चिन्तामग्न बातों को सुनकर सिर हिलाती रही।

वह नर्सिंग होम घने पेड़ों से घिरे एक मैदान के बीचोबीच शान्त वातावरण में

स्थित था। नगर की कोलाहलपूर्ण एक सड़क से तनिक अन्दर की ओर मुड़ते ही एकदम परिवर्तित वातावरण में पहुँचा जा सकता है, यह सोचकर अत्यन्त चकित होती हुई, पेड़ों की छाया में शीतलता का अनुभव करती हुई राजम टैक्सी से उतरी। उसके चेहरे पर नवल कान्ति दिखाई पड़ी।

टैक्सीवाले को पैसे देने के लिए कण्णन अपने पर्स को कमीज और पैण्ट की जेबों में खोजने लगा।

"मेरे पास कुछ रुपये हैं, मैं दिये देती हूँ," कहकर राजम ने अपने हैण्डबैग से रुपये निकालकर टैक्सीवाले को दे दिये।

तभी पचास वर्षीय वह डॉक्टर किसी सेवक को उसकी किसी गलती के लिए डाँटते-फटकारते हुए और क्रोधित स्वर में 'गेट-आउट' चिल्लाते हुए बाहर की ओर आये। उनकी दृष्टि इन दोनों पर पड़ी।

कण्णन ने इससे पहले उन्हें नहीं देखा था। उनका रूपाकार और स्वर उसे डरावना लगा! 'निकल जा बाहर' कहकर सेवक के बाहर धकेलकर जब डॉक्टर ने उनकी ओर देखा, तब कण्णन ने मुस्कराते हुए उन्हें नमस्ते की। राजम ने भी उन्हें नमस्ते की। डॉक्टर के चेहरे का भाव एकदम बदल गया। दोनों को नमस्ते करके डॉक्टर ने स्वागत-कक्ष में पड़े सोफे की ओर संकेत करते हुए राजम से कहा, "तनिक बैठिए," और वे अन्दर चले गये।

कण्णन ने धीरे से राजम से कहा, "शायद हम ठीक मुहूर्त में नहीं आये।"

राजम ने हँसते हुए उत्तर दिया, "डॉक्टर भी तो मनुष्य ही है। कोई बात नहीं, उन्होंने हमसे तो अच्छी तरह बात की है।"

उसने राजम से कहा, "आज हम लौट चलते हैं, फिर किसी दिन आ जाएँगे।"

"वाह, यह खूब बात कही!...इतनी दूर आकर लौट चलें! आप तो कह रहे थे कि ये डॉक्टर आपके मित्र हैं!"

"हाँ, मित्र ही है—मेरा दोस्त राघवन है न?..."

"कौन राघवन?"

कण्णन अत्यन्त धीमे स्वर में कहने लगा, "क्या तू राघवन को नहीं जानती? वह मेरे दफ्तर में असिस्टेण्ट इंजीनियर है। ये उसके मित्र हैं। वह कह रहा था..." उसके मुख से पूरी बात नहीं निकल पायी, तभी एकाएक राजम बोली, "तो क्या हुआ? अब आये हैं तो मिलकर ही लौटेंगे।"

तभी एक नर्स ने उन दोनों को अन्दर आने के लिए कहा। दोनों उसके द्वारा दिखाये गये डॉक्टर के कमरे में पहुँच गये।

डॉक्टर ने बड़े सहज ढंग से, "कम इन, टेक युवर सीट्स प्लीज," कहकर उन्हें अन्दर आकर बैठने को कहा। फिर बोले, "मैं आपकी क्या सेवा कर सकता हूँ?"

"डॉक्टर!...यू नो मिस्टर राघवन...वे मेरे मित्र हैं। उनसे पूछकर ही...मेरा मतलब है कि उनके द्वारा सुझाये जाने पर ही मैं यहाँ चला आया हूँ। मैं अप्वॉइण्टमेण्ट लेकर आना चाहता था किन्तु...किन्तु..." कण्णन की वाणी लड़खड़ाने लगी। कारण वह भूल गया था कि उसने झूठे ही राजम से अप्वॉइण्टमेण्ट लेने की बात कही थी और इस समय अचानक ही उसे वह बात याद आ गयी थी। राजम ने बड़े विचित्र ढंग से उसकी ओर देखा परन्तु वह बीच में कुछ नहीं बोली।

"खैर, अब तो आ गया हूँ...लगता है, सबकुछ ठीक ही है। मेरी पत्नी राजम से मिलिए। मेरी समस्या यही है..." कहते-कहते कण्णन चुप हो गया। उसकी समझ में नहीं आ रहा था कि कहाँ से अपनी बात शुरू करके उन्हें सारी बातें बता दे। वह घुमा-फिराकर कुछ कहने का प्रयास कर ही रहा था कि अचानक राजम बीच में बोल पड़ी।

उसने होठों पर उँगली रखकर 'उश्-श' कहकर बच्चे की तरह उसे चुप रहने का संकेत किया और डॉक्टर की ओर मुँह फेर लिया।

राजम स्पष्ट शब्दों में अँग्रेजी में कहने लगी, "डॉक्टर, आई विल एक्सप्लेन दि होल प्रॉब्लम।"

कण्णन स्तम्भित रह गया। क्षणभर के लिए उसकी समझ में कुछ भी नहीं आया।

डॉक्टर बोले, "हाँ, आगे कहिए। इन्होंने जिस राघवन की चर्चा की थी, कौन हैं?"

राजम ने समझाया, "वे टेलीफोन विभाग में काम करते हैं। वहाँ ए.इ. हैं।"

"ओह! यू मीन रघु...हम उसे रघु ही बोलते हैं। वह सब तो ठीक है। इस समय तो आपकी बात अधिक महत्त्वपूर्ण है। हाँ, कहिए..." कहकर डॉक्टर राजम की बात सुनने के लिए तैयार हो गये। डॉक्टर ने प्यारभरी दृष्टि से राजम की ओर देखा किन्तु उनकी घनी भौंहों को देखकर राजम को डर-सा लग रहा था।

राजम ने बड़े शान्त भाव से, स्पष्ट शब्दों में अँग्रेजी में कहा, "मेरे पति की हालत कुछ दिनों से ठीक नहीं है। वे बहुत ही घबराये हुए हैं। दुखी भी हैं। अधिक बोलते भी नहीं हैं। रात को उन्हें नींद नहीं आती। इतना ही नहीं डॉक्टर, किसी न किसी तरह की आवाज कर मुझे भी जगा देते हैं..."

कण्णन बीच में ही बोल पड़ा, "डॉक्टर, मेरी बात सुनिए...कारण यह है..." डॉक्टर ने उसे बीच में ही रोक लिया।

"श्रीमान्, आपकी बात फिर सुनूँगा...इन्हें पहले कह लेने दीजिए। इस समय यहाँ कोई विशेष बात नहीं हुई है। हम मित्र के रूप में ही बातचीत कर रहे हैं। आप मुझे डॉक्टर न समझकर अपना मित्र समझिए। आप और राघवन मित्र हैं...इसी तरह मैं भी आपका मित्र हूँ। अच्छा तो बताइए कि आपको कैसे मालूम हुआ कि

आपके पति रात को नहीं सोते हैं?''

''यही तो मैं आपको बता रही थी। जब मैं गहरी नींद में होती हूँ तब ये जानबूझकर गिलास को जमीन पर बजाकर या पलँग के किनारों को उँगलियों से थपथपाकर मुझे जगा देते हैं। ये हर रोज ऐसा करते हैं। कभी-कभी तो दिन में कई बार ऐसा करते हैं। मेरे जागते ही मुझसे पूछते हैं—'क्या तू नहीं सोयी?' जासूसों की तरह दबे पैरों आकर मेरी सभी हरकतों की निगरानी करते हैं। मेरी आँखों में दृष्टि गड़ाकर देखते हैं। इन बातों से मुझे डर लगता है। मैं यह नहीं कहती कि वे किसी मानसिक रोग के शिकार हैं, परन्तु इतना सही है कि ये किसी कारण चिन्तित हैं। बात बस इतनी ही है। इनकी हालत खतरनाक नहीं है परन्तु फिर भी...''

''हाँ, आपका कहना ठीक है। इनकी हालत सीरियस नहीं है। यह सब तो साधारण बातें हैं,'' कहकर डॉक्टर ने मुस्कराते हुए कण्णन का कन्धा थपथपाया।

कण्णन को पहले तो गुस्सा आया परन्तु फिर मन-ही-मन डरने लगा। फिर भी उसने, मुझे हिम्मत से काम लेना चाहिए, सहज रूप से व्यवहार करना चाहिए, आदि बातें सोचकर मुस्कराते हुए डॉक्टर की ओर देखा। उसके हँसने और देखने का ढंग बड़ा विचित्र था।

डॉक्टर ने उससे पूछा, ''आप कुछ कहना चाह रहे थे न?''

''हाँ, मैं आपसे कुछ कहना चाहता हूँ,'' यह कहकर उसने अपने बगल में बैठी राजम को एक बार देखा।

कण्णन ने अँग्रेजी में कहा, ''मुझे लगता है कि मैं आपसे एकान्त में बातचीत करूँ तो अच्छा रहेगा।''

''ठीक है। बहनजी, आप जरा बाहर जाकर बैठेंगी—आपको आपत्ति न हो तो...?'' डॉक्टर ने विनयपूर्वक राजम से कहा।

''हाँ, जरूर-जरूर।''

कण्णन ने एक बार मुड़कर देखा। फिर धीमे स्वर में, मन्द हँसी हँसते हुए कहने लगा, ''डॉक्टर साहब, रोगी मैं नहीं, मेरी पत्नी है...।''

''श्रीमन्, यहाँ रोगी कोई नहीं है। यह बताइए कि आपकी समस्या क्या है। क्या आपको अकेले में डर लगता है? क्या इसीलिए आप अपनी सोती हुई पत्नी को जब-तब जगाते हैं? यदि वह बात सही है तो इसमें आपकी कोई गलती नहीं...आप सीधे ही अपनी पत्नी को जगा सकते हैं।'' डॉक्टर ने बड़े प्रेम से उसे समझाया।

कण्णन ने सोचा कि 'इन्हें मुझ पर सन्देह है, इसी से ये मुझे समझा रहे हैं।' उसने दीन स्वर में कहा, ''डॉक्टर साहब...तनिक मेरी बात सुनिए। मैं तो बिलकुल

ठीक हूँ...मेरी पत्नी ही..."

"हाँ, आगे कहिए," कहकर डॉक्टर उसकी ओर देखकर मुस्कराने लगे।

डॉक्टर की मुस्कराहट देख वह जलभुन गया। किसी तरह अपना गुस्सा पीकर वह बोला, "डॉक्टर! मेरे पास कहने के लिए कुछ नहीं है...कुछ भी नहीं है। उसकी मन:स्थिति ठीक नहीं थी, इसी से मैं उसे आपके पास लाया था। यदि आप कुछ कहना चाहते हैं तो उससे कहिए। मुझे किसी तरह की चिकित्सा की आवश्यकता नहीं है..." यह कहकर उसने स्वयं उठकर दरवाजा खोला और राजम को अन्दर बुला लिया।

राजम कमरे के अन्दर आयी। उस समय उसकी मुखमुद्रा बड़ी गम्भीर थी। कुछ क्षण तक सभी मौन रहे।

राजम कण्णन के पास आकर बैठ गयी और प्यार से उसका हाथ अपने हाथों में लेते हुए बोली, "आप उदास क्यों हैं?"

वह तनिक गुस्से से बोला, "मैं यहाँ से जा रहा हूँ। तू आती है या नहीं?"

डॉक्टर उसे बड़े गौर से देख रहे थे। उनकी भौंहें राजम को अधिक भयावनी लगने लगीं। उसने दीनदृष्टि से डॉक्टर की ओर देखा।

डॉक्टर ने गम्भीर स्वर में पूछा, "मिस्टर...क्या आप थोड़ी देर के लिए यहाँ बैठ सकेंगे?"

कण्णन ने जोर से कहा, "बिलकुल नहीं," और दरवाजा खोलकर बाहर चला गया। डॉक्टर ने धीमी आवाज में राजम से कहा, "बहनजी, यदि आप अनुमति दें तो मैं उनकी चिकित्सा प्रारम्भ करूँ...!"

"डॉक्टर!" इतना कहते ही राजम की आँखें भर आयीं और वह रोने लगी।

"आप धीरज रखिए। उन्हें कोई विशेष तकलीफ नहीं है। वे ठीक हो जाएँगे। एक मिनट ठहरिए," यह कहकर डॉक्टर साहब भी बाहर चले गये। कमरे में अकेली बैठी राजम ने हैण्डबैग से रूमाल निकालकर अपनी आँखें पोंछी परन्तु उसका रोना समाप्त नहीं हुआ।

कमरे से बाहर निकलकर डॉक्टर ने क्रोध में बड़ी तेजी से बगीचे के दरवाजे की ओर बढ़ते हुए कण्णन की ओर इशारा करते हुए अपने उस सेवक से, जिसे कि कुछ समय पहले डाँट-फटकारकर बाहर धकेला था, कहा, "जल्दी जाकर उसे पकड़ो और समझा-बुझाकर यहाँ ले आओ।" सेवक को ऐसा आदेश देकर, अन्दर आकर वे रोती हुई राजम से कहने लगे, "उन्हें कोई विशेष तकलीफ नहीं है। यदि मैं उन्हें समझा-बुझाकर दो दिन का विश्राम करने के लिए बाध्य कर सका तो वे बिलकुल ठीक हो जाएँगे। वैसे वे बिलकुल ठीक हैं," कहकर उन्होंने राजम को धीरज बँधाया।

बाहर काफी शोर हो रहा था। कण्णन ने लौटकर आने से इनकार कर दिया था अतः नर्सिंगहोम के सेवकगण बलपूर्वक उसे खींचकर अन्दर ला रहे थे। कण्णन क्रोध से गरज रहा था। अँग्रेजी में उसने सेवकों से जो कुछ कहा, वह डॉक्टर को भी सुनाई दिया।

"मैं पागल नहीं हूँ। तुम्हारा डॉक्टर ही पागल है। मुझे पता नहीं था कि यह एक अधकचरा डॉक्टर है। मैं गलती से इसके पास चला आया। पैसों के लोभ में यह अच्छे भलों को पागल बना देता है। राजम! उस पर विश्वास मत करना। जल्दी आओ, यहाँ से लौट चलें। राजम! मेरी रक्षा करो। मुझे इसके पास छोड़कर मत जाना। राजम! प्लीज...मैं बिलकुल ठीक हूँ...मैं रोगी नहीं हूँ...रा...ज...म!" डॉक्टर के सेवकों के चंगुल में फँसा कण्णन इस तरह चीख रहा था।

राजम इसे सहन न कर सकी। वह रोते-रोते बाहर आ गयी। उसकी समझ में नहीं आया कि उसे इस स्थिति में वापस ले जाना चाहिए अथवा नहीं।

डॉक्टर ने उसकी मनःस्थिति को भाँप लिया।

"बहनजी, आप घबराइए नहीं। इसे एक मित्र का घर समझिए। मुझे कोई फीस नहीं चाहिए। उन्हें यहाँ कोई तकलीफ नहीं होगी। आप चाहें तो निश्चिन्त घर जाकर कल लौट आइए," यह कहकर डॉक्टर ने उसे धीरज बँधाया।

राजम के कण्णन के पास पहुँचते ही, सेवकों के चंगुल में फँसा हुआ वह दीन स्वर में कहने लगा, "राजम, हम घर चलेंगे।"

"हाँ, हाँ, चलेंगे...आपको यहाँ छोड़कर मैं निश्चिन्त कैसे रह सकती हूँ! डॉक्टर साहब कह रहे हैं कि एक दिन के लिए आप उनके मित्र के रूप में यहीं रहकर, उनसे बातचीत करें तो अच्छा है। घबराएँ नहीं...तनिक धीरज धरिए..." कहकर राजम ने उसे धीरज बँधाया।

उसने चुपचाप सूनी आँखों से उसे देखा। "अच्छा, मैं अभी आता हूँ," कहकर उसने सेवकों को धक्का दिया और डॉक्टर की ओर दौड़ा।

डॉक्टर ने मुस्कराते हुए उसका स्वागत किया और अपनी बातों से उसे धीरज बँधाने लगे। कण्णन चुप बैठा रहा।

राजम ने जब उसके बालों को सहलाकर, माथा चूमकर चलने की अनुमति माँगी तो वह रो पड़ा। वह भी रोने लगी।

उसने एक सेवक से टैक्सी लाने के लिए कहा। कण्णन बच्चे की तरह उससे सटकर बैठ गया और इतने धीमे स्वर में उससे कुछ कहने लगा कि डॉक्टर को सुनाई न दे।

वह बोला, "कल आकर मुझे यहाँ से ले जाना। मुझे किसी तरह की बीमारी नहीं है। मैं बिलकुल ठीक हूँ...मुझ पर विश्वास करो।"

“कण्णा! आप बिलकुल ठीक हैं। कल सुबह ही आपके पास आ जाऊँगी। धीरज रखिए!” यह कहकर उसने उसे ढाढ़स बँधाया।

टैक्सी आ गयी। उसके चलते ही कण्णन बच्चे की तरह, ‘राजम! राजम!’ कहकर सिसकने लगा। डॉक्टर ने उसकी पीठ थपथपायी। राजम ने पुनः उसका हाथ पकड़कर उसे धीरज दिलाया और टैक्सी में बैठकर रूमाल से अपनी आँखें पोंछीं।

बगीचे के गेट से बाहर निकलते ही टैक्सी ड्राइवर ने, जोकि चुपचाप खड़ा यह सब देख रहा था, राजम से पूछा, “बेचारे ठीक-ठाक ही लग रहे हैं...उन्हें क्या तकलीफ है?”

राजम हँसने लगी...वही भयंकर हँसी। टैक्सीवाले ने घबराकर गाड़ी का ब्रेक दबाया। राजम ने उस ओर कोई ध्यान नहीं दिया और वह हँसती रही।

'मेरा गुस्सा तो दूसरों के लिए है'

[जयकान्तन की रणवीर रांग्रा से एक बातचीत]

देश के स्वतन्त्र होने के पश्चात् तमिल-साहित्य में जो कथाकार उभरकर आये, उनमें जयकान्तन का एक महत्त्वपूर्ण स्थान है। 'अग्निप्रवेश' तथा 'युगसन्धि' जैसी अपनी मौलिक अवधारणाओंवाली कहानियों के माध्यम से उन्हें प्रसिद्धि मिली। इनकी कहानियाँ उस पतनशील सामाजिक व्यवस्था पर कुठाराघात करती थीं जो सदियों से धर्म तथा नैतिकता के नाम पर आम आदमी का दमन कर रही थी। नैतिकता के ठेकेदार इस सबको चुपचाप देखते नहीं रह सकते थे, इसलिए उन्होंने एकजुट होकर इनके लेखन की निन्दा करनी शुरू कर दी। पर ऐसी आलोचनाओं से पूरी तरह अप्रभावित रहकर जयकान्तन भ्रष्ट मूल्य-प्रणाली पर लगातार आक्रमण करते रहे और जल्दी ही दलित-पीड़ित जनता की आवाज बन गये। इन कहानियों से जहाँ उन्हें गालियाँ मिलीं वहीं प्रशंसा भी उतनी ही अधिक मिली।

'अग्निप्रवेश' जयकान्तन की सर्वाधिक विवादास्पद कहानी रही है। जब यह कहानी तमिल के साप्ताहिक पत्र 'आनन्द विकटन' में छपी तो सामाजिक-धार्मिक क्षेत्रों में हंगामा मच गया। परम्परावादी लोगों ने तो आवेश में आकर इस कहानी के अन्त को बदलकर फिर से लिख डाला। उनके खयाल से इस कहानी की नायिका गलती पर थी, इसलिए उन्होंने अन्त में उससे आत्महत्या करवा ली। यह परिवर्तित कहानी कई पत्रिकाओं में छपी। कहानी इस प्रकार है कि एक लड़की शाम को बारिश में अकेली बस-स्टैण्ड पर खड़ी बस का इन्तजार कर रही है। एक व्यक्ति अपनी कार में उसे लिफ्ट देता है और फिर उससे बलात्कार करता है। घर पहुँचकर लड़की अपनी माँ को जब यह बात बताती है तो माँ पहले तो निर्दयता से उसे पीटती है, पर जब उसका गुस्सा ठण्डा होता है तो वह उसे एक सलाह देती है। इसी सलाह से समाज के ठेकेदार भड़क उठे थे।

अपनी बेटी को कई बालटी पानी से अच्छी तरह नहलाकर माँ उसे समझाती है, "देखो, अब तुम पवित्र हो गयी हो, सारे पापों से तुम्हें मुक्ति मिल गयी है। पाप वहीं रहता है जहाँ वह मन में हो। मैं तो तुम्हारे मन की बात समझती हूँ पर दुनिया नहीं समझेगी। इसीलिए मैं कहती हूँ कि दुनिया को इसका पता नहीं चलना चाहिए। मेरे लिए तुम अब भी निष्पाप हो, पर यह निर्दयी दुनिया ऐसा नहीं मानेगी। इसलिए जो कुछ हुआ, उसे भूल जाओ। क्या मैंने ऐसा कहा कि भूल जाओ? नहीं, इसे भूलना कभी नहीं, हमेशा याद रखना। मेरे कहने का मतलब केवल इतना है कि किसी के सामने इसकी चर्चा मत करना। इस मामले में किसी पर भी विश्वास नहीं किया जा सकता। इसलिए मेरे हाथ पर हाथ रखकर कसम खाओ कि यह बात किसी को भी नहीं बताओगी।" बेटी अपनी माँ के हाथ पर हाथ रखकर इस रहस्य को हमेशा के लिए अपने सीने में दफन रखने की कसम खा लेती है।

अपने यथार्थवादी निर्वाह तथा प्रगतिशील दृष्टिकोण के कारण जयकान्तन की 'इरुलै तेडि' (अँधेरे की ओर), 'नान इरुक्किरेन' (मैं जिन्दा हूँ), 'युगसन्धि' तथा अन्य कई कहानियाँ कई सालों तक विवादास्पद बनी रहीं। उन्होंने उपन्यास तथा नाटक भी लिखे। उनके प्रमुख उपन्यास हैं—'ओरु मनिदन, ओरु वीडु ओरु उलगम' (एक आदमी, एक घर और एक दुनिया) तथा 'शिल नेरंगलिल शिल मनिदरगल' (किन्हीं क्षणों में कुछ लोग)। उनका सुप्रसिद्ध नाटक है—'पारिसिकु पो'। उनकी एक आत्मकथा भी प्रकाशित हुई जिसका नाम है—'ओरु इलक्कियवादियिन् कलैयुलग अनुभवंगल' (साहित्य की दुनिया के अनुभव)। साहित्य अकादेमी पुरस्कार तथा तमिल विश्वविद्यालय के राजराजन पुरस्कार सहित कई पुरस्कारों से सम्मानित हुए हैं। उन्होंने जीते हैं।

रांग्रा : आपने अपनी कहानियों तथा उपन्यासों में कई पात्र जीवन से ही लिये होंगे। क्या कभी आपको लगा कि उनके प्रति आपकी जो धारणा पहले बनी थी, आपके लेखन की प्रक्रिया के दौरान उसमें कोई बड़ा परिवर्तन आ गया हो और आपने पाया हो कि आप सत्य के अधिक निकट हैं?

जयकान्तन : मैं जीवन से ही लोगों को ले लेता हूँ, पर किसी एक व्यक्ति को आधार नहीं बनाता। विचार मुझे इन्हीं लोगों से मिलते हैं। उन विचारों को मैं पात्रों के रूप में ढालता हूँ। ये विचार इतने विविध होते हैं कि कुछ परस्पर विरोधी भी हो जाते हैं। एक विचार से एक चरित्र जन्म लेता है और दूसरे विचार से दूसरा यानी मैं अपने जीवन में आये लोगों से सीखता हूँ और फिर उनको अपनी रचनाओं में पात्रों के रूप में ढालता हूँ। उन्हीं के माध्यम से मैं जीवन के उस सत्य को व्यक्त करता हूँ जो मुझे अनुभव से मिलता है।

रांग्रा : 'नान इरुक्किरेन' (मैं हूँ) तथा 'सुयदरिसनम्' (आत्मदर्शन) कहानियों

के सन्दर्भ में मैं जानना चाहता हूँ। पहली कहानी में एक लँगड़ा लड़का अपमानित होने पर घर से भाग जाता है और आत्महत्या की कोशिश करता है। फिर उसकी मुलाकात एक कुष्ठरोगी से होती है जो कठिन परिस्थितियों से जूझने और उनमें जीने की प्रेरणा देता है।

जयकान्तन : इस कहानी में दो विचार हैं : एक कुष्ठरोगी है जिसे हर कोई निकम्मा ठहराता है और दूसरा लँगड़ा है जो अपमानित और प्रताड़ित है तथा जीवन से घृणा करता है। इन दोनों विचारों ने मुझे आकर्षित किया और मैंने सोचा कि क्यों न इन दोनों को एक-दूसरे के निकट लाकर इनमें जीवन के प्रति आशा का भाव जगाया जाए। इन्हीं विचारों ने मुझसे यह कहानी लिखवायी।

रांग्रा : पर इसका अन्त तो निराशाजनक है। जो कुष्ठरोगी लँगड़े को जीने की प्रेरणा देता है, वही अचानक आत्महत्या कर लेता है।

जयकान्तन : क्योंकि आत्महत्या के अर्थ की अपेक्षा उसका विचार अधिक संक्रामक है।

रांग्रा : आप शुरुआत कैसे करते हैं—बिम्बों से, घटनाओं से या व्यक्तियों से?

जयकान्तन : बिम्ब, व्यक्ति तथा घटनाएँ सभी मानवता को समझने में मेरी सहायता करते हैं। जीवन अपने में मानवीय नहीं है। इसलिए इन विचारों के द्वारा मैं इस अमानवीय जीवन जी रहे लोगों में मानवीयता का रस भरता हूँ। मैं अपनी कहानियों को अपने विचारों से मूर्त रूप प्रदान करता हूँ। मेरी कहानियों के चरित्र किसी खास व्यक्ति पर आधारित नहीं होते। आज तक ऐसा कोई व्यक्ति नहीं हुआ जिसने मुझे इस हद तक प्रभावित किया हो।

रांग्रा : आपने कहानियों और उपन्यासों के अलावा एकांकी भी लिखे हैं। आप यह कैसे तय कर सकते हैं कि अमुक रचना इस विधा में करनी है? क्या कभी ऐसा हुआ है कि आपने कोई रचना लिखना तो एक विधा में, मान लीजिए कहानी में, शुरू किया हो पर जब लगा कि वह आगे नहीं बढ़ रही है तो दूसरी विधा पर आ गये हों? नेशनल बुक ट्रस्ट द्वारा हिन्दी में प्रकाशित अपनी कहानियों के संग्रह की भूमिका में आपने लिखा है कि आपने कुछ कहानियों को विस्तार दिया है। आप ही कहते हैं कि आपकी कहानी 'बहिष्कार' ने आपके मन में मूलतः एक एकांकी के रूप में जन्म लिया था। इनको दूसरी विधाओं में लिखने के क्या कारण रहे हैं?

जयकान्तन : आमतौर पर वातावरण की बाध्यता ही विधा का निर्धारण करती है। पहले तो कथ्य दिमाग में आता है और फिर उसकी अभिव्यक्ति की समस्या सामने आती है। पर अन्त में वातावरण की अनिवार्यता ही विधा का निर्धारण करती है। पुराने दिनों में हम दबाव में ही लिखते थे। ऐसा हम वातावरण के दबाव में ही करते थे, क्योंकि प्रिंटिंग टेक्नोलॉजी तब तक आज जितनी विकसित नहीं हुई

थी। गद्य, कहानी तथा उपन्यास आमतौर पर विज्ञान की देन है। पहले तो कथ्य या विचार ही जन्म लेता है और फिर लेखक होने के नाते मैं यदि किसी से कहानी लिखकर देने का वादा कर चुका होता हूँ तो मैं कहानी की विधा में ही उस कथ्य पर काम करता हूँ पर कहानी लिखकर ही तो समस्या खत्म नहीं हो जाती, चाहे मैं उस कहानी से पूरी तरह से सन्तुष्ट ही क्यों न हूँ। वह कथ्य मेरे भीतर कचोटता है कि मैं उसे नयी विधा में या विस्तार देकर उपन्यास के रूप में लिखूँ तो मैं फिर से उसे लिखता हूँ। एक लघु उपन्यास बनाता हूँ। कभी-कभी वह उपन्यास भी बन जता है।

रांग्रा : अपनी कहानी 'अग्निप्रवेश' के बारे में आपने लिखा है कि आपने इस कथ्य पर एक उपन्यास भी लिखा और जिन लोगों को उसका अन्त पसन्द नहीं आया, उन्होंने उपन्यास के अन्त को बदलकर उसे फिर से लिखा।

जयकान्तन : हाँ, ऐसा ही हुआ। इस कहानी में मैंने जीवन की एक घटना पर टिप्पणी की कि उस लड़की को क्षमा किया जाना चाहिए। वह एक सन्देश है, एक विचार है और इस कहानी का कथ्य है, पर लोग इस बात से सहमत नहीं हैं। उनका कहना है कि उसे माफ कैसे किया जा सकता है? उसने जो पाप किया है, वह क्षम्य नहीं है। इसलिए इसी समस्या को लेकर मैंने एक उपन्यास लिखा। उपन्यास का नाम है, 'शिल नेरंगलिल शिल मनिदरगल' यानी इसकी विधा का निर्धारण लोगों ने ही किया, मैंने तो पहले एक छोटे आकार की विधा कहानी में इसे लिखा था। नाम था 'अग्निप्रवेश'। कुछ लोग इसे उपन्यासिका कहते हैं। हालाँकि मैं कहानी ही कहता हूँ। जब लोगों ने आकर कहा कि इसमें कुछ और लिखो तो मैंने एक उपन्यास लिखा दिया यानी उसी विषय पर और उन्हीं चरित्रों को लेकर मेरी एक और रचना रच गयी।

रांग्रा : पर आप अपनी पहली उपन्यासिका की कथा तथा उसके चरित्रों से भिन्न चरित्र लेकर इसी समस्या को विस्तार से किसी और नये उपन्यास में भी तो ला सकते थे?

जयकान्तन : पर कई बार नयी पुस्तक में दूसरी पुस्तक की कथा को जारी रखना पाठकों की दृष्टि से सुविधाजनक भी रहता है क्योंकि वे इसके साथ अपनी पढ़ी हुई पुरानी कथा की कड़ियों को जोड़ सकते हैं। इस प्रकार विधा को बदलने के लिए भीतरी तथा बाहरी, दोनों तरह की बाध्यताएँ जिम्मेदार होती हैं। भीतरी बाध्यता बाहरी बाध्यता की माँग को ही पूरा करती है।

रांग्रा : जिस भूमिका का जिक्र ऊपर आया है, उसमें आपने यह भी लिखा है कि आप नहीं चाहते कि लेखक पाठक के स्तर तक नीचे उतर आये तथा आप लेखक से यह अपेक्षा भी नहीं रखते कि वह पाठक के स्तर को ऊपर उठाये। क्या

इसका अर्थ यह है कि लिखते समय आपके दिमाग में पाठक होता है?

जयकान्तन : मैं पाठक के लिए नहीं लिखता। मैं तो अपने लेखन में सभी लोगों को सम्बोधित करता हूँ चाहे वे उसे पढ़ें या न पढ़ें।

रांग्रा : पर पाठक के माध्यम से ही तो आप लोगों तक पहुँचते हैं?

जयकान्तन : अपने लेखन से मैं पाठक का स्तर चाहे ऊपर न कर पाऊँ, पर लोगों का स्तर मैं अवश्य उठाता हूँ।

रांग्रा : पर जब तक पाठक को आप अपने साथ शामिल नहीं करेंगे, ऐसा कैसे कर पाएँगे?

जयकान्तन : अपने पाठकों के साथ मेरे ऐसे कोई सम्पर्क नहीं हैं। वे मेरे स्वामी भी नहीं हैं। मैं अपने पाठकों से कुछ अधिक अपेक्षा नहीं रखता। पर लोगों से मुझे बहुत कुछ मिलता है।

रांग्रा : पाठक हमेशा लेखक से बाहर नहीं रहता, लेखक के भीतर भी एक पाठक होता है।

जयकान्तन : मैं नहीं जानता। मैं पाठक के बजाय उन्हें लोग कहना अधिक पसन्द करता हूँ इसलिए पाठकों की मुझे कोई परवाह नहीं है। मैं तो लोगों के लिए लिखता हूँ।

रांग्रा : 'युगसन्धि', 'अग्निप्रवेश' आदि अपनी कई कहानियों में आपने महिला मनोविज्ञान का चित्रण किया है। कुछ लोगों का कहना है कि पुरुष लेखक स्त्री चरित्रों के प्रति न्याय नहीं कर पाते क्योंकि वे इनका चित्रण पुरुष की दृष्टि से ही करते हैं। क्या इस बात में आपको कोई दम नजर आता है?

जयकान्तन : नहीं, इस बात से कोई फर्क नहीं पड़ता कि लिखनेवाला कोई पुरुष है या महिला। एक पुरुष महिला को बेहतर ढंग से समझ सकता है जबकि जरूरी नहीं कि महिला ही महिला को ठीक ढंग से समझ सकती है। मैं समझता हूँ कि महिलाओं का सामाजिक दमन हुआ है। जो नारियाँ यह आरोप लगाती हैं, वे उस शोषित नारी से भिन्न हैं और उनकी बराबरी नहीं कर सकतीं। इसलिए उनकी यह बात कम-से-कम मेरी समझ में तो नहीं आती। मैं इससे सहमत नहीं हूँ। प्रेमचन्द, तुलसी, कालिदास, तालस्ताय—ये सभी तो पुरुष थे पर नारी का जो चित्रण उन्होंने किया, क्या कोई उस पर उँगली उठा सकता है? और इन आधुनिक लेखिकाओं का लेखन मैंने पढ़ा है, उसमें तो उन्होंने नारी का मजाक ही बना दिया है। पर यही बात वे किसी पुरुष को नहीं लिखने देंगी। अकसर उनका लेखन प्रतिक्रियावादी होता है। दरअसल सवाल यह नहीं कि लिख कौन रहा या रही है, सवाल तो यह है कि वह लिख क्या रहा या रही है।

रांग्रा : क्या आप अपनी उन कहानियों के नाम बताएँगे जिन्हें आप अपनी श्रेष्ठ

रचना मानते हैं और जिन्हें लिखकर आपको सन्तोष मिला है?

जयकान्तन : कइयों के नाम तो आप ले चुके हैं। मैं उनमें और नहीं जोड़ूँगा। सन्तोष का सवाल तो लेखक का अपने लिए है जबकि मूल्यांकन तो लोग ही करेंगे। लेखक की बेचैनी वहीं तक रहती है जहाँ वह अपने विचारों को लिखी जा रही कहानी या उपन्यास में पूरी तरह से अभिव्यक्त नहीं कर लेता। इसलिए मुझे तो अपनी हर रचना से सन्तोष मिलता है। जब तक मैं उस रचना से सन्तुष्ट नहीं हो जाता, उसे छोड़ता नहीं हूँ। मैंने अपने लेखन का पूरा आनन्द लिया है। पर सन्तुष्टि ही तो सबकुछ नहीं है। आपने जो कुछ अनुभव किया है, आप उस पर अधिक-से-अधिक लिखना चाहते हैं। इस प्रकार लेखन सतत चलता रहता है।

रांग्रा : क्या आप अण्नी किसी ऐसी रचना का नाम लेना चाहेंगे जिसके लेखन के दौरान जीवन के प्रति आपके दृष्टिकोण में कोई उल्लेखनीय परिवर्तन आया हो? मैं यह इसलिए पूछना चाहता हूँ क्योंकि मैं मानता हूँ कि हमेशा लेखक ही अपनी रचना का रचयिता नहीं होता, उसकी रचना भी उसके अनजाने उसे रचती है, उसके विचारों को परिवर्तित करती है।

जयकान्तन : नहीं, ऐसा नहीं होता। मेरी रचनाएँ मेरे दृष्टिकोण को नहीं बदलतीं। हाँ, जब मेरे दृष्टिकोण में बदलाव आता है तो तब मेरी रचनाएँ जरूर बदल जाती हैं। मैं अपने एक उपन्यास का नाम ले सकता हूँ—'ओरु मनिदन, ओरु वीडु, ओरु उलगम'। इसमें मेरी जो अनुभूति व्यक्त हुई है, उसने मुझे इतना बड़ा इनसान बना दिया जिसकी बराबरी कोई नहीं कर सकता। इसके बाद ही मुझे यह एहसास हुआ कि किसी आदमी में दोष निकालना व्यर्थ है। आदमी तो वैसा ही है जैसा जीवन उसे बनाता है।

रांग्रा : क्या आप अपने पात्रों पर आरम्भ से अन्त तक नियन्त्रण रखते हैं अथवा वे आपके हाथ से निकल जाते हैं और अपना स्वाभाविक विकास पाते हैं? मैं विशेष रूप से यह जानना चाहता हूँ कि आपके पात्र अपनी पराकाष्ठा पर कैसे पहुँचते हैं, जैसे—'नान इरुक्किरेन' के कुष्ठ रोगी और लँगड़ा?

जयकान्तन : हाँ, मैं अपने चरित्रों को अपने नियन्त्रण में रखता हूँ। ये दोनों चरित्र भी मेरे नियन्त्रण में रहे हैं पर मैं इन्हें एक लम्बी रस्सी से बाँधता हूँ ताकि वे अपने को स्वतन्त्र महसूस कर सकें। मैं उन पर कड़ा नियन्त्रण रखूँगा तो वे बन्दी हो जाएँगे। ये दोनों पात्र अन्त में अचानक एक नया मोड़ ले लेते हैं। उसी के लिए मैंने इनकी रचना की थी। मैंने उन्हें पूरी तरह से विकसित होने की स्वतन्त्रता दी।

रांग्रा : क्या आप तमिल या अन्य भारतीय अथवा विदेशी भाषाओं के ऐसे लेखकों के नाम लेना चाहेंगे जिन्होंने आपको किसी-न-किसी रूप में प्रभावित किया हो?

जयकान्तन : हाँ, कई तरह से प्रभावित हुआ हूँ। तमिल में सुब्रह्मण्य भारती, पुदुमैपित्तन तथा मेरे कई समकालीनों—रघुनाथन, चिदम्बरम सुब्रह्मणियम ने मुझे प्रभावित किया है। अन्य भारतीय भाषाओं में—कृश्न, चन्दर, शरत्चन्द, प्रेमचन्द्र तथा विदेशी भाषाओं में—ताल्स्ताय, शोलोखेव, चेखव, जोला, ऑस्कर वाइल्ड, शेक्सपीयर मेरे लिए प्रेरक रहे हैं। पर अन्य लेखकों से मैं कम ही प्रभावित हूँ।

रांग्रा : आपकी कहानियों में नये तथा पुराने मूल्यों के बीच टकराव पर बल दिया गया है। 'नान एन्न शेय्यट्टुम' (बताओ, मैं क्या करूँ?) तथा 'पुदुच्चेरुप्पु कडिक्कुम' (नये जूते काटते हैं) जैसी कहानियाँ पुराने मूल्यों का समर्थन करती हैं जबकि 'युगसन्धि' तथा 'अग्निप्रवेश' जैसी कहानियाँ बदलते समय के अनुसार अपने को ढालने की प्रेरणा देती हैं। आपके विचार से समाज के विकास में साहित्य की भूमिका क्या है? क्या उसे चेतन स्तर पर समाज की आलोचना करनी चाहिए? यदि हाँ, तो किस सीमा तक?

जयकान्तन : साहित्य किसी भी सीमा तक समाज की आलोचना कर सकता है। मूल्य नये या पुराने नहीं होते, अच्छे या बुरे होते हैं। मूल्य बदल रहे हैं। पुराने मूल्यों से तुलना किये बिना मैं उन्हें एकदम स्वीकार नहीं कर सकता। अपनी आस्था, अपनी संस्कृति और अपनी जड़ों को भूले बिना मुझे नये और पुराने, दोनों प्रकार के मूल्यों के प्रति समीक्षात्मक दृष्टि रखनी है। इसलिए मुझे नये और पुराने दोनों की आलोचना करनी है।

रांग्रा : मद्रास आते हुए गाड़ी में मुझे आपका एक प्रशंसक मिला। उसके साथ आपके लेखन पर मैंने बात की। मेरे घर में भी आपकी एक प्रशंसक है। मेरी पुत्रवधू रुक्मिणी, जो स्वयं भी तमिलभाषी है, आपकी कहानियाँ पसन्द करती है। दोनों ही यह जानकर प्रसन्न थे कि मैं आपके साथ भेंटवार्ता करने जा रहा हूँ। उन्होंने मुझे बताया कि जयकान्तन तो आग उगलते थे। वे चाहते थे कि मैं आपसे कहूँ कि आपकी वह आग कहाँ चली गयी? उन्हें लगता है कि अब आप समझौता करने लगे हैं।

जयकान्तन : मैं तो समाज से समझौता करना चाहता हूँ पर कई ऐसे लोग हैं, ऐसे विचार हैं जो हमारे बीच अड़ जाते हैं और मुझे समझौता नहीं करने देते। हम हमेशा झगड़ते नहीं रहना चाहते। हम सुलह भी करना चाहते हैं। मेरे पाठकों में मेरी छवि एक गुस्सैल व्यक्ति की है। पर मेरा गुस्सा अपने लिए नहीं है। मेरा गुस्सा तो दूसरों के लिए है। लोगों ने मेरी एक छवि बना ली है और अब चाहते हैं कि मैं वैसा ही बना रहा हूँ। लोग भूल जाते हैं कि आदमी जब विकास करता है तो बदलता भी है।

रांग्रा : आपके उपन्यास 'ओरु मनिदन, ओरु वीड्डु, ओरु उलगम' का मूल

मन्तव्य क्या है? पूरा उपन्यास नायक हेनरी के आसपास ही घूमता है। हेनरी को अपने हिन्दू पिता और ईसाई माता से उदार विचारधारा मिली है, वे उस पर अपने धार्मिक संस्कार नहीं थोपते। मैं यह जानना चाहता हूँ कि अन्त तक आते-आते उपन्यास के केन्द्र में एक पागल लड़की कैसे आ जाती है?

जयकान्तन : यह एक प्रतीकात्मक अन्त है। यह एक यतीम लड़के की कहानी है, जिसके माँ-बाप नहीं हैं। उसका पालन-पोषण एक युगल करता है जो पति-पत्नी नहीं हैं, उनका विवाह नहीं हुआ है। मैं भारतीय धर्मों में से एक विश्वमानव की सृष्टि करना चाहता था। यह विश्वमानव हमारे गाँवों में मिलता है। सुदूर गाँवों में रहनेवाले हमारे लोग साम्प्रदायिक नहीं हैं। साम्प्रदायिकता की बीमारी तो काफी बाद में पैदा हुई। कहा जाए तो यह शहरों में पैदा हुई है और आज के राजनेताओं ने इसे भड़काया है। गाँव के लोग तो धर्म और मतों की दीवारों से परे हैं। वे तो प्यार और खुशी के साथ जीवन जीते हैं। इस सबने मुझे यह कहानी लिखने के लिए प्रेरित किया। यही एक उपन्यास मैंने गाँव की पृष्ठभूमि पर लिखा है। इसमें संन्यासी जैसे पागल लोग भी हैं। वे कोई भी गलत काम नहीं करते। लोग उन्हें पागल इसलिए कहते हैं क्योंकि उनका आचरण दूसरों से अलग होता है, वे कर्मकाण्ड से दूर रहते हैं। यह विश्वमानव हेनरी सबसे भाइयों की तरह प्यार करता है। यह सबके लिए एक घर बनाता है। ये ही विचार हमारे ग्रामीण जनों को संकीर्ण मानसिकता से दूर रखते हैं और उन्हें विश्वमानव बनाते हैं। इस उपन्यास में मेरा उद्देश्य गाँवों में व्याप्त विश्वजनीनता को उजागर करना है।

रांग्रा : आपने बताया है कि आपकी कुछ कहानियों की कटु आलोचना हुई है। क्या आपको लगता है कि आज की साहित्यिक समीक्षा का लेखक या पाठक पर कोई असर पड़ता है? साहित्यिक आलोचना, विशेष रूप से सोद्देश्य आलोचना के प्रति आपका क्या रवैया रहता है?

जयकान्तन : नहीं, मैं उसे साहित्यिक आलोचना नहीं मानता। सच्ची साहित्यिक समीक्षा तो लेखक और पाठक, दोनों के लिए सहायक होती है। वह दोनों का मार्गदर्शन करती है। पर जहाँ तक मेरी बात है, तमिल में तो मुझे सदा सोद्देश्य आलोचना का ही शिकार होना पड़ा है। इसलिए मैं इसे कैसे पसन्द कर सकता हूँ! मुझे इसकी परवाह भी नहीं है।

रांग्रा : आजकल लेखकीय प्रतिबद्धता की बात जोर-जोर से की जा रही है। क्या आप यह मानते हैं कि प्रत्येक लेखक को प्रतिबद्ध होना चाहिए? यदि हाँ, तो यह प्रतिबद्धता किसके प्रति होनी चाहिए?

जयकान्तन : हाँ, मैं इससे सहमत हूँ। लेखक को विचारों के प्रति प्रतिबद्ध होना चाहिए। मैं कह सकता हूँ कि मैं विज्ञान, एक वैज्ञानिक समाजशास्त्र के प्रति प्रतिबद्ध

हूँ। कोई दूसरा व्यक्ति शैव मत, वैष्णव मत, मार्क्सवाद, आज के साम्यवाद से प्रतिबद्ध हो सकता है। चेतन स्तर पर उसे जीवन के प्रति प्रतिबद्ध होना चाहिए। पर लेखक के तौर पर उसे प्रतिबद्ध अवश्य होना चाहिए और यह प्रतिबद्धता पूरी तरह लेखन के स्तर पर आनी चाहिए।

❑❑❑